全民微阅读系列

明天还会发生什么

MINGTIAN HAIHUI FASHENG SHENME

刘林　著

江西高校出版社

图书在版编目（CIP）数据

明天还会发生什么 / 刘林著 . — 南昌：江西高校
出版社，2017.10
（全民微阅读系列）
ISBN 978-7-5493-6050-5

Ⅰ. ①明… Ⅱ. ①刘… Ⅲ. ①小小说 — 小说集 — 中国
— 当代 Ⅳ. ①I247.82

中国版本图书馆 CIP 数据核字（2017）第 222976 号

出 版 发 行	江西高校出版社
社 址	江西省南昌市洪都北大道 96 号
总编室电话	(0791)88504319
销 售 电 话	(0791)88592590
网 址	www.juacp.com
印 刷	北京一鑫印务有限责任公司
经 销	全国新华书店
开 本	700mm×1000mm　1/16
印 张	17.5
字 数	195 千字
版 次	2017 年 10 月第 1 版
	2020 年 7 月第 3 次印刷
书 号	ISBN 978-7-5493-6050-5
定 价	45.00 元

赣版权登字 -07-2017-1141

目录

第一辑

三

明天还会发生很多事

导读:天生丽质的女人,怯懦颓废的男人,郭利芳和夏时捷成了最不般配的一对夫妻。职场、考场、情场、战场,高傲、挫败、苟且、颓废,命运的抛物线将他们缠绕在一起。某天,一只蝴蝶进了房门,小两口的生活再也无法平静下来,明天还会发生什么?

明天还会发生什么

　　郭利芳是跟着一只蝴蝶走进门的。那只蝴蝶在郭利芳的头顶上方翩翩起舞。郭利芳好像一点也没意识到那只蝴蝶的存在,她使劲地把钥匙捅进锁孔拧开家门时,那只蝴蝶竟令人生气地在她的前头飞进了屋里。郭利芳再次忽略了那只蝴蝶,虽然那只蝴蝶不止一次地落入了她的眼里,但郭利芳眼里只有委屈、屈辱、伤心……

　　站在自家的客厅里,郭利芳浑身无力,一种倦怠和屈辱再次在她身体深处波涛汹涌着;在她身上猛扎着,扎得她心慌意乱。她虚弱地倚着沙发一声不响地深埋着头,她的面孔深埋在双手间。郭利芳的手指修长修长的,像十根晶莹剔透的白玉做成的。郭利芳的丈夫夏时捷第一次和她在公园里见面,两人都羞答答地有些拘束不安。郭利芳羞答答地是因为内心的失望。介绍人事前一个劲地煮了不少夏时捷的好话,说夏时捷怎样文才出众,是北大中文系的高才生,说夏时捷相貌堂堂,一表人才,说夏时捷老实本分,是女人一辈子都能靠得住的男人。介绍人把夏时捷说得好像只有夏时捷才能配得上她,她只有嫁给夏时捷才不枉来这世上一遭似的。在这方面,郭利芳也知道介绍人的嘴巴是靠不住,能够挤得出足够多的水分。但碍于介绍人的情面,郭利芳还是去赴安排在公园里的这场游戏。郭利芳一见夏时捷时真的大吃一惊,夏时捷和介绍人说的实在相差太远了,除了夏时捷出众的才华让人一眼看不出来外,而夏时捷简直就普通的再也普通平常不过了,放在十个人中就被别人淹没了,不高的个头,弱不禁风的样子,再加上一张毫无个性的面孔,郭利芳简直有些愤怒了,这介绍人不知到底是怎么一回事,她竟然一心一意把她郭利芳和夏时捷牵强附会地扯到了一起,她竟然认定夏时捷和她郭利芳真的很般配!郭利芳在那片刻一下子差点动摇了一向对自己的信心和良好感觉。在别人眼里她郭利芳真的和夏时捷很般配,能凑成一对天长地久的夫妻? 是介绍人的感觉出了差错还是她对自己的评估出了问题? 郭利芳摇了摇头,她甚至从鼻尖里轻蔑地哼了一声。郭利芳冷笑了。笑话? 她郭利芳不是十万里出类拔萃的美女,也是万里挑一的美女。从小到大郭利芳就不乏追求者,只要郭利芳在家,她家就热闹非凡,只要郭利芳在哪里小坐,那里就会很快聚起一群人;只要郭利芳往大街上一走,那些男人的目光就情不自禁地跑到了她身上。郭利芳有足够的理由自信。郭利芳也恢复了足够的自信心。笑话! 她怎能和夏时捷坐在一起呢! 她郭利芳身边众多的追求者中随便抓一个出来都比夏时捷强百倍,其中倒也不乏令人心动的英俊奶油小生,可郭利芳连他们都挑不上眼,可见她郭利芳就是心高气傲,她郭利芳心里就是藏有自己的终身大计。都说美貌是女人的资本,是一只原始股。她郭利芳比谁都懂得原始股生在自己身上,郭利芳自然比谁都更清楚它的价值。郭利芳不是不想早点嫁人,而是想嫁一个般配的男人,她不想让自己的一生被一个根本瞧不上眼的男人白白给糟蹋掉了。郭利芳的婚姻就奇怪地一拖再拖，始终没有找到一个合适的人选。郭利芳冷笑了，并且那笑情不自禁地溢出了嘴角，嘴角上明显地挂着一丝对夏时捷的嘲讽和对自己的怜惜。接着郭利芳迅速在脑子里盘算着怎样找个正当的理由结束这场不合时宜的约会。郭利芳是个精于算计的女孩子。不到一分钟，她就找到了一个理由。郭利芳抬头看了看湖面，一阵风刮过，湖面上起了一层层波浪，郭利芳心情不错地笑了一下，她自然地抬手理了理被风吹乱的头发，郭利芳一边放下手一边准备跟夏时捷说再见。

正欲起身时，郭利芳发现夏时捷侧着身子正一心一意紧盯着她的手。郭利芳的目光有些紧张地落在自己的手上，她的手上什么也没有。她有些疑惑地瞥了夏时捷一眼。夏时捷却突然激动地捧起她的手，嗫嚅着说，利芳，你的手实在太美了，是诗，是生命的火焰。夏时捷忘我地抓着她的手，忘我的欣赏着。郭利芳大吃一惊，这个夏时捷怎么会突然对她的手感兴趣呢？不过她的手真的像夏时捷说的那样很美很美，而其他追求她的男人只对她貌若天仙的美貌垂涎欲滴，还从没有人对她的手如此倾心。郭利芳的十指特别修长细腻白皙，简直像冰雕玉琢似的。郭利芳一个人不止一次地对着自己的手指自怜自爱过，还骂那些男人有眼无珠瞎了眼，居然没人欣赏她这双手，他们看中的全是她的美貌。她没想到这个其貌不扬的夏时捷会与众不同，喜欢上了她的这双手。郭利芳一时懵懵懂懂地不知所措。没想到夏时捷得寸进尺，将她的手紧攥着，轻轻地抚摸着，不停地发出啧啧的惊叹声，真是太美了，简直是巧夺天工，就像上天缔造的圣女的手。郭利芳的脸顿时被烧红了，接着全身像有一团火焰在烤着。郭利芳从小大大还没被人如此占过便宜，被一个异性如此轻薄过。郭利芳一时又恼又羞,她不知该怎样对付这个夏时捷。她作为女孩缺少应付这种突如其来的事件的经验,尤其是一个郭利芳一直在奢望真正喜欢这双手的男人。夏时捷前无古人后无来者地喜欢自己的这双手,郭利芳心中突然涌动着那么一丝丝感动。如果这个夏时捷能和自己般配有多好。她会把自己一生都完完全全地交给他,即使让他糟蹋也心甘情愿。郭利芳听见自己在心底深深地叹了口气。

夏时捷这时低下头情不自禁地亲吻着她的手。郭利芳一下子呆了。这个夏时捷居然对她耍流氓。这个夏时捷真是色胆包天,还从没一个男人敢对她如此轻薄过。男人大多一见她就被她的美貌震住了,随即像被阉过了一样。郭利芳又气又恼。她猛地抽出手一巴掌狠狠地扇在夏时捷清瘦的脸上,只听见啪的一声,夏时捷愣呆了。愣愣地看着她。半边脸不由自主地红肿着。郭利芳也一下子愣住了。

夏时捷突然又抓起郭利芳的手,郭利芳想躲闪都来不及,就又被夏时捷攥住双手。夏时捷轻轻地抚摸着她的手心,心疼地说,你把自己给打疼了吧!你要是想教训我,你告诉我一声,让我自己来教训自己不就成了。被他一说,郭利芳的手还真的有点疼痛,眼泪霎时不争气地汹涌而出。夏时捷的一番话触到了她内心最柔软的地方。这个柔软的地方缠着她的秘密。面前的这个男人简直让她不知所措。夏时捷一往情深地说,利芳,你这双手真是太美了,让我一辈子都爱不够。郭利芳盯着夏时捷半边红肿看上去很滑稽的脸,想哭却没哭出来。这个夏时捷连巴掌都对他一点不管用。郭利芳心中泛上一种委屈、心酸,她看得出夏时捷是真心喜欢自己的这双手,是真心实意地爱着她这双手。郭利芳多少有些感动。天底下居然还有夏时捷这样古典的男人。郭利芳真的哇的一声哭出来了。她第一次把自己一览无余地亮在一个还很陌生的男人面前。郭利芳顾不上别的,她只想痛痛快快地大哭一场,二十几年压在心底的委屈、痛苦、酸楚都在这一瞬间爆发出来。别人都以为漂亮的郭利芳走到哪里都是一路风光,都是天底下最养眼的风景,殊不知郭利芳的心中藏着比别的女孩更多的做人的委屈、痛苦、辛酸。她郭利芳从小到大就没怎么安宁过,在小时候她郭利芳被那些霸道的小男孩追着赶着,要摸她的屁股。大了更是同无数认识的陌生的男人斗智斗勇。想占她便宜的男人实在太多了,尽管在她面前像阉割过的一样。谢天谢地,郭利芳总算把自己保护得毫发未损,一根头发也未让哪个男人拽去,甚至还没一个男人动过她一根指头。这简直就是一个奇迹。她郭利芳创造了一个奇迹。她郭利芳二十好几了还是处女之身。这容易吗?而那些美女红颜薄命,就因为她们这一朵朵鲜花被一个个男人摧毁了,过早地凋零了,飘落在尘埃之中。这个世界太残酷了,尤其是对那些漂亮女人。这一点郭利芳比谁都体会深刻。郭利芳坐在湖边的双人凳上,被一个陌生的男人抚摸着手,心中一时百感交集。她哇的一声哭出来时,夏时捷一下子慌了手脚,连声嗫嚅着说,对不起,都是我不好,我又欺负你了。说着左右开弓地煽起自己巴掌。郭利芳伸出左手及时制止了夏时捷的自虐行为,她的左手又被夏时捷轻轻地握在了手心里,夏时捷的双手在上面触摸着。郭利芳看着夏时捷一丝不苟痴迷的样子,觉得这个毫不起眼的男人对自己是真心的,真心的欣赏,真的爱。郭利芳心中有些激动,她竟稀里糊涂地把自己交给一个还很陌生的男人。郭利芳觉得自己太疲倦了,她只是想靠在一个诚实的男人肩头休憩片刻。哪怕是打个盹的机会她都感到心满意足。

现在郭利芳屈辱的泪水顺着夏时捷欣赏过的手不由自主地往下淌,夏时捷正在书房玩电子游戏,电子游戏两年对垒的厮杀声隐约可闻。夏时捷对郭利芳的回家毫无知觉,夏时捷一如既往地沉迷在他的电子游戏里。郭利芳没有进去惊扰夏时捷。郭利芳是个要强的女人,夏时捷不主动询问她,她郭利芳是个不会告诉夏时捷这种丢脸的事。郭利芳越想越觉得自己委屈死了,越想越觉得自己从以后再也无脸见人了,包括夏时捷,郭利芳真的是一点勇气也没有。而且她的事会被传得沸沸扬扬,她郭利芳一张漂亮的脸蛋从此搁哪儿呀,郭利芳有些恨自己干了一件蠢事,更恨那个脸上长满雀斑的瘦小的丑女人。郭利芳觉得那个丑女人简直是在嫉妒她天生丽质。总之那个丑女人一准是个天生的妒忌狂,见不得漂亮的女人。郭利芳用最恶毒的语言在心中将那个丑女人诅咒了一番,同时她也没法原谅自己的行为。郭利芳深深地自责着,悔恨着。

夏时捷正沉溺在电子游戏中,郭利芳在心里幽幽地叹了口气。夏时捷不到中午是决不会走出书房的。不知何时夏时捷开始沉迷于电子游戏,夏时捷热衷于玩电子游戏几乎到了飞蛾扑火的地步。郭利芳很少走进夏时捷的书房,夏时捷书房成了她的一块禁地。郭利芳想不透夏时捷会突然迷上这种充满血腥味的游戏。郭利芳有事没事便爱琢磨夏时捷。她越琢磨夏时捷对她越成了一个谜。夏时捷婚前婚后简直像两个世界里的人。

郭利芳止住了泪水,她内心的委屈、屈辱、倦悔并未随着泪水一道逝去,反而紧勒得她透不过气来。郭利芳抬起头,瞥见了客厅里翩翩起舞的蝴蝶。郭利芳愣了一下,呆呆地看着蝴蝶。蝴蝶无声地飞过来,突然落在她的头发上,蝴蝶把她郭利芳当成了一朵盛放的鲜花。郭利芳屏声敛息地一动不动,怕惊跑了蝴蝶。

她郭利芳是朵盛放的鲜花，夏时捷不把她当作鲜花，可蝴蝶却把她认作一朵花呢。郭利芳心里凄然地笑了一下，她突然站起身，那只蝴蝶惊飞了，瞬间又落在她的发梢上。郭利芳红肿着眼睛走进了书房。那只蝴蝶也一直跟着她进了书房。郭利芳走到夏时捷的身后，夏时捷浑然不觉。眼睛盯着电脑的屏幕，屏幕是一片混乱不堪的战场，交战双方互相厮杀着，杀得人仰马翻，天昏地暗。郭利芳的目光落在屏幕上，只瞟了一眼，就不敢再看第二眼了。郭利芳仿佛嗅到了一股令人作呕的血腥味，一种窒息感紧锁着郭利芳。面对如此血腥残酷的场面，夏时捷脸上浸透着莫名的兴奋。郭利芳突然不寒而栗，她感到夏时捷刹那间变得面目可憎，让人恐惧害怕。郭利芳逃也似的出了夏时捷的书房。夏时捷对郭利芳的突然出现和离开都毫无知觉。

在客厅里黯然神伤地坐了一会，郭利芳发现那只蝴蝶也跟着出来了。蝴蝶大概也不喜欢那种令人恐怖的血腥场面。蝴蝶又落在郭利芳的发梢上。郭利芳在心里凄凉地对蝴蝶说，只有你还把我当作一朵花，我早已不是夏时捷眼中的花了。夏时捷眼里只有他的电子游戏。夏时捷以前可不是这样，到底是什么改变了夏时捷？

郭利芳屈辱地呆坐着，客厅里很静很静，虽然厮杀声不断地从书房里渗透过来，但郭利芳仿佛坐在静悄悄的黑夜深处。郭利芳只想待在一个无人的角落里，一个真正不用面对任何一个人的世界。这个世界只有她郭利芳一个人，一个人自在地生活着。这样的世界去哪里找呢？郭利芳痛苦地摇了摇头。她只要一走出屋子，就要面对形形色色的人，面对各种各样的目光。面对各种扑面而来的闲言碎语。而且现在，这种闲言碎语是郭利芳自己招来的。她郭利芳给自己招来了耻辱。郭利芳后悔极了，她觉得自己简直有生以来干了一件大蠢事,比当初嫁给夏时捷还要蠢。她郭利芳真是的,有时小脑聪明,而大脑就是不发达。一丁点小事也转不过弯来。有时在大事上莫名其妙稀里糊涂地输掉自己的一生。当初夏时捷不就是摸了摸她的手,说了几句不痛不痒知冷知热的话,她就把头在夏时捷的肩膀上靠了一阵子。结果她就把如花似玉的郭利芳白白送给夏时捷了。郭利芳觉得自己真是无法同别的女人比,更无法同那些年轻时髦的女孩子们比。那些女孩子不仅脸不红心不跳地让别人摸自己的手,还敢坐在男人膝盖上撒娇地唱妹妹我坐船头,哥哥你岸上走。唱完一首又一首,唱罢就逢场作戏地跟男人去开房。她郭利芳就是做不到,郭利芳也想玩的就是心跳,可她的心跳不到一半就脸红了,就像做错了事似的羞愧不已。一次单位聚会时,黑暗中郭利芳被主任偷偷地捏住手,郭利芳当时就想那么放纵一回,让这位色眯眯的主任一直那么别有用心地捏下去。可不到片刻郭利芳就觉得自己实在太不像话了,都堕落得让自己厌恶了。郭利芳脸红心跳羞愧难当地甩掉了主任的手,此后车间里主任就没有给过她一份好脸色。她郭利芳就是郭利芳,一个懂得倦怠与耻辱的女人,一个不会去玩什么心跳的女人。她郭利芳注定只能做郭利芳,她郭利芳注定只能一辈子做夏时捷的女人。她郭利芳注定成为一个小脑发达大脑愚钝的女人,她郭利芳注定在小事上精明而在大事上总是身不由己地犯糊涂甚至输掉自己。

　　这回郭利芳觉得真的不能原谅自己了,她不能一错再错,她的大脑并不愚钝,小脑也不是那么特别发达,否则就不会干愚不可及的蠢事了。今天是周末,明天又要上班了,郭利芳觉得自己没有勇气走出屋子。一走到外面郭利芳就觉得所有认识的不认识的人都在暗中用明枪暗箭毫不留情地把她刺痛了伤害了。外面的世界从来就很精彩,可外面的世界同样也很无奈。至少对郭利芳来说。

夏时捷在书房里发出一阵哈哈的大笑声,那笑声对郭利芳来说并不悦耳也并不刺耳,那笑声完全是司空见惯的一种胜利者的笑声。夏时捷终于结束了电子游戏,也结束了一场虚拟世界的战争。在战争中夏时捷操纵的军队把敌人打败了,夏时捷成了盖世的英雄。也许,战争就这么残酷,战争就这么充满着血腥,而战争最终是要以成败论英雄的。人类永远不可能享有真正的太平。人类总是深陷在大大小小形形色色总也打不完的战争中。就像人类永远被疾病缠身。旧的疾病给攻克了,新的疾病又迅速地不知不觉在某个角落诞生了。这是生命的规律,这是人类发展的规律,而生活中的每一个人呢? 一个人最大的敌人是欲望,欲望是不停地在膨胀着。人活在这个世界上,其实是各种不同的欲望在做你死我活的斗争。这同样也是一场残酷血腥的斗争,也是以成败论英雄。郭利芳刹那间明白了许多道理。夏时捷和她郭利芳之间也是一场战争,夏时捷摸了摸她的手,就轻而易举地把她打败了,就让她自己的一生都交给了他。那时夏时捷成了人们眼中的英雄,春风得意,夏时捷在自己的身边插上了她郭利芳这朵鲜花,很多人都羡慕夏时捷,都认为他很有本事很了不起。把一朵浑身带刺的鲜花摘到了手里。她郭利芳在夏时捷面前彻底地惨败了。彻底地一败涂地。她应该找一个比夏时捷更好的男人嫁过去。结果她竟毫无作为地成了夏时捷的俘虏。郭利芳婚后一直在不停地后悔,她当时真的就那么傻,被夏时捷摸了摸手,就心甘情愿地把自己一生的幸福都交给了他。她郭利芳希望中的男人不是夏时捷,虽然这个希望中的男人也许永远不会在她的生活中出现,只是她梦想的一部分,欲望的一部分,但她确确实实不是夏时捷。可是,不是夏时捷这个男人又应该是谁呢?也许这个人比夏时捷还要差,夏时捷多少还有点怜香惜玉,多少还有点知书达理,多少还有些才气,夏时捷至少不会花前月下地追过这个女孩,又死皮赖脸地去追那个女孩,至少不会花天酒地,至少不会吃喝嫖赌。那么她选择了夏时捷又有什么错呢?在失败的同时不也是一个战斗中的胜利者吗?郭利芳不止一次地深入分析过这些复杂的问题。最终她什么也想不下去了。人生实在太深奥了,她郭利芳永远也不可能知道没有发生过的事情的谜底。

　　夏时捷在婚姻上是英雄,在事业上却成了失败者。郭利芳从未问过夏时捷工作上的事,但夏时捷竟然从部长秘书的岗位上突然一声不响地调到了单位里管人事档案。郭利芳就意识到夏时捷事业上遭受了严重的挫折。夏时捷被打击得一蹶不振,从此变得沉默寡言,变得闷闷不乐郁郁寡欢。郭利芳无法理解夏时捷。一个男人跌到了咋能不爬起来呢?夏时捷不仅没站起来,反而倒在地上烂在地里再也扶不上墙了。夏时捷迷上电子游戏,夏时捷玩的电子游戏全是血腥残酷的战争场面。郭利芳第一次站在夏时捷身后看着电脑屏幕上天昏地暗的战争场面时,就知道夏时捷这一生是彻底地完了。

　　刚开始时,郭利芳简直难以置信。夏时捷这么轻而易举地被生活击垮了。郭利芳不信!夏时捷这个当年北大中文系的高才生,就这么轻轻巧巧地被生活给阉割了。夏时捷当年以全省第一的高分考进了北大,他第一次走进北大就独自一人跑到未名湖畔寻觅着胡适鲁迅还有陈独秀的身影。夏时捷以优异的成绩毕业时,本可以去读研究生、博士后,甚至去国外读书深造。但夏时捷没有,夏时捷选择了去机关。夏时捷是从农村杀进城里来的,有一大帮家人在等着他的薪水救济呢。家里在他读完大学后也就变得一贫如洗了。在整个机关只要提起夏时捷这支笔杆子,那都是一脸惊羡。连一向不轻易称赞人的省委书记读了夏时捷的文章都颔首赞许,并询问夏时捷是在哪个部门。所有的人都认为夏时捷前途似锦。可是,一切在一刹那间被彻底打碎了。夏时捷猛地从天上重重摔落在地。夏时捷所有的希望都破碎了,夏时捷成了自己欲望的失败者。

她郭利芳也做了欲望的失败者,一次又一次,郭利芳都犯下了同样的错误。

第二天上班时,夏时捷早已去组织部上班了。平日上班郭利芳总是赶在夏时捷的前头出门。夏时捷疑惑地瞥了郭利芳一眼,一声不响地走了出去。郭利芳仍慢腾腾地磨蹭着,她简直不想走出家门,仿佛家门外就是一处深不可测的陷阱。昨天发生的事仍在心里恶狠狠地折磨着她。郭利芳简直一夜未眠,睁大着眼睛盯着黑暗中的天花板,翻来覆去地想着白天的事,身边的夏时捷正呼噜呼噜地扯着一声又一声响亮的鼾声。

郭利芳在家里磨蹭好一阵子,才不得不硬着头皮出门。刚走出家门的那一瞬间,郭利芳全身简直有一种虚脱的感觉,她身不由己地打开了个趔趄,差一点扑倒在地上。郭利芳稳住了身子,她站了一下,定了定神,强打起精神,她想事情已经发生了,现在说什么也没用的,只有勇敢地去承受这一切了。郭利芳振作了一下自己,去车棚取车子时,看守车棚的老王意味深长地盯着她笑了一下。郭利芳脑袋嗡地响了一下,难道老王这么快就知道了她的事?不过这也难怪,看守车棚的人都是小区的免费宣传员。郭利芳面红耳赤地取了自己的车在老王那仿佛要刺进她内心最隐秘角落的锐利目光的直视下,有些孤独地开着车。一路上耳边灌满呼呼的风声，郭利芳心不在焉，好在已过了上班高峰期，路上车辆稀稀拉拉。她觉得自己这种状态非出事不可。郭利芳几次想让自己冷静下来，抛开心头所有的事，一心一意地开车，可她的脑子里全塞满了乱七八糟的事。

　　车间里正在开现场分析会，郭利芳迟到了足有十分钟。她悄然站到一个角落，车间主任一眼发现了她，目光在她身上定了一下，紧接着车间三百多号人的目光纷纷扬扬地落在她身上。她郭利芳太显眼了，走到哪里都是一道惹人注目的风景。郭利芳局促不安地低下头，那些内容复杂的目光像毒蜂一眼蜇疼了她。看来车间里所有的人都知道了她的事情，郭利芳羞愧得恨不得从这个世界蒸发掉。现场突然响起了一阵叽叽喳喳的私语声，所有的嘀嘀咕咕似乎都是冲着她的，都是与她昨天的事情有关。郭利芳简直无地自容，脑子里嗡嗡作响。她真想走出会场，可毫无疑问她又一次会成为瞩目焦点。郭利芳只得屈辱地待在角落里，蜷缩着身子坐在工具箱上。现场分析会大多与郭利芳有关。郭利芳是车间质检组的组长，把握着他们产品的质量关卡。郭利芳年纪轻轻的就做到质检组的组长，车间里很多人不是认为她沾了一张漂亮脸蛋的光，就是认为得益于她哥哥郭利强的功劳。郭利强在一家大公司的质量部做部长，而郭利芳所在车间的产品全部销往郭利强的公司。只有郭利芳和一小部分人认为她是凭真本事做了质检组的组长的。郭利芳也觉得自己长得漂亮，可从小到大漂亮并没有给她带来什么好处，相反倒惹来许许多多大大小小的麻烦，至于她哥哥郭利强，与郭利芳的工作更是毫无瓜葛。倒是哥哥关于质量检验方面的书，郭利芳没少借过。

　　郭利芳在读初中和高中时，经常在半路上被一些大胆的男孩莫名其妙地挡住，说要和她交朋友。郭利芳的书包里的课本总是被莫名其妙地塞进各种各样表白心迹的小纸条。这些小纸条有的是男生偷偷地放进去的，有的竟是别的年级男生委托本班男生转交的，还有些竟是女生受男生之托悄悄地放进郭利芳的书包里。不爱江山爱美人，皇帝尚且如此，何况情窦初开长着一脸青春痘的小男生。学校里几乎有一小半的小男生偷偷摸摸地给郭利芳写过各种各样的纸条，有的男生锲而不舍孜孜不倦。郭利芳的书包里不仅装着不可或缺的课本，同时比别人多装了一些令人烫手的纸条。郭利芳从来不敢将纸条交给老师，也不敢交给家长。那样自己同时也变成了男生们取笑的对象。郭利芳只有一声不响地把纸条背回家，悄悄点上一把火付之一炬。郭利芳从不敢在学校里将它们处理掉，怕一不小心纸条会落进别的同学手里。郭利芳除了要对付繁重的功课，还得全力以赴地对付这些令人头痛的小纸条。尽管郭利芳读书很用功，但一分心功课自然不会好到哪里去，高考时她以三分之差落榜了，不少人都替郭利芳扼腕叹息。只有郭利芳自己知道，她的高考是让这些可怕的小纸条给打垮的。没能考上大学，郭利芳不久便进了这家国营大厂，在一个车间里做学徒工。

郭利芳是个要强的女孩，觉得自己没能考上大学已是面上无光，上班了有了一份工作就得好好珍惜，以弥补没能考上大学的缺憾。郭利芳工作勤奋好学，很快就做了质检员，不到一年又做了质检组的组长。车间里的人虽然大多口头上认为郭利芳是靠了姿色和关系，但大家又不得不在心里承认郭利芳的工作让人无可挑剔。郭利芳认为自己不仅在容貌上，而且在其他方面同样绝不能输给别人。

一旁的郝小燕用胳膊碰了碰郭利芳，她抬起头来，一脸茫然地看着郝小燕。郝小燕一脸笑意。郭利芳猛然想起昨天的事。昨天她和郝小燕在同一个考场。郝小燕亲眼目睹了发生在她身上的事。郭利芳的脸仿佛被烧红了,腾地升起一片火焰。郭利芳看出郝小燕锦里藏针,笑里藏着一丝不易觉察的幸灾乐祸和嘲讽。她更加痛恨自己了, 连平日里跟自己贴得最近的郝小燕都是这样一副表情,何况他人？更是趁机落井下石。那天同一个考场就有好几个来自车间的熟人。郭利芳想她们早已将她的事传得满城皆知。郭利芳容貌太出众了,有理由成为大家嫉妒的对象。

郝小燕在郭利芳耳边轻轻地嘀咕道。郭姐,庞大头主任正在说你呢！郭利芳陡然一惊。平日,主任庞大头一见郭利芳就眉开眼笑的,鼻子眼睛都错位了,但自从那次聚会时郭利芳打掉了他的手, 庞大头就再也没有给过她好脸色看。郭利芳只好忍气吞声。她不想因此和庞大头闹翻脸。再说就因为这件事怎么也闹不到台面上,就是闹开了,庞大头还是庞主任,秋毫无损,吃亏受伤的只能是自己。况且这种事只能越描越黑,到头来恐怕演变成了不是庞大头在占她的便宜而是她在勾引庞大头。就因为她郭利芳漂亮大家都想方设法找理由来糟踏她。从小到大郭利芳受过多少这样不公正的待遇。对付这样的事就当什么也没发生过。见郭利芳好半天没吭声,郝小燕又凑近她嘻嘻哈哈地说,庞大头对你就是好,正表扬你呢。她那一双眼睛总是落在你身上,郭姐下辈子我也要生得和你一样漂亮一样美若天仙。里里外外都有男人宠着呢。郝小燕平日说话口无遮挡,郭利芳很了解她。但是今天,这番话却让郭利芳听得心惊肉跳,很不是滋味。郝小燕借昨天的事讽刺她郭利芳呢！郭利芳沉着脸不说话。郝小燕见郭利芳脸上神情好像有些不对劲,也就识趣地闭上嘴巴。郭利芳想连郝小燕都这样,别人在用什么样的眼光盯着她呢？尤其是庞大头,偏在这个时候别有用心地表扬她,分明是往她的伤口上撒盐嘛！

她昨天的事庞大头不可能不知道。平日车间里东家长西家短的闲言碎语更是满天飞，谁家出了芝麻大的事，第二天车间里就闹得人人皆知。她郭利芳除了大事搁在别人身上是小事，可一旦发生在她身上就是惊天动地的大事。庞大头就是不怀好意地在会上一次次提起她，借这个机会来羞辱她。这个庞大头！郭利芳在心里狠狠地骂了一声。庞大头在台上眉飞色舞地表扬郭利芳。这个庞大头妙语如珠，看样子真是个幽默天才，吸引了三百多号人的目光又纷纷扬扬地落在郭利芳身上。他们各种各样复杂的目光如犁铧一般在郭利芳心里深浅不一地翻过，留给她的都是一样的伤痛。

　　庞大头对她的表扬冷下来后，郭利芳突然站起身，悄悄地潜出了会场，但她的离去还是牵动了许多人的目光，郭利芳一头闯进了更衣室里，身子靠在更衣室的门上时，屈辱的泪水再也抑止不住，汹涌而出。这阵子再也不会有人进更衣室了，郭利芳痛痛快快地宣泄了一通，心里却袭来一阵恐慌和空虚。她从小到大还没干过一件让别人耻笑的坏事。就是她身后的追求者络绎不绝，她还是清清白白地守住了身子，没有和男人拉过手，没有和男人上过舞厅，更没有让别人挑出一句闲话。她郭利芳就是郭利芳，犯了一次错误就几乎把自己整个人都输掉了。郭利芳猛然觉得自己这些年真是活得又累又辛苦。

　　一阵说笑声从更衣室前飘过。郭利芳敛声屏息，一眨眼的工夫就把自己的泪容收拾干净了。郭利芳对着更衣室的镜子照了照，发现脸上浸润着一种忧郁，使她看上去更显得楚楚动人。她盯着镜子里一张美丽的面孔呆了一下，假若没有这张美丽得令人嫉妒的面孔，人们也就不会跟她斤斤计较，也就不会以另类的目光盯着她的一举一动，她无论做了什么错事，人们也都会原谅她的过失,谁也不会在心里对她嗤之以鼻,她也就顺理成章地和所有人打成火热的一片,而不是走到哪里都是孤零零的一个人,就像被风挟裹着的一片飘零的落叶。

走出更衣室时,郭利芳不由低着头,像有一种沉重的东西始终压得她抬不起头来。郭利芳往四周望了望,四周静悄悄地。她吃力地抬起头,想恢复往日自信的样子,事情既然已经发生了,她郭利芳就不能再自己糟踏自己,让别人轻看了。但郭利芳的努力失败了。她仍然觉得所有的人都在背地里一个劲地弄虚作假,骂她无耻,骂她仗着自己漂亮就不顾廉耻地什么丢人的事都干。

到了质检室门边时,郭利芳迟疑着不想进去。她简直想扭身就走。郭利芳眼泪差点落下来,骂自己实在好没出息。别的女人遭遇多大的事都轻而易举地抬腿趟过去,她却让一件在别人眼里微不足道的小事给绊住了脚。郭利芳狠下心才鼓起勇气让自己振作起来。她佯装若无其事地进了办公室。她知道自己的样子有些做作虚伪,让人一眼就看出她像是在演戏似的。

质检室只有郝小燕一人,其他几个质检员都下车间去了。郝小燕瞥了郭利芳一眼欲言又止。郭利芳知道郝小燕想说什么,但没有给她任何说话的机会,郭利芳拿起桌上的记录本就出了质检室。

进了车间,郭利芳即被嘈杂的机器声淹没了。她暂时忘却心头的屈辱,但她明显地感到冷飕飕的目光不停地从身上掠过。

一连好几天,上班时间郭利芳总把自己淹没在嘈杂轰鸣的机器声里,她很少跟别人说话,别人也很少跟她说话,但她明显感到别人暗中偷窥她的目光,郝小燕几次想跟她说点什么,她始终不给她说话的机会。郝小燕看着她的身影对着她困惑不解地眨着眼睛。

　　郭利芳的内心塞满了屈辱，它们在不停地膨胀着，把她的身子撑得满满地。郭利芳觉得自己像一只氢气球，只要有人轻轻一碰，她就会砰的一声爆炸开来。

　　夏时捷回到家就去了书房，一心一意去玩他的电子游戏。夏时捷从不上网聊天，说网上聊天没意思乏味得很。郭利芳呆呆地坐在客厅里，听着书房里传出的天昏地暗的厮杀声。夏时捷喜欢虚拟的血腥场面，喜欢虚拟的战争。夏时捷是男人，是男人都喜欢战争。战争能够使男人成为世人瞩目的英雄，战争是男人的坟墓也是男人的权力场。郭利芳知道夏时捷彻底失败了，在现实残酷的斗争中，夏时捷成了失败者，他再也不是人们心目中那个才华横溢的北大才子，再也不是事业蒸蒸日上前程似锦连省委书记都知道的秘书，而是一个普普通通默默无闻可有可无谁也不认识的档案员。夏时捷每天不厌其烦地跟那些枯燥无味的人事档案打交道，将那些人事档案一一分门别类。夏时捷的人生无可奈何地失落了，再也找不回来；夏时捷的人生病了，而且病入膏肓，再也无可救药了。郭利芳觉得自己也病了，也病得厉害，生活有时就是让人大病一场，时不时地让人元气大伤。

　　在夏时捷眼里，生活是血腥的，是你死我活充满角逐的战场；在郭利芳眼里，生活是一个屈辱史，是从中学时被小男生拦截的屈辱，是被庞大头捏住手的屈辱，是无数接踵而至的屈辱……郭利芳在令人恐怖的厮杀声中一声声叹息，夏时捷无疑成了一个有病的人，她也不幸成了一个有病的人。他们夫妇两个真是一对同病相怜的人。

　　郭利芳站起身，身不由己地走进书房，她呆呆地看着夏时捷。夏时捷没有发现，他正深陷在虚拟的战争中，在战争中迷失了自己。夏时捷一心一意地盯着电脑屏幕,脸上的表情急剧地变化着,郭利芳忽然觉得夏时捷很适合做演员,凭着他这副变来变去的脸部表情。郭利芳看着夏时捷痴迷的样子,哭了。夏时捷依然浑然不觉。郭利芳离开了书房,倒在客厅的沙发上。郭利芳呜呜呜地哭着。她没有指望夏时捷来安慰她,只是感到莫名的伤心和恐慌,可夏时捷的生活到底怎么啦?她和夏时捷生活的一切怎么会变得面目全非?

郭利芳真想好好地跟夏时捷谈一次。最好把夏时捷带到当初两人初次相识的那个公园里,坐在湖边的双人凳上。郭利芳含情脉脉地让夏时捷再一次摸她的手,对着她修长的十指真心实意地说,你这双手是天下最美的手。郭利芳知道她和夏时捷再也没了这种可能了,生活早已改变了他们原有的轨迹。

深更半夜,夏时捷才悄悄爬上床,他冰凉的手脚碰了一下郭利芳。郭利芳在心里发出一声尖叫。只一会儿,夏时捷就睡过去了,扯起呼噜噜的鼾声。郭利芳在黑暗中茫然地睁大了眼睛。

郭利芳正要从办公室出去,郝小燕抢先一步堵住了她。郭利芳下意识地扫了一眼办公室。郝小燕嘻嘻哈哈地说,郭姐,这儿没外人。郭利芳说,小燕,别胡闹,我还有事呢!郝小燕嬉皮笑脸地说,郭姐你心里有事吧!瞧你这几天闷闷不乐的,是不是有人追你啊!你在夏哥与他之间难以选择吧。郝小燕一向口无遮拦,说话不藏什么机关,想到什么就说什么,是一个让人一眼望到底的人。郭利芳平日和郝小燕走得很近。她觉得在郝小燕面前整个人都变得单纯了,这回郭利芳虎着脸说,小燕,你又在闭着眼睛说瞎话,我和夏时捷结婚都好几年了,也不见谁来追我呀。这阵子怎么突然窜出个人来追我呢?郝小燕说,那也不见得,像郭姐这么冰清玉洁的美人，只是男人们一向都有点怕你，才没人敢追你。郭利芳红着脸生气地说，郝小燕，瞧你越说越离谱了。郝小燕却笑着说，我没说错吧，我要是说错了，你也就不会生气了。郭姐，这年头不说你这么一个人见人爱的大美人，就是我都有好几个男人跟在屁股后面攒着劲追呢。郭利芳差点被逗笑了，她瞧了瞧五大三粗的郝小燕，顺着对方的话说，那好啊，你到时就认认真真地挑上一个当老公嘛。郝小燕扭捏作态地说，郭姐，你这不是笑话我吗，他们哪是想给我当老公，是想逗我玩呢！我也就逗他们玩玩猫捉耗子的游戏。郭利芳足有三秒钟死盯着郝小燕不说话。郝小燕不好意思地笑了笑说，郭姐，你把我当外星人了，这年头哪个女人不是这样，男人逗她玩，她也逗男人玩。郭姐像你这样一心一意嫁个男人的如今真的打灯笼难找啊。郭利芳看着郝小燕轻轻地叹了口气，说，小燕，我哪能和你们比呢？郝小燕说，郭姐你活得太认真了，我听男人们背地里说你太冷了，都叫你冰美人。郭姐你和夏哥的日子是不是过不下去了。郭利芳一惊，忙说，谁又在背后编我的故事？我和夏时捷日子过得好好的，从结婚到现在，我和夏时捷没吵过一次架，穷是穷点，但我们的日子也不比别人差到哪里去。燕子，你又听到了我什么瞎话了？郝小燕说，大家说得最多的是你和夏时捷的婚姻，说你现在一准后悔当初嫁给夏时捷了……郭利芳不想再听下去，打断郝小燕的话问，你还听到他们说什么呢？郝小燕想了想摇了摇头。郭利芳难以置信地看着郝小燕，她觉得郝小燕有所隐瞒，没有把这几天大伙说的那些难听的话说出来。郭利芳说，我知道那天考试场上发生的事，如今车间里人人都在笑话我吧！

郝小燕盯着郭利芳，一下子恍然大悟，夸张地尖叫着，郭姐，我知道了，你这几天一脸的不高兴，是为了那天考试的事，郭姐，你跟自己生这么大的气干什么,这种事又算得了什么呢? 郭姐,你干吗这么认真,老跟自己过不去呀? 郝小燕突然笑了起来,有些夸张地笑得弯下了腰,蹲到了地上。

郭利芳一下子糊涂了。她已经被那天的事搅得寝食难安,陷入了深深的自责与内疚之中,并且感到耻辱和绝望。她觉得自己已经快撑不下去了,觉得这个世界上所有的人都在嘲笑她,都在用一种讥讽的目光看着她,都认为她干了一件可耻的事,而郭利芳也一直认为自己干了一件蠢事,一件使自己蒙受了耻辱的事。可郝小燕竟如此轻松地笑了, 竟讥笑她活得太认真是跟自己过不去,竟然把这么一件耻辱的事情看作是一件微不足道的小事。郭利芳糊涂了,郭利芳困惑了,郭利芳迷茫了,郭利芳简直哭笑不得,想哭又哭不出来,想笑又笑不出来。

郭利芳一时呆呆地看着郝小燕。

郝小燕突然就不笑了,突然站起身,突然好看地甩了甩一肩秀发,突然严肃认真起来。她咬文嚼字地说,郭姐,你居然把这么一丁点大的事看作一件非常了不起的大事, 你这人就是什么也想不开,什么也放不开。郭姐你要是哪天真的放开了,一天换一个男人,勾着别人的脖子唱,哥哥你掀起我的红盖头。谁也不会再说你的闲话了。郭姐你看,谁不都是这样活着,活得有滋有味。

郭利芳目瞪口呆地看着郝小燕,傻乎乎地站在那里被一个比自己小好几岁的女孩教训着, 这个女孩子平时有点傻头傻脑的,谁也不把她当成一回事,但在今天,郝小燕却成了郭利芳的老师,循循善诱地为郭利芳传授着知识,语重心长地在为郭利芳指引着生活的道路,指手画脚地对着她言传身教。

郭利芳突然就笑了起来,笑得上气不接下气,笑得郝小燕反过来是一脸茫然地愣愣地看着她。

再见吧！郝小燕，郭利芳从郝小燕的身边跨过去，她知道自己笑过后就是眼泪，她实在不想让郝小燕看见自己的眼泪。郭利芳的眼泪是为一个人流的，那就是自己。郭利芳绝不会让别人看见她眼里脆弱的泪水。

2002 年 5 月，郭利芳参加了成人高考。高中毕业参加工作后，郭利芳一直轻视了文凭的作用，等到评职称、定级别、涨工资时，诸多好处却一下子都不见了。郭利芳这才深刻认识到文凭的作用和重要性，虽然文凭与一个人的工作能力并不能画上等号，但是往往能够体现一个人在金钱上的价值。郭利芳一下子觉醒了。车间里有十多个同事报名参加高考，郭利芳犹豫了一下，也跟着一起报了名。

成人高考成绩出来后，谁也没想到郭利芳在全市夺了榜首，郭利芳也算为自己扬眉吐气了一回，让那些平日说她靠美貌和关系当上质检组组长的人暂时闭上嘴巴。她郭利芳就是郭利芳，一不靠美貌，二不靠关系，她靠的就是勤奋刻苦和真才实学。

一晃到了第一学期期末考试，平日上课时郭利芳一次也没落下过，是全校唯一没缺过一次课的学生。郭利芳认真刻苦地对待自己的学习，不像许多人只是想混个文凭。郭利芳也相信自己的成绩在全校也是名列前茅的，一临近期末考试时，不少人都慌了神，郭利芳却是胸有成竹，她的目标是每门功课都要拿到 95 分以上，她有这种自信。

到了考场上，除了郭利芳，其他不少同学都对着试卷抓耳挠腮，大眼瞪小眼。郭利芳扫了一眼试卷，心中就有数了，除了极个别的题外，其余的她大多稳操胜券。郭利芳看了看其他同学一脸的窘迫，又扫了一眼同一车间的几个同学，他们也呆呆地盯着试卷发傻。郭利芳瞥了一眼从学校派下来的一男一女一脸漠然的监考老师,在心里偷偷地笑了。她有足够的理由笑。平日这些男生女生在一起高谈阔论,包罗万象,天下的大事小事几乎无所不知,一个个看上去学富五车,思想深刻得像哲学家,可一上考场,他们就一个个犯傻了,像个十足的傻瓜。郭利芳有些幸灾乐祸地扫了他们一眼,这些男人女人有时真让人不可思议。

郭利芳埋头做完了试卷上几乎所有的试题,只有一道题让她犹豫不决,同样这一题直接影响到她这门功课能否达到 **95** 分以上。郭利芳正冥思苦想,却突然大吃一惊,前面的几个男生正在偷偷摸摸地搞抄袭。她扫了一眼整个考场,几乎所有的人都在偷偷摸摸地抄袭,有的人简直称得上是正大光明,旁若无人,光明磊落地干着可耻的事。而一男一女两位监考老师却在窃窃私语地说笑,对眼前的一切置若罔闻,视而不见。郭利芳愤怒了,血脉偾张,同时感到抄袭的可耻、可怕、可恨!她愤愤不平地看着两位年轻的监考老师,希望他们能够制止眼前的舞弊行为,这是他们的责任!也许他们无力制止,所谓法不责众,眼前作弊的不是一个两个,而是几乎全部!但是郭利芳没有,只要有一个人没有作弊,监考老师就应该制止其他人的作弊行为,把他们赶出教室,给这个没有作弊的考生一个公正、公平!公正,公平,郭利芳要的就是这个公道!如果在严肃的考场上众目睽睽之下都没有了公正,公平,那么生活中到底还有没有真正的公正与公平?郭利芳有些生气,固执偏激地望着一男一女两位年轻的监考老师,要求他们制止其他考生的作弊行为。郭利芳失望了,一男一女两个年轻的监考老师无动于衷!那个身材瘦小,长满一脸雀斑的女老师甚至用充满敌意和妒恨的目光恶狠狠地蜇了郭利芳一下。郭利芳感到身体深处一阵莫名其妙的刺痛。她绝望了,知道这一男一女的监考老师是不会替她这个没有作弊的考生主持公道。郭利芳再也不会指望监考老师了，呆呆地看着自己刚才苦苦思索的试题。她突然觉得这次考试已变得毫无意义。这些考生的成绩大多是虚假的，也是可耻的。只有她一个人的成绩是真实的，可真实的成绩又能怎么样呢？95分与90分的区别又在哪里呢？在冷冰冰的分数面前，没有人知道前者是靠作弊得来的，后者是靠刻苦努力得来的，在最能说明问题又最不能说明问题的分数面前，分数又到底说明了什么呢？在最平等又最不平等的分数面前，人人既是平等的有时又是最不平等的。郭利芳脑子里一时间转过千头万绪，刹那间仿佛什么都想明白了。年轻的男女监考老师深谙世故，他们不可能把这些考生当作作弊来处理，全都赶出考场，他们只能睁一只眼闭一只眼，视而不见。当把这些考生全都视作作弊的考生，事实上你就成了作弊的老师，还有学校的领导，还有几个高校之间的竞争，如果在考场上对考生要求太严格了，就再也没有人愿意报读你这所学校，这就是所谓的市场竞争，两个对手之间竞争引发的考场新规则！郭利芳在心里凄凉地笑了笑，这世上许多的东西都被她在不经意间洞察了，破译了，顿悟了。这对她也该是个不小的收获。作弊不再是作弊了，耻辱也不再是耻辱，郭利芳不知不觉地将手伸向课桌下的课堂笔记，她想验证一下这道最没把握的试题，她这次的目标不是95分，而是满分100。

　　郭利芳的嘴角溢出一丝轻蔑的笑声，验证的结果证明她这道题的答案是正确的。郭利芳正要收起课堂笔记时，她的课堂笔记上横空出现了另一只白皙的手，这只白皙的手将她的课堂笔记抢在那手里。郭利芳不知所措地呆了一下，是那个年轻的男老师。男老师声严色厉地说，你在考场上作弊了，你的试卷被没收了,你的这科成绩也一同作废了。

男老师收走了她的试卷和课堂笔记,转身走回女老师身边。那个满脸雀斑的瘦小的女老师一脸嘲讽地紧盯着郭利芳。郭利芳什么都明白了,一定是这个女老师别有用心地怂恿男老师过来的,男老师被女老师利用了,郭利芳也被女老师利用了。人和人之间就是利用和被利用这种赤裸裸的关系,说到底这个世界就这么简单。

郭利芳想喊又喊不出声,她想要回她的试卷,她有足够的理由讨回她的试卷。考场上所有的考生都一丝不苟地作弊,她仅仅核对了一下答案这么能算作弊呢? 可她又不能光明磊落地说出她的理由,一旦她指责考生都在作弊的话,她就会成为众矢之的。看来这个女老师是个工于心计的狠毒的丑女人。这个女人深谙世故,其心肠如同蛇蝎一般。郭利芳哑口无言,丑女人利用了人性的弱点。她欲哭无泪,被丑女人轻轻巧巧地算计了。

教室里其他考生都瞠目结舌地看着郭利芳,郭利芳羞愧极了,也内疚极了。她蒙受了耻辱,万分痛苦。从小大大,在大大小小的考试中,郭利芳还从未作弊过,更从未被当场没收试卷宣布试卷作废。从小到大,郭利芳还不知道耻辱是怎么回事,现在她被女老师牢牢地钉在了耻辱的十字架上,被其他人嘲笑着,唾骂着,嗤之以鼻。

郭利芳咬着嘴唇,抑制着泪水,内心带着巨大的羞愧,发疯地,倔强地冲出了考场。她感到这个世界到处都充满着她的委屈和耻辱……

这个郝小燕,有点傻里傻气的什么也不懂,居然轻松地自以为是地告诉她郭利芳什么是耻辱,什么不是耻辱。郭利芳的心里也有些糊涂了，一连折腾好几天，被自己视作奇耻大辱的作弊行为在别人眼里无论如何压根儿都算不上怎么一回事。郭利芳有些惊慌失措，有些心惊肉跳，这个世界到底是怎么啦？到底发生了这样的变化？郭利芳发现自己和这个世界格格不入。但是她仍然那么固执、偏激、不可救药地认为耻辱就是耻辱，考场上作弊就是天经地义的耻辱，这是小学生都知道的常识，谁也抹杀不了的事实。她郭利芳是一个有耻辱心的女人！她郭利芳是一个懂得廉耻的女人！只有这样，她郭利芳才是郭利芳，而不是郝小燕，张小燕，李小燕。她郭利芳才是郭利芳，从小到大都懂得廉耻和羞辱的少女，女孩，女人，妻子！羞愧和廉耻对于一个人是那么重要，对于她郭利芳是那么重要。她郭利芳在少女时代才没有和哪个少男偷偷摸摸地拉过手；在女孩时代才没有谈过一次又一次的恋爱，才把一个完完整整的处女之身在新婚之夜完完全全地交给了夏时捷；在女人和妻子时代也从未坐在哪个陌生的男人膝头上，唱什么妹妹我坐船头，哥哥岸上走。

现在，郭利芳的羞愧和廉耻被人否认了，被人不屑一顾了，被人轻视菲薄了，被人嘲弄讥讽了，被人嗤之以鼻了，别人弃之若敝屣了。郭利芳一个人呆呆地苦思冥想了许多许多，她就是什么也想不明白。考场作弊就是作弊，谁也不能说考场作弊成功的就是英雄，但是所有的人又将考场作弊视作儿戏或再也正常不过的事。郭利芳越想越惊慌失措心惊肉跳啊！

郭利芳坚信自己是对的！一个懂得羞愧和廉耻的女人！一个对自己在考场作弊无比痛恨的考生！

下班回到家，夏时捷沉溺在书房玩电子游戏。郭利芳走到书房门口，看着专心致志的夏时捷，欲言又止。郭利芳打消了同夏时捷交流的念头。郭利芳找到了蒙上灰尘的通讯录，开始给几个关系很好的同学与朋友打电话。她跟同学吴冬雨寒暄了几句后，仍觉得难以启齿，最后才笨拙地诉说了发生在自己身上的事，说自己如何倍感耻辱、内疚不安。郭利芳说自己这些天是活在耻辱之中，生存在别人的闲言碎语的包围圈里，是活在别人的嘲讽和蔑视之中，活在惭愧恐慌与不安之中——吴冬雨没等郭利芳把所有的话说完，就在电话那端情不自禁地笑了起来，笑得郭利芳一头雾水，以为自己说错了什么，以为自己说了让同学忍俊不禁的笑话。没有，郭利芳努力地回想着，自己并没有说错什么呀，这种时候也没有心情去讲什么笑话。生活中的笑话和幽默对郭利芳来说似乎都是相声演员的专利。郭利芳小心翼翼地问，冬雨，你笑什么啊？这又有什么可笑的？我说的都是事实。我真的越来越想不开，考场作弊的耻辱越来越重地压在我的心头上，压得我成天心慌意乱地。同学又毫不犹豫地笑了，笑得一时喘不过气来。郭利芳简直哭笑不得地提着话筒，心里像散着一堆乱草。同学笑够了，才拖长了音调夸张地说，你——呀，还是活得那么认真，简直让人难以置信不可思议。这么丁点大的事，你却把它当成了比什么都了不起的大事。不就是考场上作弊被抓了吗？考场上作弊的又不是你一个人，人人都在作弊嘛！你被抓了只是说明你的运气不好，谁叫你比别人长得漂亮，太引人注目了。谁叫你招来了那个女监考老师的嫉恨？利芳，漂亮的女人是很容易招人嫉恨的，而丑女人谁都喜欢。这些郭利芳你是真不懂还是假不懂啊？要是真不懂啦我明明白白告诉你，你这点事根本算不了什么事，而你就耻辱了，羞愧了，不安了，惊惶恐惧了，你还以为这是什么了不起的大事啊？比你这点事不知要耻辱多少倍的事在别人眼里都不算一回事。郭利芳，别的我不说，我就讲一件发生在我自己身上的事，要是换了你，你肯定一辈子都感到耻辱，内疚，不安。你知道高中时我的成绩一直比你差,但我却考上了大学,而你却落榜了,而且只差了几分,让人痛心的那么几分,几分之差啊!郭利芳,你听好了,不是我考试时发挥好,而是我在高考时作弊了。我把每门功课还没掌握而又十分重要的知识点都密密麻麻地抄在纸上,然后把纸粘在两侧大腿上,考试时我偷偷地撩开裙子偷看上几眼。有两次还被男监考老师发现了,我大大方方地冲他笑了笑,他红着脸也腼腆地冲我笑了笑。我知道他只有佯装视而不见,决不会判我作弊,因为他要是跟我过不去,就得承认看到我的大腿和内裤。他不敢冒这个桃色新闻的险。他放了我一马。毕竟他还要为人师表嘛!这个作弊的好方法是高考前表姐传授给我的。表姐就是靠这种作弊的方法轻而易举地考上了大学。表姐还告诉我不少女生都是靠这种方法混进了大学,没什么大惊小怪的。就是被监考老师发现了他们也不会说出来。至于其他有门路的考生,更是通过教育部门、阅卷老师等五花八门的更高明的作弊方法把子女亲友送进大学殿堂的。说到底这也不能怪他们,谁叫千军万马过独木桥呢!谁叫高考是场你死我活的战争呢?谁叫前几年进了大学就像进了天堂,从此工作不愁衣食无忧呢!

郭利芳听得一股股冷气从脚底往上抽,整个人都仿佛给冻住了,郭利芳张口结舌地说不出话来。怎么会是这样?怎么会是这样呢?这么会是这样啊?郭利芳说不出话来,心里却在不停地尖叫。她的尖叫像锋利的刀子穿透着身体,把她整个人都给肢解得支离破碎。郭利芳在巨大的惊惶和恐惧中挣扎着,她想摆脱又摆脱不了,她的整个身心都被它们恶狠狠地蹂躏着。

吴冬雨在电话另一端喊,利芳,利芳,你说话啊!

郭利芳张了张嘴,她想问吴冬雨,她说的这一切到底是真的还是她编造出来的故事。郭利芳只是不停地张着嘴巴想喊,可是却一点声音都发不出。难道我这辈子再也说不出话,从此变成一个哑巴？郭利芳被更大的惊慌和恐惧淹没着。

利芳,利芳……吴冬雨在急切地喊。

她吃力地张着嘴,还是发不出一点声音。郭利芳一时泪流满面地捏着话筒。

利芳,利芳你怎么啦？吴冬雨急急地喊。

我——我没什么。冬雨,你说的这些都是真的吗？你是在骗我安慰我吧！郭利芳终于结结巴巴地说话了。她终于能够说话了,她不再担心自己变成了一个哑巴。

吴冬雨似乎松了口气,她在电话里有些夸张地大笑着,利芳,你以为我会骗你吗？我是一个编故事骗人的人吗？利芳,高中时我的成绩一向都比你差,同学老师都以为你比我更有希望考上大学,而事实恰恰相反,考上了大学的是我,而你却名落孙山。利芳,我想这些是骗不了你的。

郭利芳简直无法接受这个事实,看来吴冬雨说的是事实,她真的在高考时作弊了,而且许多考生都在想方设法去作弊。可是她郭利芳连一个作弊的念头都没有。如果她当时也作弊了,她今天会是什么样子,会是另一种截然不同的人生。三分之差呀！郭利芳的心中隐隐作痛。

利芳,你这点小事有什么想不开的,瞧你把它都当成了什么耻辱,我一想起耻辱这两个字就忍不住想笑……

郭利芳怯生生地幽幽地小心地问,冬雨,你高考作弊了,这么多年你就没有一点耻辱感和内疚感吗？

哈哈……吴冬雨很响亮地笑着。耻辱?！在那种关键时刻,谁能作弊,谁就是本事,就像那些有门路的考生,他们才叫手眼通天。他们谁又有什么耻辱感,谁又有什么内疚感! 利芳,我倒是常常在想,我要是高考时不作弊,我不知道自己今天会是什么样子,我没准也在工厂里作一个蓬头垢面的女工,嫁给一个满身油污的酒鬼,听着他凶巴巴地喊我洗衣做饭,眼睁睁地看着他夜不归宿。利芳,人有时候真的不能有耻辱感什么的,到时吃亏的还是自己,因为这个现实世界就是这么残酷无情。

郭利芳默默无语地放下了电话。她的内心再次被巨大的恐惧和恐慌捏紧了。她默默地流着眼泪,不停地问自己,考试作弊在别人眼里是再正常不过的事,我怎么就有了耻辱感,我为什么对这件事耿耿于怀,总认为自己作了一件让自己蒙受了耻辱的事。

郭利芳又小心地给几位同学和朋友打了电话,她心情复杂地诉说了自己这段时间的遭遇和困惑,郭利芳似乎在小心地求证着什么,结果她失望了。郭利芳得到了千篇一律的回答。大家都让位郭利芳不值得为这么点小事羞愧,耻辱和不安。而且,现在似乎也没有什么事值得人去羞愧,耻辱和不安的! 郭利芳每次在得到这些相同的答案时,有些失望地迫不及待地挂掉了电话。

郭利芳一次次重新陷入了更大的惊慌和恐惧之中。

夏时捷沉溺在电子游戏里。夏时捷现在是两耳不闻窗外事,新闻联播都不看,晚报不看,球赛不关心,GDP 增长了多少也与他毫无瓜葛。夏时捷只对虚拟的游戏感兴趣。这个当年北大的高才生,这个当年才华横溢的才子——夏时捷,如今只固执地执着地一如既往地喜欢他的电子游戏。郭利芳悲怆地站在客厅里,她不知道自己该怎么办,她再也甩不掉那种耻辱感,考场作弊就是作弊,她无法在心里黑白颠倒地将耻辱从此从内心抹去,郭利芳做不到！有许多事郭利芳就是做不到，别人可以轻轻松松地说轻轻松松地做，轮到她郭利芳就是不行。郭利芳不由对自己深深地失望了。

郭利芳郑重其事地走进书房，站在夏时捷的身边，她想跟夏时捷好好地谈一谈。夏时捷有他虚拟的游戏世界，可她郭利芳呢？郭利芳现在弄不清楚自己还喜欢什么。

夏时捷一如既往地对郭利芳的到来毫无知觉。

时捷！郭利芳有些委屈地叫了一声。

夏时捷毫无知觉，夏时捷投入了虚拟的战争中，电脑屏幕上是一片刀光剑影。

时捷，郭利芳泪流满面撕心裂肺地叫了一声。

噢。夏时捷惊诧地回过头来，夏时捷看到了身边的郭利芳，泪流满面痛苦憔悴的郭利芳。

利芳，是你叫我吗？夏时捷一脸茫然地问。

是我，是我在叫你。时捷，我不知道怎么活下去。委屈、耻辱、羞愧不安、惊惶恐惧一起从郭利芳心中奔涌出来。郭利芳不能自抑地扑倒在夏时捷怀里。

夏时捷呆呆地傻傻地搂着郭利芳，夏时捷一声不响地搂着郭利芳。

郭利芳突然放声大哭，在自己男人夏时捷的怀抱里，在一直冷冰冰的夏时捷面前，郭利芳任性地放纵地痛哭不已。

利芳，你是怎么啦？夏时捷一下子慌了手脚，不知所措地搂着郭利芳问。

时捷，郭利芳止住了哭声，她把这一段时间发生的事情一五一十地讲了出来。郭利芳最后害怕地搂着夏时捷的脖子问，时捷，你说人有耻辱感吗？你说别人都没有耻辱感，为什么我还有耻辱感呢?

夏时捷可怕地盯着郭利芳不说话。

郭利芳有些害怕地摇了摇夏时捷。时捷,你说啊,为什么你不说话。

夏时捷终于摇了摇头,又点了点头,有些艰难地说,利芳,你知道耻辱,别人不知道耻辱,有些事你不会去做,你不会做的事情有人却偏偏愿意去做,利芳,你要知道,人与人是不一样的。

郭利芳失望地叫了声,喊,你说别人都没有了耻辱感了,才什么事都会去干?

夏时捷沉默不语。

郭利芳尖叫了一声,她愣愣地盯着夏时捷。

夏时捷嘿嘿地冷笑了一声说,你不信,到时我会给你看样东西,你就知道这个世界上的人还有没有耻辱感了。

惊惶、恐惧又一次淹没了郭利芳,她也一脸呆若木鸡地看着夏时捷。

郭利芳正在车间检查产品质量,郝小燕匆匆忙忙地跑过来,喊郭利芳过去接电话。郭利芳愣了一下,有一种不祥的预感。心扑扑地乱跳着。郝小燕在一旁催促道,郭姐,电话那边让快点。郭利芳忙丢下手中的活,小跑着回了办公室。郭利芳刚抓起电话喂了一声,那个粗大的嗓门就声严厉色公事公办地说,你是郭利芳,夏时捷的家属?

郭利芳有些虚弱地应了一声。

我是流州市公安局,犯罪嫌疑人夏时捷正式被拘捕了。

夏时捷犯了什么罪?你们为什么要拘捕他?郭利芳有些站立不稳,捏着话筒尖叫着问。

夏时捷态度恶劣,搅乱正常的机关工作和秩序。那个粗大嗓门义正词严地说。

夏时捷他怎么会打人,他一个与世无争只知道玩电子游戏的人?郭利芳颤抖着问。

你去问夏时捷吧!那个粗大的嗓门生气地挂了电话。

郭利芳呆呆地傻立着,她喃喃自语,夏时捷怎么会打人?夏时捷只活在他虚拟的战争中,他从不把虚拟的战争演绎到现实生活中。这样的人怎么会打人呢?

郭利芳请了假,匆匆地开着车赶去夏时捷的单位。郭利芳脑子里嗡嗡作响,像有一窝蜜蜂在闹腾着。郭利芳一心要把夏时捷的事情弄个水落石出。夏时捷怎么会打人呢?她怎么想也不明白。郭利芳心急如焚地抄近路拐进了一条巷子。巷子里坑坑洼洼的,坎里尽是一些玻璃啤酒瓶的碎渣,郭利芳车速丝毫没有减下来。突然郭利芳的车胎啪地响了一下,车子跑着跑着就慢了下来,她发现两个车胎一点气也没有了。郭利芳颓丧地下了车,推着车往前走。郭利芳敲开了巷子边一位人家的门,好说歹说将车子寄存在她家,郭利芳一次付给了她50元保管费。

郭利芳心急如焚里一路小跑出了巷子,巷子口停有一辆搭客的摩托车,戴着红色头盔的摩托司机正东张西望,一见郭利芳就涎着脸上前热情地招呼着,小姐,想去哪里?上车吧!郭利芳见司机喷着满嘴的酒气,就侧过身寻找着,可附近只有这个搭客的摩托,犹豫了一下说,去组织部,快点。摩托车一溜烟地跑开了。

司机一边搭讪说,小姐,你好像遇上了伤心事!

郭利芳默不作声,不想搭理这个司机。

小姐,老公欺负你了?小姐你这么漂亮,他欺负你,你一脚把他踹了不就成了。你这么漂亮的美女还怕找不着男人?

我要下车，郭利芳见司机越说越不像话，忙喊叫着，让我下车。

红色头盔对郭利芳的话置若罔闻，嘿嘿冷笑了几声，将车开得飞快，接着拐进了旁边的一条深不可测的巷子。郭利芳突然明白了这个红色头盔想干什么，她一边厮打着这个红色头盔一边大喊着，救人啊，有流氓啊！

摩托车在一处楼房前颤抖着刹住了身子，郭利芳不等车子停稳就迅速跳下车，红色头盔见状扔下了车子，朝郭利芳猛追着。红色头盔边追边说，小姐，我喜欢你这么漂亮的美女，我给你钱。郭利芳一边逃一边大喊救命啦！有人要流氓啊！但红色头盔有恃无恐，对郭利芳穷追不舍。眼看着红色头盔快追上了，无路可走，郭利芳慌得窜上了一栋楼的楼梯，没命地往上逃，那红色头盔也紧追上来了。

郭利芳拼命地逃着，她想这下子坑了，她把自己逼进了一条死胡同。郭利芳逃到了四楼，恰好一家户主的门开着，郭利芳一下子闯进屋子，将门啪的一声关上了。郭利芳用身子紧抵着门，大口大口地喘着气。户主是个年轻的女人，闻声从里屋走了出来，一见郭利芳惊得花容失色。

红色头盔发现郭利芳逃进了屋子就在外面拼命地砸着门。郭利芳顾不上喘口气，对年轻女人说，对不起，外面有流氓，快打电话报警，年轻女人慌忙进屋打电话去了。

但110警察赶来救了郭利芳和年轻女户主时，郭利芳感觉真的像是做了一场噩梦。她听着被抓获的红色头盔大喊大叫，快放开我，我还从来未见过这么漂亮的女人。郭利芳和年轻的女人相拥在一起，两人喜极而泣。

郭利芳在派出所陈述完事情的经过，并签下名字，被送往组织部。郭利芳向门卫老头打听夏时捷时,老头斜了斜郭利芳一眼问,你是夏时捷什么人?郭利芳这时长了一个心眼,撒谎说,我和夏时捷是同学,来找他办点事。门卫老头点了点头说,你甭指望夏时捷帮你办什么事那,他被公安局抓走了。郭利芳身子还是颤了一下,惊问,他怎么会被公安局抓走啊?门卫老头瞥了她一眼,压低声音神秘地说,他和部长吵架,还动手打了部长。郭利芳呆了一下,过了好久才问,那夏时捷为什么和部长吵架,还动手大人呢?看门老头突然说,你就别问那么多了,这是部里面的事,是不能让外人知道的。就快走吧,如果上面知道我容留夏时捷的同学在这里,我真是跳进黄河也洗不清。

郭利芳待了一会儿,她盯着门卫老头恶狠狠地说,我是夏时捷的妻子,你不告诉我夏时捷为了什么和部长吵架并动手打人,我今天就在这里不走了。

门卫老头连声说,我真是瞎了眼,早就应该知道你是夏时捷的妻子,早听说过夏时捷的妻子漂亮得很呢,好好,我告诉你,你听完就走,小夏他把单位人事档案偷偷拿到外面去复印,结果让部里发现了。部里决定将小夏调离档案室,小夏去找部长论理,年轻气盛,就动手打了部长。

郭利芳在心里尖叫了一声,她突然想起夏时捷说要给自己看样东西,原来他偷偷地复印了大大小小的干部的人事档案,要将它们拿回家给自己看。看来那些档案里有许多与耻辱有关或无关的东西。

是我害了夏时捷,郭利芳心中一时像挨过千万把刀子。突然一下子昏倒在传达室里。

一个星期后,郭利芳在流州市的看守所接待室里见到了夏时捷,郭利芳愁容满面看着夏时捷。夏时捷神情恍惚,他看见郭利芳时,眼里突然闪过了一道亮光,低声地说,我说要给你看件东西,我再也做不到了。我不知道明天还会发生什么!郭利芳再也忍不住了,热泪涌流地叫了声,时捷,是我害了你啊!郭利芳颤抖着伸出手抚摸着夏时捷消瘦苍白的脸颊。

　　夏时捷有些凄凉地笑了笑,抓过郭利芳的手,夏时捷轻轻地抚摸着,轻声赞叹说,利芳,你这双手是天下最美的手。

　　郭利芳在心里哭泣着,她抬起头,一只蝴蝶被她带进了看守所得值班室,在他们身边翩翩起舞。

说声再见

赵颖光彩照人地扬着手,冲欧总和老方轻轻地摇了摇,彬彬有礼地说再见。欧总开了车窗,目光异样地剜了她一眼,意味深长地说再见。赵颖在心里呀地尖叫了一声,目光受惊般地跳开了,忙避开了欧总目光强烈地照射。司机老方沉默寡言娴熟地倒着车,小车从眼前滑了过去,无声无息的,一晃就消失在错落有致的别墅群中。

正是初秋的季节,天高云淡,成了都市深邃的背景。赵颖瞅着高深莫测的天空发呆。看来欧总一准出了问题,这些天看她的目光就跟看别人时的眼光很不一样,看别人时充满着机智和对世俗的深刻洞察,看她时竟有些痴痴呆呆的一往情深。

两年前在一次饭局上,赵颖和欧总萍水相逢,却被欧总一眼相中了。欧总乘着酒兴突然要赵颖辞职来他的公司,并毫不含糊地抛出了十五万诱人的高薪。饭局从热闹的气氛中猛地跌下了地,又腾地涌起一片唏嘘感叹声,有说欧总真是大气魄,有说欧总真是有心的伯乐,一顿饭的工夫就挑了一匹千里马,甚至有人开着玩笑说欧总真是英雄专找美人。所有的人都眼巴巴有些羡慕地盯着赵颖。赵颖脸红心跳不知所措了片刻后,她动心了,答应回去考虑。赵颖和柯天诚婚前按揭买了一栋豪华的别墅,首期只付了十万,现在每月要偿还一万多的银行按揭,压得人心惶惶。天诚在一家跨国公司里刚升了销售主管,月薪也刚对付银行的按揭。赵颖在经委做秘书,月薪两千不到,爱莫能助,这日子紧巴巴的捉襟见肘。赵颖面对十五万的高薪能不心速加快吗?有了这份高薪,天诚肩上的压力和负荷也就锐减。两个人的日子从此过得轻松愉快。欧总见状胸有成竹地点头说,我只给你三天时间。欧总举起了酒杯,连声说喝酒。

和天诚商量时,天诚像不认识似的盯着赵颖,犹犹豫豫地问,颖,你真的想去欧彦华的公司?赵颖看着一脸苦巴巴的天诚深情地点头说,我决定了。有了十五万的年薪,你的压力就减了一大半,这房子不也就提前归我们所有了嘛!天诚忧心忡忡地苦笑着说,当初我下了狠心买这栋别墅,是想让你住得宽敞舒适,也是想自我加压。要是你因为这去欧彦华的公司,买了这栋别墅又有什么意思!日后两人都昏天黑地忙起来,有时怕是半月也不会打个照面。赵颖笑着说,看你一副苦大仇深的样子,像是跟欧彦华的公司结了仇似的。我看并不像你说的那么严重,这日子还不和以前一模一样,只要你回家,我还不照样在家候着你。天诚突然笑着打趣说,颖,我不做你的绊脚石。欧彦华是 A 省商界的大哥大,一个优秀的成功男人,你可别被他俘虏了去,那我注定是跌惨了——赔了夫人又损兵。赵颖娇嗔道,看你都想到哪去了,我要是被欧彦华擒住了,你就不会再把我从他手中抢回来。柯天诚眉开眼笑地说,这主意不错,他能擒住你我就能抢回来。他突然扑向赵颖,两人很热闹地扭打在一起。

没想到天诚的预言最终变成了现实。赵颖呆想了一下,才转过身三步并作两步地走到门前。站在智能防盗门前，赵颖的心一阵莫名其妙地乱跳，她迫不及待地揿响了门铃。今天该是周末吧，天诚不是在公司里加班就是在家工作。门铃一直在旁若无人地叫嚷着。天诚并没像她期望中的那样猛地拉开门突现在面前，张开手臂热烈地拥抱她的归来。毫无疑问天诚不是在公司夜以继日地加班就是出差在外。赵颖心中突然涌上一种深度的疲惫。这些天她跟着欧总出差在外，东奔西走，还得应付各种名目繁多的应酬，每天都是深更半夜才回到宾馆的。疲倦地躺在宾馆的床上，赵颖一闭上眼就想回到自己家中，让脑子里像水洗过的一样干净，什么也不用去想，然后无忧无虑地拥着天诚睡上一个安静的好觉。现在一旦真的回家了，面对空无一人的别墅，那种在外盼归的感觉一下子烟消云散了。还真让天诚说对了，两人各为其主，一忙起来真是天昏地暗，有时十天半月也凑不到成一个照面。

　　赵颖慵懒地输入了一串密码，防盗门自动敞开了怀抱。这串密码是两人的生日和结婚纪念日组合而成的。赵颖突然一阵心伤，脆弱得眼泪差点掉下来，她和天诚有两年没有在一起过这些个人生活中的重大节日了。赵颖进到冷冰冰的屋里，她还是情不自禁地叫了一声天诚，我回来啦！屋里无人应声。赵颖赌气地将旅行箱扔在一边，呼啦啦地蹬掉了脚上的鞋子，三五下扒掉了外衣，整个人有气无力地一头栽进休息室宽大柔软的真皮沙发上。赵颖憔悴地闭上了双眼，这两年来日积月累所有的疲惫和困倦都在这一刻完完全全地释放出来，它们在她身体里压抑得太久了，现在它们肆无忌惮地迸发着。屋里冷清得像很久没人住过一样，如同寂寞的荒原，在她心中繁衍着荒芜和凄凉。

　　辞职去了欧彦华的公司后，赵颖才真正明白当初欧总为什么对她抛出这么高的年薪。在欧总眼里,下属们都必须是一台不知疲倦的机器,是一个地地道道的工作狂。赵颖的每一分钟都被明明白白地算计着,并且要产生最佳的经济效益。欧总对所有员工都说得很露骨,你们每个人每天的工作一定要产生效益,除了我支付给你们的工资外,你们还得为公司创造利润。一开始赵颖还真有点受不了,她虽是名牌大学经济管理系的高才生,但平日养尊处优惯了。好在没多久她就适应了,她的才干很快显山露水,让一向对下属总是挑剔的欧总也不由啧啧称赞。只是她和天诚在一起的时间越来越少了,不是你就是我出差在外,有时十天半月也见不上一面。两人回到家偶尔凑在一起,也是深更半夜,两人早已累得筋疲力尽,连一句多余的话也不想说。两人都想省点力气,养足精神,好精神抖擞地去对付第二天的工作。

有一次,赵颖和天诚都是半夜鸡鸣才喷着酒气回到家的,一番洗漱完毕躺在柔软的床上已是凌晨三点了。两人都眼睁睁直挺挺地躺着,对对方毫无兴趣,一丁点心情也不见。赵颖撑起身子,突然扑在天诚的身上,嘤嘤地哭了。天诚茫然地睁大着眼睛,盯着头顶上的装饰灯淡淡地说,颖,这日子不是过得好好的,该有的都有了,颖,你还哭什么呀?赵颖伤心地说,天诚,都怪我当初不该去欧彦华的公司,每天累死累活的不说,咱俩都变成了一对木偶人了。天诚,你说,咱俩这半年待在一起的时间加起来还不到三天。天诚,我们还是不是夫妻?我们过的这是什么日子呀?你说我们什么都有了,这话不错,可我们却丢了夫妻最重要的长相厮守。天诚,我们真不该买下这栋别墅,我更不该去欧彦华的公司,去拿什么十五万的年薪。天诚依旧盯着头顶上的屋顶,打了个呵欠,轻描淡写地说,颖,你想到哪去了,我们这日子真过得好好的,这栋别墅,还有十多万的年薪,不是每个人都能拥有的,有的人一辈子也挣不到我们一年的收入，梦里也看不到这样的别墅。颖，有所得必有所失，我们也该知足了。天诚又打了个呵欠，说，颖，明天公司里有个重要的会由我来主持，这个会对我是一次在公司里树立威信的好时机。颖，我得睡了。天诚说着疲乏地闭上了双眼。赵颖一声不响地从天诚身上翻下来，内心隐隐透着失望。她感到天诚变了，变成了一副陌生的面孔。听着天诚的鼾声，她在心底轻轻地叹息着。关了灯后，卧室里陷入一片黑暗之中。赵颖睁大眼睛胡思乱想着，人到底为什么而活着?难道人活着就是为了不停地满足自己的欲望，就是为了别人一辈子也挣不到的十五万年薪?人的这些欲望就像无边无际的黑暗，会恶狠狠地吞没每个人的一生。

　　第二天一早，赵颖睁开眼睛时，天诚正站在床前一往情深地看着她，轻轻地唤着她。赵颖看着神采飞扬的天诚，又重新找回了她心目中过去那个深爱着的柯天诚。她甚至为昨天晚上那些不合时宜的念头感到羞愧和不安。她热烈地对天诚报以一笑。天诚俯下身子，在她额头上深深地吻了吻说，颖，我得走了，去公司先准备一下今天的会。赵颖无声地点了点头。天诚走后，赵颖也起了床，一番洗漱后开始在衣柜里精心地挑选今天穿的衣服。往脸上涂抹近千元一瓶的高级进口护肤膏时，赵颖对着镜子里自己姣好美丽的面孔笑了。她想天诚也许是对的，两人的日子确实过得好好的，该有的什么都有了，比平常人不知要强上多少倍，虽然也有缺憾，但缺憾本身也是一种美。是该心满意足了。赵颖一边想一边收拾着自己，然后轻松愉快地出了家门。

　　迷迷糊糊地躺了一会，赵颖突然想起给天诚打电话。她起身走到了客厅，拨了天诚的手机。听筒里一个矫揉造作的女声告诉她对方的手机已关机。

还是关机。赵颖愣住了。在北京上飞机前赵颖也拨打过天诚的手机，手机是关机的。刚才一下飞机在欧总的车里，赵颖想告诉天诚自己回家了，但一想欧总在身边又克制住了。赵颖和天诚还是三天前通的电话，当时她正和欧总参加一个重要的招标会，手机响了。赵颖去会场外接了手机，是天诚打来的。赵颖和天诚简简单单地说了几句，又回到了竞标会场。

天诚的手机一般不关机，除了在飞机上或参加公司里一些重要的会议。赵颖寻思着天诚会不会在公司里加班，她又试着拨打天诚的办公室电话，电话却一直无人接听。赵颖心有不甘，又拨打天诚的手机，除了那个令人讨厌的女声机械地重复着那句枯燥的话，再也找不到天诚的一线音讯。赵颖反反复复地拨着同一号码，期待着天诚的手机在突然间被接通。在拨打了几十次得到的都是同一种结果时，赵颖毫无希望地放下了话筒。她一脸茫然地四处看了看，这将是一个孤寂难熬的不眠之夜。接下来还有三天的时间。三个漫长的白天和黑夜。赵颖设计的标书在这次北京某部委召开的设备招标会上出人意料地击败了如林的强手，一举中标。欧总当时万分激动，许诺说回去后要给赵颖放三天长假。赵颖又惊又喜，欧总真是突然大方了。她瞥了欧总一眼，看出欧总说出这话后立马就后悔了。赵颖忙连连低声道谢，接受了欧总的恩泽。木已成舟，欧总只好自我解嘲而又无可奈何地笑着说，放你三天假，我还真有些舍不得，我身边实在是一天也离不开你。赵颖谦逊地说，欧总身边全是精兵强将，随便抓一个都胜过我。欧总含情脉脉地笑看着她，似乎把要说的话都放进了目光里。赵颖无知无觉地避开了欧总的目光。

这时的天诚在飞机上还是出了什么事？赵颖心头掠过一丝丝忐忑不安，随即铺天盖地涌动着无尽的牵挂。她和天诚的感情是一路风霜雨雪过来的，到后来不仅没有枯萎，反而花开得更艳。当初她对貌不惊人的天诚一见钟情,这在一般人看来简直是难以置信不可思议的事。赵颖天生就是一个美人坯子，又兼之气质高雅，才华横溢，身后的追求者如云，足以排上几里的长队。这支队伍里有本市市委书记的公子，有副省长的小舅子，有身价逾亿的富豪，也不乏时代创业有成的天之骄子，还有大学里苦苦追求她多年的同窗学友。赵颖看中的是天诚在经历生活和事业的一连串磨难与挫折后依然保持着善良纯朴的心灵，天诚身上一个别人望尘莫及的高尚灵魂在赵颖眼里却成了男人一生最宝贵的财富。

往事像一盆温水在心中浸湿着情感，赵颖仿佛回到了和天诚的恋爱时代。可现在天诚到底置身何方?又在干什么?赵颖的心不由一阵紧缩。她知道天诚是个分秒必争的人，从不浪费生命中的一分钟，和那些懒懒散散一副不成器的男人有着天壤之别。这也是赵颖欣赏天诚的地方。她猛地想起和天诚之间还有一个特殊的联系方式——彼此留张纸条，告知对方自己的去向。这是两人恋爱时就上演的一个节目，婚后雷打不动地保留下来。两人都对这种古色古香的联系方式情有独钟，感到万分亲切。

迫不及待地进了卧室，赵颖一眼捉住了梳妆台上天诚留的纸条。她奔过去，急切地伸手捞起纸条。

亲爱的颖:爱你想你。我明天出差,将去上海、杭州、南京、重庆、成都、西安、兰州、北京等地。大约半月后才能回来和你团聚。吻你,吻你的全身。

这个天诚，还是一点正经也没有。赵颖不由哑然失笑，天诚每次的留言仍像当年写情书一样热烈奔放，火星喷射。现在两人偶尔撞在一起，反而一点火星也不见，气氛也越来越寡淡无味，像缺了油盐酱醋的粗茶淡饭。赵颖心中又被淡淡的忧伤和惆怅覆盖了。

又将纸条一字不漏地读了一遍，赵颖才小心翼翼地将纸条放进梳妆台的抽屉里。抽屉里整整齐齐地藏着两个人互相留的数百张纸条。这数百张纸条仿佛舒展成几年的恋爱时光和婚姻生活。赵颖情不自禁地抓起面前一大叠纸条，纸条上全是天诚的留言。她一张张读着，时光在身边缓慢地流逝着，时光在她的阅读中回逆着。

屋里的光线不知不觉暗下来，很快地变成一团模糊不清。一个夜晚就这样无声无息地降临了。黑暗把赵颖身心浸透了，在她心中滋生着孤独。人在黑暗中最容易感到孤寂的。宇宙中有可怕的黑洞存在，人的生命难道也有看不见的黑洞存在？赵颖面临的黑洞就是这个孤寂的黑夜和接踵而至的三天假期。偌大的别墅虽然被各种豪华的新式家具占据着，但给人的感觉仍是空荡荡的。赵颖沉浸在一个人的孤寂世界里。

刚去欧彦华的公司时，赵颖先后请过两个保姆。第一个保姆是个十八、九岁的乡下女孩，在城里却泡了有些年头和经历了，从女孩时髦新潮的穿着上一点儿也觅不到乡下人的痕迹了。这个乡下女孩看上去就是一个时代感很强的都市女郎，涂着猩红的唇膏，头发也染成了棕红色，七分牛仔裤将下身绷得显山露水的。女孩喜欢一边吃零食一边看电视或录像，边看边毫无顾忌地开心大笑着。女孩不吃零食不看录像时喜欢同主人东拉西扯地聊天，一开口就是大街上流行的那种时髦新潮时装发型，满嘴喷出的都是些夹着乡音的什么 N 次、酷毙、帅呆了、美女、帅哥、太菜了、养眼、爽死了等等一些新新人类的专有词汇。保姆是天诚的一个同事介绍的。赵颖倒觉得这个浑身都冒着俗气的女孩并不是块做保姆的料,适合去当坐台小姐。没想到这样一个浅薄的女孩干了不到三天就炒了主家。女孩大大咧咧地对赵颖说,我在你们家一点也不习惯,这么大的房子真把人闷死了,你们又都是深更半夜回家,成天一个说话的伴也没有,再不走,我就变成哑巴啦!赵颖陌生地看着女孩,突然笑了一下说,没什么,你走吧!我按半月支付你三天的工资。赵颖像送瘟神似的。女孩接过工资扛着行李一拍屁股走得一干二净。

第二个保姆倒是个沉默寡言老实本分的乡下女孩,干了一个月就走人了,说是在他们家什么都好,就是太闲了,成天守着一栋空落落的大房子,过不惯这种闲得发慌的日子。这是个从小劳动惯了闲不住的乡下女孩。

第一保姆耐不住冷清,第二个保姆闲不住,赵颖不打算再请什么保姆了,索性去家政公司请了个钟点工,每天准时来清洁卫生。这个钟点工下过乡当过知青,才刚下岗几个月。前两年她和男人离了婚,一个人孤零零地过着日子。钟点女工说人生所有的不幸都让她遭遇上了,她和赵颖在一起待了总共不到半小时,赵颖就知道了她的不少事。那个钟点工第一次进屋时站在客厅里发呆,一个劲地惊叹他们的房子真大,她在梦里怕是也住不上这么宽敞豪华的房子。她又说这么年轻,就有了这么好的房子,真是享不尽的好福气。赵颖心中的怜悯油然而生,钟点工这一代人真是不容易,什么事都让他们碰上了。赵颖当即决定每月另付给她 50 元,说是小费。

平日赵颖和天诚都是争分夺秒地忙着各自公司里永远也忙碌不完的事,一点儿也没感觉到两个人世界的不正常,现在她突然闲下来静下来,猛地感到自己竟然不适应这种生活了。此时此刻,赵颖日积月累所有的疲惫都完完全全地释放出来了,所有的喧嚣和风光也都暂时离她远去了。只剩下她一个人独自面对冷冷清清的日子。她有些后悔，当初真该找一个能耐得住寂寞和清闲的保姆。

屋里的黑暗一时浓得化不开，开了灯后，柔和的灯光刹那间冲淡了黑暗。赵颖小心翼翼地将纸条放回抽屉，这些纸条可是两人浓缩的婚姻生活。她莫名其妙地叹了口气。想着天诚此时也许正在飞机上，在十多个城市忙忙碌碌地穿梭往来着。她和天诚就像两个轨道上的星球，都在飞快地旋转着，双方之间的距离越来越远。赵颖内心一阵沉重的失落。

灯光在屋里烘托出了几分怡人的色调，在赵颖心中渲染着一丝丝温馨。她盯着墙上的壁灯发呆，豁地站起身，在别墅里跑上跑下，将所有的灯全都打开了，别墅里顿时亮如白昼。赵颖站在空旷的客厅里，头顶上五彩缤纷的装饰灯光闪烁不定，在地板上投射着孤独不安。她猛地感到了内心的孤独与苍白。这栋别墅实在缺少了人的生气。赵颖一边用遥控器打开了电视机，一边又开了音响放起音乐。别墅里还不够生气勃勃。她突然扭动起腰肢，疯狂地摆动着身子，挥舞着手臂。赵颖有些做作地大幅度左右摇摆着。跳了一会，她很快就感到索然无味。她心惊肉跳面红耳赤地停下来，茫然地四处张望着，别墅里依然冷冰冰的。

赵颖有些疲倦颓然地倒在客厅的沙发上，她摆了一个粗俗的女人最慵懒的姿势。赵颖在心里嘲笑着自己，她还从未像今天这样放纵过自己。她有些羡慕街头上的那些女人，她们才叫活得真实和随心所欲。而她从小到大都活得一本正经规规矩矩的，她母亲认为一个漂亮的女孩子最容易被人评头论足说三道四，要想堵住别人的嘴巴就是时刻不忘检点自己，活得让别人挑不出一点坏毛病来。赵颖一直按照母亲的要求严格要求自己，她在所有人眼里举手投足都成了女人的经典,都是女人的标本和艺术。

在这个苍白无聊的夜晚该干点什么?怎样打发过去?还有接踵而来不折不扣的三天假期。去走亲访友,还是找朋友聊天?她和天诚都是外地人,在这个还没有真正意义上的亲戚。她身不由己地拿起话筒,想给朋友打个电话聊聊,结果她搜遍了记忆,就是找不出这两年还保持着一点亲密联系的朋友。那些往日的朋友不知不觉早就生疏了,特别是到欧彦华的公司后,许多朋友从她的生活中销声匿迹了。她无法赴他们的邀约,她没有工夫和他们一起聊天谈心,保持亲密联系,她连打电话给对方的时间也挤不出,甚至连接听电话的时间也没有,每次只好长话短说。都是为了十五万的年薪,赵颖心中涌上了一阵心酸。她发现自己的生活早已被十五万年薪彻底篡改了——没有了知心朋友,没有了夫妻生活,没有了私人空间,她全部的生活就是两个字——工作!她得拼命地工作,在她的生活中,工作才是至高无上,天诚和所有的朋友都得给它让道。天诚又何尝不是如此呵!

工作!活着为了工作,工作也是为了活着。赵颖的内心腾地涌起一阵苍凉。除了欧彦华,她在这个都市再也找不到第二个打电话的人了。赵颖打开手机,屏幕上显示的全是一些客户的联系电话。赵颖凄凉地笑了。她不会给欧总打电话。她进欧彦华公司的第一天就把两人定格在老板与雇员之间的正常关系上,她不会和欧总发展私人空间。赵颖用手机拨打了一个熟悉而陌生的号码,客厅的电话突然铃声大作。赵颖反反复复地重拨着同一号码,客厅里的电话铃声一直响个不停。赵颖开心地笑着。

玩了一阵这种无聊的游戏后,一阵饥饿感袭来,赵颖才意识到自己还是在北京上飞机前吃的早餐,现在早已是饥肠寡肚了。一旦有了饥饿感,赵颖就再也克制不住。她起身走到厨房,厨房里没有一点人间烟火的味道，打开食品柜和冰箱，里面空无一物，什么吃的也不见。她又寻到储藏室，储藏室里除了几瓶法国葡萄酒，同样毫无所获，没一点可供填埋肚子的食物了。她记起自己已有一年多没在家里吃过饭了，不是随着欧总请客户就是客户请吃。天诚也是如此。年夜饭两人都是在餐馆解决掉的。赵颖和天诚的时间都被自己和别人算计着，再也没空聚在一起心平气和地吃上一顿自己做的家常饭了。他们也根本不需要去商场超市进行大采购，两人在家里待的时间都是用来休息睡眠养精蓄锐的。

在这个物质异常丰富的年代，家中竟然找不到一点填埋肚子的食物，赵颖多少有些难为情，她自我解嘲地笑了笑。这片别墅地处城市的边缘，看来只有去闹市区才能解决晚饭问题，顺便去商场超市采购一些食品回家。赵颖想冰箱食品柜也该名副其实储存一些食品了。

赵颖娴熟地驾着别克车驶上了小区宽敞的道路，她情不自禁地回头看了一眼自家的别墅，别人里一派灯火辉煌。五彩缤纷的灯光把别墅映照得像一座天上的宫殿。赵颖想，我和天诚真的像是生活在天上，一点不食人间烟火了。

车子驶出了静悄悄的小区。二十分钟后，赵颖开着车行驶在汇集着本市商业中心的解放路上。她将车停放在本市最大的娱乐中心——欧罗巴停车场上。这家叫欧罗巴的娱乐中心是昼夜二十四小时不间断营业的，它的停车场也对外开放。

走在最繁华的商业中心的街道上，晚风夹带着一丝丝秋夜的凉爽。都市的夜风是流动的情调，在赵颖的心中尽情渲染着。赵颖边走边左顾右盼，大街上一对对男女相依相偎千姿百态地组合在一起，有手拉手、手挽手的，有女孩小鸟依人地粘在男人身上,有男人把女人拥在怀里,还有男人把手搭在女人的腰里,那手就像方向盘,一心一意地操纵着女人。赵颖看得有些眼热,也有些失态,眼泪不由自主地落下来。赵颖有些慌乱地低头加快了步子,她的目光再也不敢落在那些成双结对的男女身上。

恢复了内心的平静后,赵颖才抬起头,她发现这个都市的夜晚是如此美丽,一点不比那些大城市逊色。这个都市一夜间仿佛变了许多,新起的楼群雨后春笋地冒出来,街道两边的广告灯箱流光溢彩,成了街头一道诱人的风景。赵颖目不暇接,目光在四处流连忘返着。她深深地叹了口气,惊诧自己平日对这个都市麻迟钝和日渐陌生疏远,这两年来她在这个都市里来来去去,竟然一点也没感到这个都市在不停地变化着,在由一只过去的丑小鸭蜕变出落成一只高贵的白天鹅。

不知不觉走到了解放大道的尽头,赵颖走进旁边的一条巷子。巷子里有一家馄饨店。是一对四川夫妇开的。恋爱时赵颖和天诚经常光顾这家馄饨店。赵颖后来不知吃过多少上档次有品位的宴席,但她始终认为那对四川夫妇的馄饨才是天下最诱人的美味。四川夫妇自始至终烧的是柴火,煮馄饨和熬汤的锅都是祖传的铜制大锅。一锅老汤十几年一直在沸腾不息着,阵阵清香四溢,整个巷子都飘着醉人的香味。馄饨皮是四川老板亲手擀出来的,方方正正薄得像张纸。馄饨馅是老板娘在砧板上千刀万刀地剁出来的。四川夫妇用传统的方法调制出了现代人最喜欢的风味。婚后,赵颖再也没去过四川夫妇的馄饨店,但四川夫妇做的馄饨一直让赵颖念念不忘。

走进巷子时,赵颖发现有些不对劲,巷子两边低矮的房子黑灯瞎火的,只有路边几盏孤灯透着冷寂的灯光。巷子两边的住户都已不知去向了。赵颖站在的馄饨店前,四川夫妇早已人去楼空。借着对面路灯透过的灯光,赵颖看见木板门上用石灰刷着拆迁两字。巷子里似乎还飘着缕缕不尽的香味,赵颖怅然若失地伫立了很久,也许要不了多长时间这片巷子将被一栋栋拔地而起的高楼取而代之。四川夫妇不知去了哪里?现代的都市人又不无遗憾地失去了一道美味。

从巷子里折回身,赵颖又踟蹰在解放大道上。她不由自主地进了路边的一家小餐馆。她想过一过平常人的生活。餐馆里人声鼎沸,像煮沸的开水四溅着。她刚走进这家餐馆时,所有的食客在一刹那间突然有些畏惧地闭上了嘴巴,愣愣地盯着她看。餐馆里一时静悄悄的。对于这些肆无忌惮的目光,赵颖早已习以为常了。她坦然地在一张脏兮兮的桌子上坐下来,一个跑堂的女孩随即走过来,将一份同样脏兮兮的菜单搁在她面前,怯生生地问,小姐,点菜吗?赵颖看了女孩一眼,轻声说,给我来份快餐吧!谢谢。女孩拿着菜单怯生生地走了。餐馆里的食客们在静默了片刻后不知谁突然喊了一声喝酒,又大声喧哗着,并且制造的喧嚣一浪高过一浪。不少食客在暗中偷觑着她。赵颖泰然自若地坐着。一份散发着浓烈的人间烟火的快餐很快地送来了。赵颖低头吃了几口就皱着眉头放下了筷子。饭菜实在难以下咽。她深深地叹了口气。她的胃似乎早已被宠坏了,已不适应生活的烟熏火燎了。不过,她实在打心里喜欢小餐馆里这份热热闹闹的浓烈气氛。在这里每一个人都不用装模作样地伪装自己,每一个人都显得很真实。赵颖觉得这才是回到了真实的生活中。

一个看上去很朴质的乡下男孩急匆匆地跨进餐馆,像赶场似的在邻桌坐了下来。他腼腆地要了一份快餐,随即埋头狼吞虎咽地扒着饭。赵颖惊诧于男孩的胃口竟这样好,不由有些羡慕地多看了他几眼。男孩风扫残云地将一份快餐吃了个一干二净,还意犹未尽地舔了舔嘴巴。他猛地抬起头时，发现赵颖正看着他。他有些难为情地冲对方笑了笑，随即站起身匆匆忙忙地出了餐馆。赵颖愣愣地盯着男孩的身影。

赵颖突然站起身，尾随男孩出了餐馆。她追到了大街上，那个男孩却早已融入了熙熙攘攘的人流，不见了踪影。赵颖茫然地摇了摇头，不由哑然失笑。她今天像彻底变了一个人，觉得自己变得不可思议，让人难以理喻。

再往前走不远就是全市最大的超市。赵颖抛开了那个男孩，随着人流往超市走去。她打算今天恶狠狠地采购一些食品回家，把冰箱和储藏柜都给装满，让它们从此有了用武之地。她在心中列出了一份长长的采购清单，带着一个庞大的采购计划兴致勃勃地跨进了超市。

赵颖推着两车装满了各种食品的手推车出现在收银台前。进了超市后，面对货架上琳琅满目的食品，赵颖简直胃口大开，大采购的欲望在不断膨胀着，恨不得将货架搬回家。直到手推车上再也放不下一点东西，赵颖才有些不舍地罢手。引得超市的顾客纷纷对她侧目而视。收银员将食品装满了足足六只大塑料袋。付款后，赵颖呆呆地看着这些塑料袋，不知道该怎样把它们给搬到车上。赵颖正束手无策时，一个男声在身边怯怯地问，要我帮忙吗?赵颖抬起头，惊喜地叫了一声，你怎么会在这里呀?是小餐馆里吃饭的那个男孩。男孩冲她腼腆地笑了笑说，我在超市里做工呀。赵颖点了点头，说谢谢!我还真不知道怎样把它们拿回家呢!男孩轻声说，让我来拿吧。男孩说着弯下腰，将六只大袋子全部揽在手上，双手各提了三只大袋子。赵颖去抢男孩手中的袋子，说你怎么把它们全包揽了，也得给我留两只吧!男孩红着脸不肯相让，说，我行的。说着轻轻巧巧地提起袋子。赵颖有些感激地依了男孩。

两人并肩出了超市,来到了人来人往的大街子,男孩犹豫着问,小姐,你是坐公交车还是打的呀?

你说呢?赵颖笑着反问。

男孩不好意思地笑了笑说,坐公交车我就帮着把它们送回家,打的话我送上出租车就行了。

去欧罗巴停车场。赵颖亲热地看着男孩说。

你有自己的车?!男孩有些结巴地惊问。

你说有车就有车嘛!赵颖故意逗他说。

你是白领!男孩恍然大悟地说。

和你一样,也是一个地道的打工族。赵颖笑着说。

男孩疑惑地摇了摇头。

和男孩并肩走着,赵颖的左肩不小心碰在男孩的右肩上。和一个男人肌肤相撞,赵颖的身体肆掠着一种异样的感觉。男孩往旁闪了闪身子,与赵颖拉开了间隙。赵颖一时愣愣地看着男孩。

十几分钟就到了欧罗巴停车场。走到了自己车旁,赵颖开了车门,男孩小心翼翼地将塑料袋放进车里,整整齐齐地放好。在一旁默看着男孩的一举一动,赵颖的双眼湿了。男孩从车里抽出身子时和赵颖撞了个满怀。

不可思议的事情突然间发生了。赵颖身子一软,身不由己地倒在男孩的怀里。男孩惊慌失措地用身体撑住了她,两只手不知所措地僵住了。显然赵颖就像烫手的山芋让他左右为难。

赵颖猛地将男孩扯进车里。男孩惊慌得像只受惊的小鹿。赵颖发疯地吻着男孩。一阵慌乱过后,男孩才开始镇静下来,无比笨拙地配合着赵颖。男孩小心翼翼无比爱怜地轻吻着赵颖。赵颖情不自禁地引导着男孩,两人紧紧相拥,热烈地交颈长吻,喘息着、呻吟着……

就在这时包里的手机突然不合时宜地响了起来。赵颖愣了一下，迅速从激情中撤退出来。一准是天诚打来的。赵颖充满歉意地对男孩羞涩地笑了笑，她理了理衣衫，镇静地从包里取出手机接听了。赵颖啊，欧总的声音骤然在耳边响起。

赵颖内心透着深深的失望，还夹着丝丝说不清的恼怒，恨欧彦华在这个时候打进电话来。但她还是语调平静地和欧总说着话。欧总幽默风趣地问，赵颖，你在哪里呀？身边有没有人？赵颖看了男孩一眼，笑着说，有啊，我和天诚在一起呢！欧总声音立马蔫了，说，那我打扰了，再见吧。赵颖无声地笑了一下，欧总就像一个猎手，但她永远不会成为他的猎物。欧彦华对她的喜欢，赵颖总佯装不知，从不挑破。在欧总面前，她就是一个十足的大傻瓜。对一个傻瓜女人，欧总也只好把自己当成傻瓜。

男孩直愣愣地盯着她。赵颖悄声说，对不起。

男孩疑惑地说，你是怎么知道我的名字？

赵颖不由呆了，过了许久她才明白过来，这个男孩居然也叫天诚。她没想到这个男孩也叫天诚。她轻声说，对不起，我是随口乱说的，没想到和你的名字撞上了。赵颖没告诉男孩自己男人的名字也一样叫天诚。

男孩的眼里骤然闪过一道亮光，随即又黯淡下来。他突然大胆地盯着赵颖，慢腾腾地伸出手，在赵颖的脸上逗留着，静静地抚摸着赵颖的脸庞。男孩的手不住地颤抖着，眼里一刹那间灌满了迷茫的泪水。

男孩的眼睛里卧着一个水汪汪的透明世界。赵颖心中掠过一丝忐忑不安，她突然在男孩的眼里捕捉到了自己，男孩将她深深地藏进眼里心里，一辈子。赵颖猛地意识到男孩深深地爱上了自己。赵颖后悔莫及，她引诱了这个涉世不深清纯厚道朴实的男孩。赵颖突然恢复了平日的矜持和高贵，轻轻地拿掉了男孩的手，冷着脸说，对不起，我该走了。

男孩一下子明白过来，他无声地看着赵颖，眼里满是伤心绝望和无奈，像离群的小鹿依依不舍地下了车。男孩站在车旁，不知所措呆呆地望着赵颖。赵颖再也不敢看男孩，像做错了事似的低着头发动了车子。

男孩突然俯下身，将脸贴在车窗上，鼓足勇气对赵颖结结巴巴地说，我在超市做搬运工。

赵颖一声不响地点了点头，她心事重重地倒着车子。她想我这是怎么啦？我怎么莫名其妙地变了，变得自己都不认识自己了。

男孩突然朝赵颖挥着手。男孩在用尽全身力气泪流满面对她深深地喊了一声再见。

再见……赵颖低低地喊了一声。她咽着声在心中对男孩说，天诚，对不起，你是一个好男孩，一定会找到自己的所爱，姐姐将在心里永远为你祝福。

车子缓缓地驶出欧罗巴停车场时，赵颖身边包里的手机响了。赵颖放慢了车速，一只手驾着车，一只手从包里掏出手机。

颖，我刚下飞机……一个熟悉的声音有些陌生地在耳边响着。

是天诚。赵颖有些激动地叫了一声，说你怎么现在才来电话？泪水随即汹涌地夺眶而出，在脸颊上静悄悄地蠕动着。

第二辑

三 天火也是火

举　报

一过立春,寒气就不那么砭人了,老天一天天见暖,这几天一天到晚背着个暖得可人的太阳,天地间像女人的怀抱被蒸得热气腾腾的。

一吃过午饭,白玉村的村主任就荡悠悠地出了家门,在土路上晃着身子。被大地的热气贴紧了,村主任身上突然窜出了几分燥热和不安。他下意识地四下望了望,目光不经意地落在远处的山坡上。山坡上亮出了大地回春的迹象,泛出了深浅相间的绿意。

笔架山躲得远远的,猫在群山之中。村主任磕上眼皮,笔架上已是满坡翠绿的板栗树,一棵一棵的长势夺人。村主任眼里开了笑意,也许要不了几年工夫,眼里的景象就会在笔架山上实现。

贷款的事昨天下午有了着落后,村主任心里才踏实了。晚上让女人炒了几个拿手菜,村主任破天荒开了一瓶藏了多年的剑南春,喝了个尽兴。夜里村主任心中急火,借着酒劲和女人弄了那事,女人要死要活地乱叫着,这可是结婚十多年头一遭的事。

村主任愣了一下,随即像头刚冲出山林的狮子。女人一个劲兴奋地叫嚷,你今天是怎么啦? 咋这么能耐! 村主任一心忙活,一时还真答不上来。就像耕田种地,村主任觉得自己从此一跃成了真正的行家里手。完事后,村主任心满意足地滚下马鞍,沉重地磕上双眼,朦朦胧胧地感到女人还意犹未尽地偎在他身边。村主任却一头扎进了深度的睡眠里,呼噜呼噜地扯起了鼾声。

村里冷清得让人闹心。村道上不见半个人影。春节一去,村里的青壮年就一心涌到远远近近的城里了,谁也不肯留下来侍候那几亩田地。快过年了,他们才又一窝蜂地跑回村里,像是来旅游的,把这儿当成了客栈。村子热闹了十多天就陡地跌到了寂静深处。村主任长年累月地守着一大村子的静惶和老弱病残。去年新镇长到任,凡是新官上任都是几把火的,这位年轻的新镇长一心要在天潭镇搜出几把火,弄出些名堂来。新镇长到任没几天就几次三番地召开了村主任会,让各村的村主任们因地制宜、献计献策,走种植饲养之路。每次村主任们都敛着一张苦瓜脸,大眼觑小眼,抓耳挠腮,心里都知根知底地明白,还能生着法子去种什么养什么呀,村里有用的男女都蹦走了,去城里挖金矿去了。剩下的那些哄不起大梁的老少能对付那些田地,不撂荒就谢天谢地了。村主任们一筹莫展,脸对着脸,都把话闷在肚子里,谁也说不出子丑寅卯来。新镇长的热情泼凉了几分,到了天潭镇竟一把火也没闹起来。

白玉村零星起了板栗种植后,成了天潭镇第一个吃螃蟹的村子。村主任无意间给镇长兴了第一把火。新镇长从此对村主任另眼相看,一见他就长了精神,大会小会更是拿村主任来当模范。村主任一时间为自己赚了不少名声。

上了村道,村主任舒展了一下身子,真想对着天地痛快地大吼一声。又不是小孩子,还发什么神经呵!村主任对着自己自嘲自怜自爱地笑了。

去村委会待上小半天,村主任每天都是雷打不动的。只要在家, 村主任可是一天也不肯拉下。去年冬天村主任撞上了重感冒,咳得厉害发的是高烧,身子折腾成了一团火球,见风就能引着火了。村主任昏头昏脑地要去村委会,女人左拦右挡也捆不住他的手脚和心,跺着脚揉着眼泪看他撑着身子出门了。村主任木头木脑地走着,把女人的心一下子吊到了横梁上。村主任女人顿了一下身子,才慌里慌张地撵出门,悄悄地尾随在男人身后。半道上男人跌在地上,她一口气奔过去。男人从地上挣起身子,涨着脸对着她低声喝道,给我回去,我还死不了。她呆呆地睁眼看着男人又晃着身子上路了。刚才男人那一跤是跌在她心上,男人不疼她心疼着呢。

你是个真正的男人!女人不喜欢软不拉叽的男人,你是白玉村当之无愧的村主任;白玉村的村主任就得心里多装些白玉村的事,村主任在心里嘿嘿笑了两声,女人有时就是围着灶台边上转的人。他这个白玉村的村主任当得千辛万难,村主任虽说只是芝麻大毫不起眼的村干部, 但削尖了脑袋想挤进来的人还真有不少。别的不说,副村主任就一心想撵到他的前面去,如果他一天不去村委会的话,就会消息堵塞、耳目失聪,漏过这天村里发生的大事小事变成聋人、盲人。

村道上终于现出了一个人,是从村委会的方向下来的,大老远地村主任就一眼捉到这人许多不对劲的地方。这人走得东倒西歪的,不像是腿脚不便的,也不像是村中的醉汉,倒像是正学走路的娃娃,走得让人揪紧了心。村主任用劲琢磨着,在记忆里过了一遍,也没筛出白玉村有这么走路的人。

这人到底是谁呢?他情不自禁地加快了步子。没想到这个失魂落魄的人会是善二,村主任宁可相信自己的眼睛不管用了,认错人了。

怎么是善二呢! 这个善二变得像是从天上掉下来的陌生人,到底出了什么事了?村主任身上像跑出了一匹惊马,在狂蹦乱跳着,一种不安结结实实撞昏了他。

你可是白玉村的主任,怎么一副不经事的样子,不就是看见一个与往常不同的善二嘛! 这个老实巴交的善二会有什么事,真遇见了事躲闪还来不及呢!就算真有了事,他这样的人还能捅出什么惊天动地不可收拾的事来。村主任在身上安下了定心丸,笑了笑,悠然自若地迎着善二走过去。

善二,村主任叫了一声。

善二傻呆呆地望着他。

善二,村主任喊了一声。

善二一脸呆相。

善二,你怎么啦!村主任粗着嗓子说。

村主任——善二像是梦中人被惊醒了,他突然低着头,呜咽着说。

善二。

村主任——善二声音很低,怕是说给自己听的。

善二,出了什么事?!你快说呀!村主任使劲跺着脚说,

村主任,我——

你怎么啦!

村主任,我对不住你呀,善二像做错了事,头垂得更低。

善二,你到底想说什么呀?

村主任,我对不住你呢,我把贷款的钱输了个干净。

善二,你说什么?村主任晃着身子。

村主任,我输掉了贷款的钱,善二张着嘴说。

善二,你再说一遍,你怎么会把贷款的钱给输个精光?村主任已是一身的汗水,像泡在水里。这回,珠宝和珠贵两兄弟可是睁着眼睛看笑话了。村主任耳边灌满了珠宝两兄弟阴阳怪气的笑声。

全民微阅读系列

村主任,我悔呀!……善二一脸绝望。

悔有什么用,你不是不知道,为了你这笔贷款,我和珠宝两兄弟闹翻了脸。还有镇长那里,我拿什么脸去见呀!善二,我真看低了你,你比我想的要高许多。村主任又气又恼不无挖苦地说。

村主任,我……善二结结巴巴地说不出话。

我真是给气糊涂了,村主任使劲拍了拍脑门,他有些紧张地四下张望着,村子里静悄悄地,村道上也不见人影。村主任舒了口气,低声说,善二,快跟着我走,我走在前面,你不远不近地跟着,别让人看出你输了钱,村主任突然感到自己实在太可笑了。在这大路上能和善二争出个什么公母来。他预感这事一准有埋伏,不是善二那木瓜脑子想得那么简简单单。

村主任不声不响将善二带回了家。女人耐不住性子,不知早去庄子里谁家,几个女人扎成一堆摸麻将去了。男人们走了,正当盛年的留守女人心就空了。正好被麻将填上了。村主任一直闹不懂自己天天守着女人,女人心也会空的?

庄子里大静着,在人心头颤过几许恍惚。村主任心里贼贼的,蹑手蹑脚地关上了院门。村主任,善二呜咽着叫了一声,我对不住你,我猪狗不如!竟拿这钱去赌……善二突然揪着自己的头发,在地上蹲下来。善二的眼泪摔在地上,在水泥地上洇湿了一大片。

你说，村主任突然火气熄了，心也静下来。

我说，善二仰起脸说。

你说，你是怎么输光贷款的钱的。

我说，村主任。昨晚我就赶黑去了珠贵家，珠贵去了珠宝那儿，他女人双花让我二天上午十点才来。珠贵早上是要睡懒觉的。

珠贵是村里的信贷员。

你今天准时去了珠贵家，珠贵就给你办了贷款。

珠贵为难他说他手头太紧了，只肯先贷一半，那五千元还得再过一个月。

你一口答应了他，你没说镇长等着我拿一万元去买板栗苗，栽给他看。

珠贵让我把心落在肚子里，他会时刻念着那五千元。

善二，你是个老实人。村主任叹了口气说，你是咋拿钱去赌的？

珠贵人也不错，是我一时贪心太重了。

你说。

我和珠贵办了贷款手续，在贴身衣袋里揣好了五千元就想着回家。珠贵家有一伙人在打麻将，程久亮和我是一个庄子的，还是堂兄弟。程文亮一见我就话里带刺地说，善二哥，当个体户了，傍上村主任了，见了面连声招呼也没了。我只好走过去，在他身边呆了半晌，程久亮好说歹说，我就是鬼迷心窍，上了贼船，把五千元输光了，还欠下了五千元。

程久亮说你贷款买板栗苗，还差了五千元，亲不亲一家人，他今天手气格外兴，想帮村兄弟一把，让你在他河里押宝捕鱼，赢了归你，输了他赔一半。头几牌你赢了，后来就一个劲地输了，输光了五千元。程久亮也赔了两千多。你急红了眼，一心想赢回来，他们就让你先欠着，又欠下了五千元，村主任紧皱着眉头说。

村主任，你是咋知道的，就跟亲眼瞧见的一样。

我知道的比你多。

我是个糊涂人。

你不糊涂，你赌赢钱时就不糊涂，村主任笑了笑说。

村主任。

你不糊涂，善二，输光了好！输光了钱你就不会再犯糊涂了。

村主任；善二一时睁大了眼睛。

我没看走眼，善二，你果真是个老实人。村主任又笑了笑说。

村主任……我……善二不知所措地看着村主任。

善二，你不觉得这里有鬼嘛。

不会的，他们会有什么鬼，钱可是我亲手输掉的。

他们早挖好了陷阱下好套子，等着你跳下去钻进去。

村主任，你在说什么？善二傻了。

我没想到他们会下得了这样的狠心，他们下你的套就是捆镇长和我的耳光，村主任突然发狠地说。

村主任，你是说他们下好了套子？我钻进了他们的套子。

善二，你多用用脑子，不是我说你，人一用脑子什么事都会想个透彻的。善二，他们不下套子那会有这么巧的事！这事一开始就是圈套，先是珠贵躲着不见人，说好贷一万元只贷五千，程久亮他们早不早晚不晚大白天窝在珠贵家，程久亮事先怎么会知道你只贷了五千元。他们早下好了套子，程久亮来诱你上钩，不怕你不钻进去。他们下的套子就是套死你这个老实人。

善二像是溺水的人一下子沉入了水底。村主任，是真的，他们真的下好了套子,善二突然惊慌地说。

村主任,他们这不是害我嘛!这不是绝我一条生路嘛!善二可怜巴巴地垂着头。眼泪又摔在地上,洇湿了一大片。

他们是想瞧我的笑话,我坏了他的事,搬了镇长出来。听说珠贵一直在吃贷款,你想贷一万元,就得先送他一千元。为什么一开始他对你忽冷忽热的,后来见你不送他钱,他干脆不理你了。我去找他为你当说客,见我插进来,他只好虚应着。他仗着有老李和兄弟珠宝撑腰,我只好惊动了镇长。他就一心想给我颜色看,就让你钻了套子。

村主任,你不说我还真雾里看人呢!

善二,你走时他们没散场吧?

没散,他们上了赌场,恐怕一时就散不了场。

好,善二,咱们只要把套子再套到他的脖子上,你输了的一万元就会回到你的口袋里,板栗苗照旧会栽到笔架山上。

村主任,你有什么好法子?善二惊叫一声。

有!

村主任。

善二,我给你出个主意,主张你自己拿稳了。咱们还是丑话亮在前头,你得答应我,这事只能在你心里藏着掖着。连秀珍也不能透半点声音。这样我好挺直腰杆在一村子人面前为你说公道话,好在镇长那里为你说上几句话。善二,珠贵是恨你没送钱,成心害你。这次你一定要打他个措手不及。他琢磨你是个老实人,自认了这桩事,他做梦也没料到你反戈一击……

村主任,善二有些紧张地望着村主任。

村主任下意识地望了一眼周围,压低声音说,善二,你立马打电话到镇派出所,举报珠贵在家聚众赌博,这时这伙人高兴得忘了自己是什么人,谁也没离开珠贵家,正将你的五千元钱重新分赃呢?你再去镇派出所,投案自首,一五一十陈述珠贵设局陷害你的经过。

村主任,我要是举报了珠贵,该不会招一村子人骂,说我赌输了不认账,去干这种丢人现眼的缺德事,善二睁大眼睛疑惑地说。

珠宝是一心在陷害你,只要案子水落石出,一村子人都会同情你,谁也不会说你坏了赌场规矩,只会骂珠贵欺负一个老实人,活该。

村主任,我打电话,再去投案自首。

善二,我会暗中帮衬你的。镇长那里我是能说上几句话的,再说,笔架山的板栗园我也有一半呵,帮衬了你也就帮衬了自己。

你是帮衬我,村主任,我心里明白着。

村主任拨通了电话,善二接过话筒举报了珠宝在家聚众赌博的事,善二话音刚落,他就走过去扣下了话筒。

村主任,我走了,去派出所。善二站起身。

村主任无声地点了点头,看看善二。

将善二送到了院门边,村主任轻轻地拉了院门目送着善二往外走,村子里静静地,他轻手轻脚地关了院门。

村长在院子里独自站了一阵子。

电话铃急促地叫响着,像下着正紧的风暴雨。一场风暴雨说来就来了,村主任瞟了一眼红色的电话机,电话铃声就是传过来的捷报。看来镇派出所的公安干警已将珠宝、程久亮一伙一网打尽,人赃俱获,村主任的担心已然多余——要是珠贵家的赌局提前散场,善二的举报就落空了,善二输掉的钱也就有去无回了。

村主任并不急于去接电话,有意晾上一阵子。

村主任的心情格外的好。

善二走后,村主任呆了一下,他实在没想到珠贵这回是聪明过了头,弄巧成拙,反而把自己逼上了一条死路,脱不开身了。这样做村主任觉得自己有点心狠手辣,但一想到珠宝珠贵的兄弟平日处处与自己作梗,连镇长也不瞧在眼里,贷款时又吃得狠,对善二这样穷得叮当响的老实人都下得了狠手,一下子让他背了上万元的债,给他贴上了一道催命符。村主任就觉得珠宝珠贵两兄弟真该千刀万剐。

在屋子里默坐了一会,村主任起身去给副村主任珠宝打电话,他今天不能再去村委会了,真要横在村委会里,看着珠贵在眼皮底下被抓走,他今个就是要躲闪得远远的。不过得给珠宝打个招呼,村里万一有什么事让珠宝照应着。

给村委会打电话时,珠宝抓起话筒,有些生气地喂了一声。村主任连打了几个呵欠,才含含糊糊地说,是吴村主任吧!我昨晚多贪了几杯头晕得乱转,不知天高地厚了,村里我就不过去了。

珠宝哦了一声,似乎有些意外。

那就再见了,村主任似乎连话也不愿多说了,很恰到好处地顿了一下,村主任才想起什么,懒懒地问,村里没闹什么事吧!哎,人都跑到城里挣大钱去了,剩下一个空村子了。

村主任,你在家好好歇着,睡上一觉就把酒劲撂过去了,村里还能有什么事。珠宝改变了口气深信不疑地说。

不等珠宝把话讲完,村主任就失了耐心啪地挂了电话。他觉得像在给珠宝演一场戏,戏才刚开了头。

电话铃仍不依不饶地叫着。

脾气大得怕人嘛,村主任对着电话机温和地笑了笑,说,我不急你急什么呀。你不知道我睡过了头嘛。

珠宝彻底失了耐心了,村主任才抓起话筒,他不给对方说话的机会,脾气火爆地说,谁呀?不给人活了,你不嫌烦我还嫌吵呢。他的话里透着一股呛人的酒劲。

电话那头一下子没了声息。

哑巴啦!想让我猜谜啊。不说话我就挂了。村主任,是我呀。我是珠宝。珠宝的声音一下子急了出来,变了腔调,像是哭出来的。

吴村主任,是你呀,我还不以为是那个冒失鬼成心不让人睡觉呢,村主任一惊一乍地说。

村主任……珠宝吞吞吐吐的像被卡住了脖子。

吴村主任,村里有事?村主任疑惑地问。

村主任,镇派出所的干警不声不响地到村里来了。珠宝犹豫了一下。

他们来干什么?村里有人在城里犯了案子?

他们还能干什么?他们一来就把村里搞得鸡飞狗跳、人心惶惶,以前,他们还事先打声招呼,这次将村里撤得一干二净的。珠宝在绕着圈子。

这就是他们不对了,无论到村里来干什么,总应该先吱个招呼嘛!以前每次来执行任务我们都积极配合,没一次拖过他们的后腿。这事我要跟陈所长理论的。

村主任,派出所也太不讲道理了,青红皂白不分,听人诬告,胡乱抓人,竟把珠贵给掳走了。珠贵一个本分人,竟遭上了这种倒霉事,珠宝无辜地说。

他们真是乱扯淡!凭什么要带走珠贵。珠宝,只要珠贵行得正坐得稳,不说你和珠贵是兄弟,就是生人,我也是要一管到底的。珠贵虽然吃的是天潭镇信用社的饭,但还是白玉村的村民。我真的要找陈所长好好理论。村主任停顿了片刻,酒惊醒了大半,吃惊地说。

他们一口咬定珠贵聚众赌博,这话就是乱扣珠贵帽子冤死人了。哎,都是程久亮他们惹事生非,赖在珠贵家玩牌,派出所的干警就到了,真是太巧了。珠贵现在是有口莫辩。村主任,你看这事糟成了这样。村主任,你是了解珠贵的,他这人就是心眼实,平日有许多对不起你的地方,村主任,你就抬抬手搭救他一把,村主任,村里也只有你能为他说上话,让他度过这场劫难。村主任,珠贵这人就是有一点长处,是不会忘恩负义的,珠宝唉声叹气地说。

珠宝,瞧你说的,你们兄弟的事就是村里的事,我这个芝麻绿豆大的父母官能袖手旁观,眼巴巴地看着不管。珠宝,珠贵遇上了这种窝心事,我会尽心尽力做点小事。村主任水泼不进地打着哈哈回应着,他在心里嘿嘿冷笑着,珠宝,你们两兄弟现在眼里才有我这个村主任,你们说到底还欠了火候,把这事想得太简单了。

珠宝连声道谢。村里有人在使坏,诬告珠贵,就是掘地三尺,我也要挖出这人是谁。珠宝忽然咬牙切齿地说。

珠宝,你也别为珠贵的事急得喷火,既是诬告的,这个诬告的人浮出水面时,珠贵也就一身清白了。

是啊,村主任,你说得对,珠贵会有清白之日的。

日头眼看着就要滑下山了,春头上的日子实在太短了,白天一晃就过去了,想留都留不住。

村主任起身走到院子外,抬头看了会天,天亮得瓷眼,明天又是一个好天气。

掩上院门，村主任又回到屋子里，靠在沙发上眯上了眼。

搁在平日，女人早回家做饭了。但今个迟迟不见女人回来，看来还一心恋在麻将桌上。初春时女人一个个闲得发慌，成天都粘在牌桌上过日子。

门突然咣当一声被撞开了，一个人携着股冷风闯进屋子。村主任打了个哆嗦，下意识地站起身。

是善二的女人秀珍。

秀珍，你怎么来啦?村主任脱口而出，又感到有些不妥，好像秀珍不应该来一样。

村主任，你要救救善二，秀珍一见他像得了救星，哭喊着。村主任，善二被抓进了派出所，他从不粘麻将的边，怎么会去恶赌呢。村主任，你可得救救善二，他真是个大好人啊!

村主任吃了一惊，立马警觉起来，善二是去派出所投案自首，却让秀珍说成被抓进去的。善二家又没电话，这事她咋知道的这么快。村主任看着秀珍说，秀珍，不是我说你，你心眼也太多了，善二是去珠贵那贷款，怎么会被抓进派出所呢!秀珍，你回家去候着，派出所是来村里抓了几个人，可善二不在里面。

秀珍瞪大了眼说，村主任，善二没被抓进派出所，那他人去哪啦，到现在还不见他落家。他不蹲派出所，那他人呢，总得有个着落。

村主任虎着脸说，秀珍，你也太死心眼了。我要是知道善二在哪，还能不透个实话，可我知道他没被投进派出所的号子，我给你贴心话，没多久珠宝还打电话给我，说了派出所来村里抓人的事，珠贵、程久亮他们遭殃了，一个字儿也没提到善二，要是善二也在，珠宝能不吱声嘛!

这就怪了!玉兰亲口说的，她说珠宝告诉她善二在珠贵家打牌,一起被抓了。

玉兰是程久亮的女人。

村主任在心里笑了笑,不出所料,这是珠宝对他不放心,在试探他与此事有无瓜葛,珠宝大概已琢磨出是善二举报的。村主任不动声色地说,秀珍,我给珠宝打电话问一下善二的事。

秀珍感激地点头,眼泪不停地滚落下来。摔在地上,洇湿了一大片。

村主任拿起电话,一连拨了多次,村委会的电话就是忙音。珠宝此刻急如星火,正四处打探消息,四处找人活动。

又拨了几次,电话总算接通了,不等那边出声,村主任粗着嗓子说,珠宝,你怎么不先跟我亮个底,善二也被抓进去了。秀珍来让我过问一下善二的事,我一时还摸不着头脑。

村主任,派出所抓的是善青,不是善二,是我情急中说错了名字,珠宝怔了一下,支吾着说。

珠宝,你要是见着善二,捎个信让他赶快回家,秀珍可是急上了天。哦,我给陈所长打电话,他那电话也总是忙着,村长也不捅破这层薄纸。

放下电话,村主任摊开手说,秀珍,瞧我都说过了,善二没进派出所的号子,现在珠宝亲口说了,你总该信了。秀珍,你就稳妥了心吧,记着一句话,就是天塌下来的话也不会砸着你的头顶,我会替善二撑起来的。

秀珍说了句感激的话,慢腾腾地转身走了,刚走了几步又回过头来,睃了村主任一眼,紧着步子走了。

村主任静静地目送善二的女人,善二的女人一向胆小怕事,头上落了一片树叶都惊破了胆,这次只要她能挺过去,等善二和珠贵的事一水落石出,这几天对这个女人可是难熬的苦日子。

善二,我也是为了帮你们一把啊,让大家都过上好日子。村主任叹了口气。

去年秋天,村主任去市里开会,和邻县官渡村的村主任齐正名住一个房间。两人一见如故,谈得很投机,相见恨晚,村主任得知官渡村十年前就搞了板栗种植,现在已形成板栗种植、深加工一条龙,产品还外销东南亚和欧美市场。村主任动心了,会后和齐正名一道奔着官渡村取经去了。齐正名热心得很,把自己当初在官渡村搞板栗种植的经验和坎坎坷坷倾囊相授。两人当时就谈妥了,白玉村搞板栗种植,官渡村优惠供应板栗苗,免费提供技术,板栗官渡村包销路。齐正名还送了村主任两大袋板栗和一些以板栗加工的产品,回来后村主任就把东西一分为二,一半自留了下来,另一半给镇长送了过去。并和镇长谈了自己的想法。镇长一见他有想法,真是拍手叫好。一回村,村主任就召开村委会,但副村主任和几个村干部都不怎么热心。珠宝还暗地里绊他的脚,怕他干出名堂来。村主任有镇长的支持,索性撇开他们,在村里发动一些贫困户来种植板栗,他自己和贫困户善二秘密达成了协议。善二承包村里叫笔架山的荒山,两人投资一半,风险共担,收益共享,对半分成。村主任看中了善二老实肯干,重要的是能守秘密。善二每年总是第一个交公粮和集资款,有几年还是借钱的。善二是村主任心目中最合适的理想人选。村主任不想让外人知道自己也承包了荒山种板栗,白玉镇大大小小的干部每人送上一两袋,还有各村干部都来打秋风,那种板栗就差不多等于白辛苦了一场。对这些人情世故,村主任心里亮堂着呢。而善二来承包经营管理板栗园,其实暗中他也有一半的投资和收益,而且他还能暗地里帮衬着善二。善二种板栗,谁也不会来沾他的便宜。再说和村长合伙,善二心里也踏实,更把他当恩人。村主任把什么都想透了。

电话铃响起时，村主任长支过去接了电话。村主任有些意外，电话是镇派出所陈所长打过来的。村主任不等陈所长说话，就假惺惺替珠贵说起好话，陈所长以为他真的是替珠贵说情，就说案子很复杂，出人意料，并向村主任了解善二的情况和善二贷款的前后。村主任一五一十地讲了善二平时怎样的老实巴交，是个不折不扣的大好人。善二作为村里的贫困户，也是村里重要扶贫对象，搞板栗种植是镇长大力支持，程善二在笔架山挖了几万个树坑，四处凑不够买板栗苗的钱，我也借了他一些钱，最后还差一万元。只好找珠贵贷款。可能珠贵对善二没信心，总拖着不答应，后来我还给善二说了话，我都倾家借了一万多，珠贵还是不松口。我就替善二去找了镇长。镇长向信用社李主任替善二要了一万元。陈所长又问了几个问题，村主任又一一说了。最后陈所长露了点风声说珠贵的案子不是一般的赌博，再往下陈所长就不肯多说了。村长最后说善二的女人听说善二被抓了，还闹到了他这里。陈所长说已准备让善二回家了。放下电话后，村主任笑了，珠贵珠宝这次栽了个大跟斗，一辈子别想再抬起头做人了。

傍晚，女人窜进门来，一进门就大惊小怪地嚷着，当家的，这回你见了善二的真面孔吧！一村子人都在起劲咒他早死呢！哎，一个活生生的大男人，上了赌场又输不起钱，生着法子去诬告人家，还反咬一口，害得珠贵程久亮跳进黄河也洗不清身上的脏泥了。看见珠贵的今天，就照见了你的明天。你得赶快和善二断了往来，别一心惦记着和他合伙种板栗园的事。有朝一日他六亲不认做出没脸没皮的事,板栗园就与你毫无瓜葛了,那投资的一万多元就不声不响地白扔了。珠贵在他手里栽了一个跟斗,你还想再摔第二个跟斗,这回,说什么我也要让你醒醒脑子,拦下你。

村主任怔了,从女人嘴里巴里蹦出的每个字都烙得他生疼,自己的女人真他妈的生着一张伤人的刀子嘴,这脑袋就是什么事也不进,听风就是雨。珠贵是什么人!善二又是什么人呀!没料到珠贵倒赢得村人的同情,成了地道的受害人。善二反倒招来了村人的憎恨,是个不折不扣的害人精。看来事情不会像想的那样简单,这珠宝哪会巴巴地看着珠贵蹲号子,引颈受戮,不使劲闹腾一番才怪呢。村长觉得自己有些被动,他只能暗中帮衬着善二,明里一点劲也使不上。

你替珠贵喊什么冤!你那脑子就是猪脑子,一点儿事也不管,珠贵这几年当了信贷员,贷款时吃了多少回扣,你还供他是救苦救难的活菩萨。我和善二合伙搞板栗园是私下里的交易,村里谁都被蒙在鼓里,就是秀珍也搁在一边,你要是这么嚷出去,我这村主任就更有头有脸有光有彩了。

横竖我是不许你再和善二搁伙计了,这人是靠不住的,六月天说变就变的,女人的声音弱下来,仍心有不甘地说。

你白跟我做了这么多年夫妻,那脑子就是一桩死木头,善二是好是歹在我心中装着呢!外面那些风言风语都是珠宝捏造出来糟蹋善二的,村主任瞪大了眼气咻咻地说,接着对女人讲了陈所长跟他讲的珠贵的案情。他这次长了一个心眼,对女人隐瞒了一些事,女人有时是靠不住的。

这是真的嘛!珠贵也太不要脸了,竟对善二干出这种龌龊丢人的事情!女人睁大了眼,盯着男人问。

村主任摆了摆手,懒得再理睬女人了,这种女人就是榆木脑袋死不开窍的。

村主任脑子里突然闪过了一个主意,索性把珠贵为什么要对善二下手的利害关系对女人亮了底。

这里面的弯弯道道真是太多了,我那会想得这么透底,女人惊讶地说。

村主任心里嘿嘿笑了两声,虎着脸说,你要暗中帮衬善二一把,不能看着善二被这帮人糟蹋得不像人样。这次珠贵得胜了,珠宝珠贵两兄弟今后不知还要长多少焰火,我这个村主任那会在他们眼里呀,干脆自个滚下台算了。

我能帮善二什么呀!又不能捂住村里人的嘴巴,不让他们糟蹋善二。这珠宝两兄弟势力这么大,人又这么能耐,你就是放手这个村主任,他们又能放过你!女人后退了两步,疑惑地说。

珠宝在蛊惑人心,你平日不也有张能说会道的嘴巴嘛,你去村里串串门,把陈所长说的案情无意中露出去,一传十,十传百,这事传得此风还要快,村里人不都明白了事情的真相。

我能行吗?女人怯生生地说。

你行的,你不行谁行呀!你们女人做这件事像做拿手菜一样。案情是陈所长说给我的,又不用你去编故事骗人,你只管把它散出去。村长心平气和地说。

我行的。

别把我拿去卖了,你一口咬定是陈所长给我打电话时,你在分机里偷听到的。

女人一个劲地点头。

第二天天刚发亮,村主任赶了个早,他打算去镇里见镇长,把善二的事向镇长作了交代。蹲在院子里刚漱完口,就见院门被敲响了,村主任疑惑地走过去开了院门,见是善二的女人秀珍。秀珍哭丧脸说,村主任,善二不见了,善二一准出事了。秀珍一边呜呜咽咽地哭开了。村主任听得心惊肉跳的,随即又镇定下来说,昨晚善二还来过我这儿,像没事人一样,我一点儿也没看出她有什么不妥的地方,怎么会出事呢?

昨晚吃过晚饭,女人急匆匆地赶出门了,等女人走得不见踪影,村长给珠宝打个电话想把派出所陈所长透露的一番话抛过去。珠宝不在家,村主任和珠宝女人桂蓉扯了几句不咸不淡的话就搁了电话。珠宝此时四处乱窜才是大好事,要是安心待在家中才让人不安心呢。这时善二来了。村主任没发现善二有什么不对劲的地方,善二平静地和村主任讲了派出所的事,村主任告诉善二已和陈所长打过招呼了,并把陈所长讲的那些话又复述了一遍。村主任又叮嘱善二要挺住这几天。明天他就去找镇长,村里现在有些风言风语,都是珠宝制造出来的。珠贵这次栽定了,谁也救不了他。善二一一答应了,让村主任放心,他也该回家去了,大概秀珍的压力也不小。临走时村主任发现善二脸上有一道伤正滋滋地渗着血。村主任惊问善二怎么啦?善二笑了笑,说是叫树枝划的。村主任没多想忙替善二找药膏。善二说,村主任,不碍事。就走了,就晃出了门。

善二脸上的伤是我砸的,都是我惹下的祸,把善二给逼上了绝路。昨晚我受不了村里的闲言碎语,就把气撒到了善二的身上,把他赶出了家门,一夜再也没见他回来,秀珍伤心地说。

村主任慌乱地说,善二不会有事的,秀珍,你快想想看,善二会去哪儿?

善二能去那儿!他这人性子犟,连家也不想回,善二那儿也不会去的,今早我听了村里人的议论,才知道错怪了善二。善二是个要脸的人，昨晚我不该砸伤他的脸，不该把他赶出门，让他去死……

秀珍，你可别乱说，秀珍，善二能上哪儿，我这就去叫他回家。村主任心头颤过丝丝不安。

善二那儿也不会去。是我害死了善二啊！秀珍突然撕心裂肺地痛哭。

秀珍，别胡说了，善二不会有事的。村主任变了脸色，忙阻止秀珍说下去。

是我害死了善二，是我害死了善二……秀珍绝望地哭喊。

秀珍，善二没事的，我去打电话问问派出所，看善二去了那里没有。村主任忙转身回了屋里，派出所值班的小王告诉村长，昨天傍晚善二就走了，他还回来干什么呀！派出所又不是商店，不是人人都想来的地方。

善二失踪了。

村主任呆了一下，走出屋子，却见秀珍摇晃着身子走了。我害死了善二，我把善二逼上了绝路，秀珍一路走一路念叨着。

村主任呆望着秀珍离去的身影，脑子里一片空白，善二会不会真的出事了，秀珍和善二夫妻多年，秀珍的感觉不会错的，可是善二昨天一丝一毫的征兆也不见。村主任突然惊出了一身的汗，一个人真的一旦有了死的念头，反倒让人瞧不出任何征兆来。

善二真的出事了。

快中午了，村里有人过来传话，说善二投水自尽了。先是在一处池塘边发现一双鞋子，让秀珍一认，真的是善二的鞋子，一打捞，果然就打捞上了善二的尸体。秀珍抱紧着死去的男人要跟善二一道去死。

村主任一直在家中呆坐着，一动不动。女人远远地看着他，不敢过来惊扰他。

善二死了，但我还没有输掉这盘棋。珠贵是输定了。村主任独自想了许久。

快拿三千块来。村主任突然凶狠地朝女人大吼一声。

女人怔了。

三千块，一分也不能少！村主任暴躁地说。

女人突然明白了，男人用钱要干什么，看了男人一眼，就不敢看第二眼。低眉顺眼地去房里取了三千块。搁在他面前，悄悄地闪去一旁暗自垂泪。

准备买板栗苗的钱却派上了这种用场。

村主任揣上钱，一声不响地出了门。

村主任去了善二的家。

善二家早已黑压压地聚了不少村人，都是自发来帮忙料理善二的后事。

一见村主任，许多人都看着他，闪开一条路。

村长面色凝重地走到了善二的灵柩前。

一见村主任，善二女人秀珍扑通一声跪地不起，嘶喊道，村长，你可要为善二作主，善二是被珠宝珠贵害死的。善二是个老实人，不是珠贵设了套子，善二那会去赌什么钱啊……善二是被珠贵害死的……

我会为善二做主的，善二把什么都告诉我了。秀珍，你放心，我会替你们付个公道，村主任一边说一边落泪。

村民们跟着村主任一道落泪。

村主任，你真是我们一家大恩人，善二这生报答不了你，来生会做牛做马报答你的。秀珍一下子昏过去。

旁边的人围过来,手忙脚乱地救治秀珍。

村主任抖抖索索地摸出了三千元,交给庄上主事的,让他料理好善二的后事。

村主任跌跌撞撞地离开了。

出葬那天,村主任亲手扶着善二的灵柩向坟地走去。村主任面色沉痛,目光笔直地射向前方。

村里人大多来了,送葬的队伍绵延不断,招魂幡纷纷扬扬,遮掩了大半个天空。秀珍和儿子的哭声在远方的山梁上颤动不已。

珠宝前来参加善二的葬礼,秀珍拿着扫帚找他拼命,珠宝狼狈地跑掉了。

村主任成了善二在世时见最后一面的人,善二死前对村主任到底说了些什么,村里人对此议论纷纷。

参加完善二的葬礼,村主任筋疲力尽地回到家。晚上,镇长打来电话,镇长悲伤地说,没想到善二一时想不开,会糊里糊涂地走上绝路。

村主任伤心地说,善二是被珠贵害死的,珠贵只肯贷给善二五千元,设下了一个套子,老实巴交的善二就钻了进去。镇长,这珠贵虽不是杀人凶手,但却是间接凶手,他欠了善二一条命。

镇长沉默不语。

村主任怔了。

方村主任,善二的死珠贵是逃不了罪责的,这事你比我清楚。方村主任,你看珠贵这事,是不是大事化小,小事化无,善二人已死了,可善二的女人和儿子还要活日子,珠贵已表态了,他会将善二儿子抚养成人……

再往下,村主任一句也没听进去,村主任明白镇长要跟他说什么，只是村主任没想到镇长也为珠贵说情来了。真低估了珠宝两兄弟，他们竟将手伸到了镇长那里。

镇长，这事让我想一想，我怕我做了假证，善二在阴间不会放过我的，村主任默默地放下了电话。

村主任去了一趟善二家。秀珍的脸上蒙着悲伤，一见村长就不住地淌眼泪。村主任搓着双手，唉声叹气地说，秀珍，善二也够狠心的，扔下你和儿子不管不顾，一个人享清福去了。秀珍，你和儿子咋办啊？这苦日子恐怕还得熬下去。秀珍，我这心里头为你今后的日子悬着呢！

秀珍呜咽着说，村主任，你是个大好人，善二在地下感激着呢。村主任，善二是被珠贵冤死的，你得为我们做主。

秀珍，你别顾着善二的事，得先想想你和儿子今后的活路。村主任沉声说。

秀珍仰起脸，慌慌地摇了摇头。

村主任突然发现善二女人长得很秀气，以前怎么没发现呢，看来她的秀气被长期的贫困遮掩了。善二死了，这还很年轻的女人要不了多久就会出落得花样的撩人。村主任在心中胸有成竹地笑了笑，他会掐上这朵无主的花的。

秀珍，你看，现在善二死了，死无对证，想告倒珠贵难上加难呵！他家在镇里权势又这么大，就是扳倒了珠贵又怎么样呢，除了我，谁还会为你说话。秀珍，我可是为你想啊，你和儿子今后还得活人……

村主任，我……秀珍惊慌失措地说不出话。

秀珍，我给你指条活路，放珠贵一条生路，不过他一定要你和儿子过上好日子。秀珍，我是一心想着你和儿子。看着你和儿子过上了好日子，善二在阴间也从此安心了。

村主任,我知道,你是为我好。村主任,我听你的……

从善二家回来,村主任拨通了镇长的手机,说镇长,珠贵的事我听你的。

镇长连说了几声好,说,老方,你这人不错。

村主任嘿嘿笑了两声。

第二天珠贵就从派出所出来了。村主任在中间起了举足轻重的作用,村主任说善二在投水自尽的那天晚上,被女人赶出门后,他来到了村主任家,说他一时糊涂,输钱输红了眼,就想着去诬告珠贵……

村主任的话成了开脱珠贵无罪最有力的证词。

珠贵无罪释放。出来的这天深夜,珠宝和珠贵一起敲开了村主任的门。一进门珠贵扑通一声朝村主任跪下来,感激涕零地说,村主任,这回我珠贵的一条命是村主任你给的……

珠宝也在一旁说了不少话,并诚心忏悔自己过去的所作所为……

珠贵长跪不起……

珠宝在一旁及时递上了一个鼓鼓的牛皮大信封。

珠贵,为了救你,这次我昧着良心作了假证,冤枉了善二,这辈子我心里怕是再也没了安分的时候。珠贵,你把这牛皮袋里的东西给秀珍送过去……村主任眼角渗出了一滴泪水。

两兄弟一时感激得说不出话。

村主任,珠宝也跪了下来,热热地叫了一声。

送走了珠宝珠贵两兄弟,村主任嘿嘿冷笑了几声,珠宝珠贵,你们这回知道,把我当成村主任看了。

二天,村主任情不自禁去了善二的坟地。站在善二的新坟前,村长从坟上抓起一把新土,他眯着眼,抬头看着天,说,善二,你也该知足了,你生前没让女人儿子过上一天好日子,你死后,家人有珠宝珠贵两兄弟照应着,过上了令人的羡慕的好日子。善二,你死得值了,你比村里谁都强。你也可以了断这世间的事了。村长突然将手中的土撒向空中,尘土在空中散开来,纷纷扬扬地落着。

一转身,村主任发现秀珍不知何时静悄悄地站在身边,双眼亮亮地盯着他。

导读:"郭永贵突然发现了水美身下床单上的血,那血像一朵彤红的花,如针般一下子扎疼了郭永贵的眼睛。郭永贵张了张嘴巴,惊心地说,水美,你咋还是黄花女,你和广德到底是咋回事?"——林广德和郭永贵是同村的,两人在经济上有纠纷,而水美是林广德的媳妇儿。

欠债还钱

一滴水滴进了一盆水里,就再也找不到它了,要是一滴水跑进了大海里,这辈子就再也不可能和这滴水相遇了。

这林广德就像一滴跑进了大海里的水,突然从村里人眼皮底下消失得干干净净,连个影子也寻不见。

永贵,广德跑了。郭永贵的废品收购店刚开张不久,就有一个老主顾上门来买他前几天收的一批旧钢材,两人谈好了价钱,郭永贵正蘸着唾液捻老主顾递上的一沓散钱,手机响了。郭永贵将手机贴到耳边时,女人杞红没头没脑地来了一句。

广德上哪啦?郭永贵一时没反应过来,也没头没脑地应了一句。

广德是个大骗子,他从村里人手里骗了不少钱,现在跑得连影子也找不见了。永贵,广德可骗了你20万啊,你快拿个主见。杞红的声音一下子缠紧了郭永贵。郭永贵一时喘不过气来。

广德咋会跑呢?咋会跑得不见踪影?郭永贵感到脑子里被灌满了泥浆。

老主顾问出了啥事,郭永贵支吾了几句,说家中出了点事,马上要动身赶回去。郭永贵把那沓散钱塞进了口袋。

广德是村里的信贷员,跟永贵从小搁一起玩大的。前些天,他上城里来找永贵,像丝线一般紧缠着让永贵把钱存到他那里,说信用社每年都有揽储的任务,他今年眼瞅着快完成任务了,可就是还差上这么二三十万怎么也拢不上,这一年的辛苦眼看着就白搭了,让永贵无论如何帮他的忙。广德还抛出了一个诱人的甜果,说他还是识好歹的,存在他这里的钱用他完成任务的奖金来帮交利息税,而且他把一年的存款利息先付上。郭永贵被眼前利益给迷住了眼,把五六年积攒的家底全抖了出来,不多不少凑足了二十万给广德。

广德当时就给永贵打了张临时收条,说临出门时走得太匆忙,竟把存折本落在家里了,等回头再给补上。广德二话没说,当时就预付了永贵一年的存款利息。

拿着广德的临时收条,郭永贵心里有些不踏实,他随口开了句玩笑,说广德,你这张小小的收条,把我全部的家当还有这几年的心血全给拿走了。广德一下子明白了永贵话里的意思,笑着说,永贵,我俩可是从小光屁股对光屁股,你还怕信不了我,杨庄的杨思远、程庄的程长青、吴庄吴宗宪他们那我也揽到了十几二十几万,我也给他们打了张收条,其实这收条和存折本都是一个理,这收钱的不都是我一个人嘛。

郭永贵尴尬地笑了笑,他想了想,广德说的也是个理,不管打张收条还是存折本,这收钱的不都是广德嘛,再说这广德又能拿着钱上哪去,日后他拿啥在村里立身处世。

人真是捉摸不透,这广德咋活成了这样?郭永贵深深叹了口气,他责怪自己太相信广德了,这二十万一眨眼不见了。郭永贵有些懊悔,心也仿佛飞回村子里。

郭永贵简单地收拾一下行李,咣当一声给铁门落了锁,心里像绑了块石头,拽着他沉到了水底,他寻思着广德拿着钱会上哪儿? 他恨不得生出翅膀飞回村子里。

郭永贵摇摇晃晃地走到了巷子外面,刚刚不见了秋天的背影,天渐渐生出了一些寒气,大街上行人的着装一下子分出了年龄及层次:有的还是一身夏装,有的依然一身秋装,有的却一身冬衣罩在身上……郭永贵无心欣赏,一辆出租车从他身边缓缓地开过去,郭永贵咬了咬牙,向前赶了几步,向出租车招了招手。出租车戛然而止,郭永贵上前打开车门时又有些后悔,从墨子巷到车站至少要二十几元的车费。二十几元可以让女人在家买两斤猪肉解馋。这几年不论是挣钱还是花钱,郭永贵总喜欢用猪肉来作价。每次郭永贵回家上汽车站,多是挤公交车,有时是用两条腿压马路,反正两条腿有的是用不完的力气,不用白不用,长期不用会生锈的。这二十万一眨眼没了踪影,还吝啬这二十几元干什么。一想起二十万,就像有一双手拉扯着郭永贵的心。

到了车站,一下车郭永贵就小跑着去了售票大厅,幸好十一点五十分还有一趟长途班车,买好票后郭永贵才彻底松了口气。

郭永贵回到家时已是掌灯时分,杞红早已给院门落了锁,眼下乡村偷鸡摸狗的多如牛毛,有的盗贼连耕牛也不放过。现在留守在农村的多是老弱病残,那些盗贼自然乘虚而入有恃无恐。

大宝他妈,开门。郭永贵在院子外虚虚地叫了声。

杞红在屋里应了声,儿子大宝飞跑着过来开院门,两个月不见,大宝又长高了,也腼腆了。儿子有些怯怯地叫了声爸。见了儿子,郭永贵才猛地想起没有给女人和儿子带点城里的东西,他顾不上和儿子亲热,就直奔屋里,一见杞红小心地问:大宝他妈,这广德到底是咋回事?

杞红的脸黑得像七月的风暴天，她尖着嗓子说，广德骗了钱后，现在连人也不见了。

咋会这样呢？这广德啥时学会骗人了。那水美呢？水美也跟广德一起不见了？！

水美是广德的女人。

这年头谁都会成骗子的。杞红没好气地说，水美倒没跟广德一起跑，现在信用社在找广德，水美也在四处找广德。

水美没跟广德一起跑，这钱还可以找水美要，再说有水美在，我就不信广德这辈子连家也不回。郭永贵顿时松了口气。

你别高兴过头了，水美和广德据说早分居了，广德四处说水美光蹲窝下不了蛋，没有生育能力，这次林广德没准是乘机甩了水美。

怎么会这样，水美当年天仙般的，多少人做梦想娶都娶不到，林广德会甩水美？

你是不是做梦也想娶水美。杞红狠狠地剜了男人一眼，生气地说。

郭永贵脸绿了，一声不吭直挺挺地往外走。

你想上哪？

上林广德家，找水美要人要钱。郭永贵硬生生地说。林广德甩了水美，我想把水美娶回来。

当初你自作主张把钱存在林广德那，安的就是这份心。杞红针尖对麦芒。

我把钱存到林广德那，就是冲着水美的，宋杞红，你啥时也成了明白人？！郭永贵声音越来越粗。

见男人快要跨出屋子，杞红扑了上去，拽住男人的胳膊，恶狠狠地说，你要是跟林广德一样，看我不撕碎你。这么晚了，你还去找水美,你不怕别人说闲话,我还嫌丢人!

郭永贵停下身子,叹了口气,说,这可是二十万,我这心里能不急火嘛,瞧你还有心思糟蹋人。

都是林广德这天杀的。杞红自言自语了一句。

第二天一早,天刚微微放亮,胡思乱想了一个晚上的郭永贵索性起了床,在院子里来来回回走动着。他寻思了一个晚上,林广德骗这些钱去什么? 去嫖去赌去养女人,似乎都是但似乎又不是。这几年在城里收破烂,郭永贵啥事啥人没经见过。对这个儿时伙伴,郭永贵还真琢磨不透他。

天忽然一下子亮透了,村庄一下子裸露在人的视野里。郭永贵开了院门,对正在生火做饭的女人说了声我上广德家去,背着手出门了。

广德家在村子的西头, 弯弯曲曲坑坑洼洼的田埂路让郭永贵小心提防着脚下。他已习惯了城里平坦的马路,虽然在城里干的是收破烂的活儿,但比起在乡下从泥土里刨食的日子,郭永贵心里不时地生出一种满足感。

广德家的院门紧闭着,初冬的太阳早已悄然站上了远方的山顶,温情地注视着苍茫的大地。郭永贵瞄了一眼披满霞光的大地,一下一下有节奏地拍着院门,叫道,广德,广德在家吗? 广德……

来了。广德女人在屋里懒散地应了一声,过了一会才响起一阵脚步声。

看来水美刚才还在床上睡懒觉,郭永贵觉得自己来得早了点,没有男人的日子就像榨干了水分的萝卜,干巴巴的。

水美将院门打开了一条隙缝,探出半边脑袋,见是永贵,忙拉开门,说,他叔,快进来。

水美一张憔悴不堪的脸划疼了郭永贵的记忆，郭永贵简直不敢相信眼前的水美就是十年前那个水灵灵的天仙女般的女子，现在的水美整个人像一朵干枯的花。

看着眼前的水美，郭永贵心中突然有了一种莫名其妙地疼痛。

他叔，快进来呀，还愣着干啥。水美说着脸上突然泛起了红晕。

郭永贵也有些尴尬，水美一直没有生育，连广德都说水美出了问题，既然责任在水美身上。无论林广德怎样精耕细作，水美的肚子也不会鼓起来。水美如今跟着娃儿叫就有点好笑了。

水美扭动着腰肢先进了屋子，郭永贵紧跟在后面。水美的腰还是当年的水蛇腰，而水美的臀部十分丰润，看水美的样子怎么也不像不会生养的女人。看着水美扭动着的腰肢，郭永贵突然想笑，他想起了当年闹林广德和水美洞房的事。当年，郭永贵给闹洞房的人出了个主意：在房梁上吊了颗红枣，让广德背着水美踩着凳子去吃红枣，说是这样能早生贵子。广德拗不过大家，只好背起水美踩着摇摇晃晃的凳子，让水美去吃红枣。不知是谁使了个坏，将最下面的凳子挪动了一下，广德在叠在上面的凳子上站立不稳，倒向床上时又怕压着了水美，腾出一只手搂紧了水美的腰肢，让水美压在他的身上。

众目睽睽之下，水美一脸娇羞无比地挣脱了广德的搂抱。广德却哎哟哎哟地叫唤着：我的腰，我的腰……水美又一脸娇羞手忙脚乱地去揉广德的腰……

那时的水美，美得像娇羞的水仙花一般。

嘿，永贵哥，你在笑什么？水美突然改了称呼问。

没笑什么？郭永贵有些慌乱地说。我想起了你和广德结婚闹洞房时的情景。

都是你出了那么个坏主意,害得广德扭伤了腰,好多天都直不起腰。水美笑了一下说。

那时年轻,就爱瞎闹腾。郭永贵有些不好意思地说。

谁没有年轻过。水美说。

郭永贵一时反倒不好意思开口追问林广德的下落了。

永贵哥,你是来找广德的,广德不知道上哪了？说来我也在找广德。水美突然静静地说。

郭永贵怎么也看不出水美是在演戏,水美真的在找广德。郭永贵寻思着说,水美,广德上那不先给你透个信？

水美叹了口气,问,永贵哥,广德骗了你多少钱?

二十万。

广德骗了有二百来万了,我也寻思不出广德骗这么多的钱干啥用去了。这挨骗的那一家的钱不是血汗钱,广德这不是挖坑坑人嘛！水美突然一脸忧郁地说。

郭永贵有些替水美担心起来,这广德卷了这么多钱跑了,可他撂下了水美,让水美面对这么多上门要钱的。水美,广德跑了,你这边压力可大啦。

习惯了,这么多年都过来了。我根本不懂广德骗钱干啥用的,这话我说了也不会有人相信,都以为我和广德唱双簧。水美有些凄凉地说。

郭永贵郑重地点了点头,说水美,我信！等改天我再过来看广德回来了没有。

水美说,永贵哥,谢谢你信任我,你天天来都是应该的,这二十万搁在谁的身上都是一件天大的事。

出了水美家的院子,郭永贵又生出几分后悔,他不知道自己是不是犯了糊涂,上门来找水美要钱,现在反倒像欠债的。自己两手空空地回到家,咋向杞红交代呢。

一路上,郭永贵寻思着怎样应付杞红。

回到家,杞红正等他吃早饭,一见他,杞红急急地问,找着水美没有?水美认账了吗?广德现在在哪?他啥时能还上咱这些钱……

郭永贵有些疲惫地摇了摇头,他不知道该怎样对杞红说。水美都认账了,她也在找广德。这件事我不能光逼水美一人,我还得去找信用社,广德是信用社聘请的信贷员,信贷员广德收了我的钱,不和信用社收了我的钱一个理嘛。郭永贵说着心里突然一亮,看来只有去找信用社要钱了。

你说的也在理,等吃过饭,你就上镇里找信用社要钱去,兴许有门儿。杞红有点高兴地说。

急匆匆地吃过饭,郭永贵就赶到了镇上。信用社的大楼才新起不久,起得很气派。大楼的门前站着一个人高马大的保安,郭永贵昂首挺胸旁若无人地走进办公楼。保安看了他一眼想拦又不敢拦。郭永贵这几年在城里收破烂,早已洞察了世上百态人情世故,这些保安说难听点都长了一双狗眼,你小心翼翼地看他他就紧盯着你,你不正眼看他一下,他绝不敢朝你吠一声。进了办公楼,站在楼梯的拐弯处,郭永贵偷偷地笑了一下。这栋办公楼一共四层,郭永贵左右看了一下,上到了三楼,这几年他出入城里的大街小巷收破烂,在许多单位的办公楼里窜过,知道单位的头头脑脑都喜欢把办公室隐藏在角落里。

三楼楼道的尽头有两间办公室,门头上没挂牌子。这两间大概就是马主任的办公室,郭永贵无声地笑了。

咚、咚……郭永贵不轻不重地敲了几下门。

进来。屋里蓦地响起一个粗重的声音。

郭永贵挺直了身子,推进门走了进去。

有什么事? 马主任整个人像陷进大班椅里,他斜了郭永贵一眼问。

马主任,我叫郭永贵,是四牌村的。我姨父外甥的表嫂跟马主任小舅的表嫂的侄媳是亲姐妹。郭永贵想跟马主任先套点近乎。

你是四牌村的! 马主任皱了下眉头。他似乎对郭永贵跟他拉扯的关系一点兴趣也没有。

对,我是四牌村的。

是因为林广德的事来找信用社的吧! 马主任脸上的肌肉扯动了一下。

马主任,真让你说着了,我的钱都存在林广德那,他人突然跑了,我只好找信用社了。马主任,这钱是我们多年辛辛苦苦一点点攒下的,这下可要了我们的命。

多少钱? 马主任问。

二十万。郭永贵的声音带着哭声。

把你的存折本拿来我看看。

我这里只有林广德的收条,我存钱时他说存折本忘带了,就打了张收条。郭永贵一边说一边从口袋里摸出折叠得整整齐齐的收条,轻轻地搁在马主任面前。

哈哈哈……马主任突然放声大笑。

郭永贵吓了一跳,不解地看着马主任。

郭永贵同志,我代表信用社正式告知你,这几天已有十几个像你这样的四牌村人找上门来,你们这些钱跟信用社一点关系也没有,你们手里拿的不是信用社的存折本,而是林广德的收条,郭永贵同志,你只能找林广德要账去。

郭永贵一下子傻帽了,说,马主任,林广德不是四牌村的信贷员嘛!我这钱存在信贷员那不就是跟存在信用社一个样,这林广德跑了,信用社不赔谁赔。

郭永贵同志,瞧你这脑子就是转不过弯来,难怪挨林广德骗走了二十万。郭永贵同志,我就明明白白地告诉你,你这钱纯粹是林广德和你之间的私人行为,你打给你的只是收条,是借的还是你们共同出资做什么生意咋理解都行,从这张收条上看,你们这些被骗的人还真拿林广德一点办法也没有。他跟信用社往来的账目一清二楚,他要是卷跑了信用社的钱那就是犯罪,他不走犯罪这条道,他光明正大地收你们的钱。这个狗日的林广德,比鬼还精明,看来平日里我还真是小看了他。

郭永贵摇摇晃晃地出了信用社大楼,这二十万仿佛被一场暴雨给卷走了,郭永贵的心一时空落落。狗日的林广德事前把一切都狠狠地算计好了,让被骗的人吃了个哑巴亏。这几年在城里收破烂,郭永贵多少也算见过一点世面。广德是信用社放在村里的信贷员,如今广德卷款跑了,信用社应该承担责任的,但因为林广德打给储户的是收条,信用社把自己应该承担的责任推卸得干干净净。

这几年在城里收破烂,收破烂是不分季节也没有农闲农忙,郭永贵一年也回不了两三回村里,他怎么也无法把林广德同一个骗子拴在一起。现今林广德撂下了水美,带着二百来万远走高飞,这辈子恐怕他再也不会回村了。

这二十万找谁要去!郭永贵心中一片迷雾。

林广德骗了村里那么多人,被骗的人为什么不联手向信用社讨说法,要信用社承担责任,赔偿这些钱。郭永贵心里猛地闪过这个念头。他见过不少城里人维权,一个人单枪匹马无济于事,人多才力量大。郭永贵心中又生出了一线希望。

回到村子后,郭永贵没有回家,而是朝杨庄杨思远家走去。一路上,认识他的村人同他打着招呼,有的开门见山问他找着了林广德没有?这二十万要回来没有?有的让他想开点,钱去了还能挣回来,千万别气伤了身子。……虽然村人多是善心,郭永贵有些难堪地应付着。他一边在心里直骂杞红,这女人咋把这么丢人的事当成唱歌似的,嚷得让全世界的人都知道。

有的村人安慰说,永贵,把心放在肚子里,要回这钱只是早晚的事,这林广德跑了和尚咋能不惦着庙,迟早有一天他会飞回巢的,他人回来了,这钱不就有着落了,没准连本带息一起还了。

还有的村人则大惊小怪地说,永贵,真想不到你在城里收破烂跟拣金疙瘩一样,几年的工夫就攒下了二十万。二十万,我的天啊,我们这种田得要种多少年呀。永贵,你要收上几年破烂,这钱都让你一个人挣了。

郭永贵一时像被人剥光了衣衫,有种赤身裸体的丑陋。后来,郭永贵为了避开村人,专拣偏僻的田间小道走。

杨思远前脚刚出门,扛着锄头正准备去地里挖红芋,一见郭永贵,脸上飘过一丝惊诧。

永贵,今天起的是啥风,把你这么忙的人给吹来了,快进屋说话。杨思远放下了锄头,热乎乎地招呼着永贵。

哈,我这忙算哪门子忙哟,咱就外面闲嗑几句。郭永贵说。

那好。杨思远去屋里搬了两张椅子出来,让永贵坐下说话。

思远,广德是不是也骗了你的钱。我寻思着大伙儿拧成一股绳,一起去信用社讨公道。杨思远和郭永贵年纪相仿,郭永贵直截了当地说。

我怎么会有钱让广德来骗！永贵,这话你是听谁说的？杨思远有些气急地说。

我听广德自己说的。

永贵,你是听岔了吧,是不是广德为了骗你才随意造的口。永贵,听说你被广德骗走了二十万。杨思远的声音突然变了调。

郭永贵点着头,他怎么也没想到,杨思远会丢出这番话,不认挨骗这回事。郭永贵努力地回想了广德当时说话的情景,还有信用社马主任和水美都说广德骗了村里人不少钱。广德的话是骗人的,那马主任和水美说的应是事实,他们的话应该不会有错。可杨思远竟不认这些了。

那是我听岔了。郭永贵脸上的笑容一下子僵住了,他应付了几句,接下来就不知道怎么说了。

永贵,你想想看,我咋会上林广德的当,再说我那会有那么多的钱。

郭永贵只好使劲地点着头,说,广德打小在他姑妈家长大的,他姑妈家和我又是隔壁邻居,我和广德一起光屁股玩大的,他一说我就信了,就把钱存到他那儿了。

永贵,你信广德,我又不跟他一起光屁股玩大的,又不是一个庄的,你说,我真有可十几二十万放在他那,我这心能落得下去嘛。

郭永贵又用力地点着头。

离开了杨思远家,郭永贵心里很不是滋味,刚才杨思远脸上掠过的不自然的神情还是让他捕捉到了,他感到杨思远明明被林广德骗了不少钱,可杨思远偏偏不认这笔账。

心里犹豫了一会儿,郭永贵还是决定去程庄找程长青。郭永贵叹了口气,他也能理解杨思远,被林广德骗了钱说到底也不是一件光彩事,能遮蔽过去就遮过去,免得成了乡亲们的笑谈。可这毕竟是十几二十万,被骗的人甘愿吃这哑巴亏郭永贵就有点不理解了。

程长青和杨思远一个样,也是死活不肯承认被林广德骗了钱。可这是十几二十万,一辈子辛苦点点滴滴攒下来的,程长青怎么不敢认了。郭永贵一时有些想不通。

吴庄的吴宗宪听郭永贵说了来意一愣一愣的不说话,倒是吴宗宪的女人骂开了:这个天杀的林广德……后面的话被吴宗宪狠狠地使了个眼色,半道上咽了回去。

郭永贵失望地离开了,这年头被骗的人甘于吃哑巴亏,这林广德算是吃准了这些人。

在家里又无所事事地待了两天,郭永贵发现自己对农活已生疏得很,当年他可是田地里的一把好手,现在下地干活不仅帮不了杞红,反而是添乱了。杞红只好让他在家待着。郭永贵在家也是坐卧不安,一会想着那被骗的二十万,一会又想着城里关门的废旧收购店,心里乱糟糟的。郭永贵打算第二天一早就回城里,那废旧收购店早一天恢复营业他的心才有着落。郭永贵还来不及跟杞红说,杞红一阵风似的进了屋,急匆匆地喘着气说,永贵,丽云回娘家,听水美亲口说昨个夜里广德打电话回来了,永贵,你快赶去林庄看看,兴许广德有下落啦。

郭永贵也有些兴奋,有一句话叫鸟儿离不了巢,看来这林广德也是一只离不了巢的鸟,广德打电话回来了,水美一准会追问他的下落,这钱也就有了着落。

已是下午四点来钟,初冬的野外恣意生长着寥落与空旷。行走在田间小道上，郭永贵的心也起起伏伏。这林广德从前也是一个仗义的人，咋一下子就成了一个骗子！

见了郭永贵，水美忙把他让进屋，说永贵哥，昨个夜里广德打电话回来了，我问他现在人在哪？赶快回来把大伙的钱还了。广德好像有什么话要说，却又支吾了两句就挂断了电话。

哎，我对不起大伙。水美盯着面前的墙壁，幽幽地叹了口气说。

水美，这都是广德造的孽，那能怪罪在你身上。郭永贵说。

广德骗了乡亲们，就不是他一个人的事，我也有一份过错。

水美，你别自责了，广德的错咋能扯上你的份子呢。水美，这事真的不能怪你。

永贵哥，等把大伙的钱都还上了，我和广德的日子也就过不下去了。水美突然喃喃自语地说。

水美，你和广德不是过得好好的，咋就一下子过不下了呢。我记得前几年，村里的不少夫妻都还眼馋你和广德的恩爱劲呢。郭永贵有些吃惊地说。

恩爱？那只是面上给人看的，心底的恩爱才让人眼馋。水美的眼里刹那间贮满了泪水。

郭永贵看着水美，一时不知该说什么才好。

瞧我把话都说到那里。我和广德再怎么凑合，这日子还得一天天过下去。这就是命。我认命了。水美突然笑了笑。

水美……郭永贵轻轻唤了声。看来广德和水美的婚姻出了问题，但问题到底出在那，郭永贵像坠入了一片迷雾里。

永贵哥，你放心，只要广德心中还有这个家，只要广德还认这个家，我一定让他把大伙的钱都还上，他不还我来还，我就是卖身也要还大伙的钱。

水美,我没有让你还钱的意思,真的,再说你一个女人家,上哪找这二百来万还给我们。郭永贵一边说一边意识到自己该离开了。

出门时,郭永贵和人撞了个满怀,他有些惊讶地叫了声,是杨庄的杨思远。杨思远见是郭永贵,也一下子愣住了!不用说,杨思远也听说广德打电话回来,急匆匆地赶来探听广德的下落。郭永贵冲一脸尴尬的杨思远笑了笑,就转身离开了。

深深浅浅地走在田间小道上,郭永贵的眼前不时地闪现着水美一张凄美的脸。

这水美和广德会接着把日子过下去嘛?广德心里有水美吗?广德还惦记这个家吗?广德会回来吗?郭永贵猛地掐了一下自己的大腿,他想自己是怎么啦?净想些与二十万无关的事。

一只脚刚跨进家门,杞红张口就问水美有没有说广德现在人在哪?几时能回来?啥时能把二十万还上。

你就知道钱,还不如去蹲钱罐子。郭永贵突然吼了一声。

杞红愣了一下,呆呆地望着男人,突然泪水泻了下来,哽咽了一声,号陶大哭着。你让广德给骗了二十万,你还有理了是不,这日子没法过了……

郭永贵有些后悔,他也闹不清自己今天到底是怎么啦?

在家又待了两天,郭永贵心里很窝火,这都叫那二十万给闹的。杞红也正和他怄气,板着个冷脸成天不说话。郭永贵打算过两天回城里,废品收购店已关门好几天,再不开门纳客这老主顾都跑光了。郭永贵惦记城里的废品收购店,可村里又像有什么在时时牵扯着他的心。让他的心放不下一个人,这个人不是杞红,也不是儿子。水美那有些瘦弱的身影老是在他眼前晃来晃去,晃得他的心七上八下的。

决定回城的前一天下午，郭永贵打定主意去广德家一趟，他丢了句话给杞红，明个就回城了，我去看看广德打电话回家没有。

把你的手机号留给水美，广德有音信就让水美打电话告诉你。杞红突然追出门叮咛了一句。

郭永贵回头看了杞红一眼，爽快地应了一声。

水美大概午睡才起床不久，头发有些零乱，还未来得及梳洗。水美对郭永贵的到来淡淡地说，来了。就慵懒地去整理头发。

郭永贵一时窘在那里，他悄悄瞄了一眼水美，水美还是旁若无人地梳着头发。

坐啊，永贵哥，你在这还拘泥啥啊。你和广德从小玩大的，广德都不知跟我说起过多少你和他小时一起干得那些损人事。有时我都被你们这两个捣蛋鬼笑疼了肚子。水美笑吟吟地说。

郭永贵有些难为情地笑了，大半个屁股落在旁边的椅子上，有些不安地望了水美一眼说那都是小时造下的，现在人老实了，啥坏也不会使了。水美，广德咋净跟你提那些陈谷子烂芝麻。

水美也正朝郭永贵望去，两人的目光碰在一起，又迅速闪开了。

我看你现在一点也不老实。水美突然顿了一下，看了郭永贵一眼接着说，要不然别人多在家种田你却跑到城里收破烂淘金子，钱不比别人挣得少。要不是广德说了不少你们小时的事，我咋知道你小时是那么的坏。

一开始郭永贵吓了一跳，以为水美看透了他的心思。后来一听却是水美在调侃他，心才落下来。忙说，水美，你不知道，我在城里干的那是什么活，一个收破烂的，还比不上城里要饭乞讨的，也就是图个自食其力混口饭吃，收入比那些下岗工人强点，可城里的下岗工人谁也拉不下脸来干我们这种营生。

永贵哥,你今个是来听广德的音信吧。水美突然问。

不是……郭永贵突然鼓起勇气说,我就是想来看看你,明天我就要回城了,我的那个废旧收购店都关门好几天了。

这话是你的心里话?水美埋下了头说,有广德的音信我让人捎话给杞红,你和广德是儿时的好朋友,你就多担待他,这钱我一定让他还。

水美,我就是想来看你一眼,明个我就回城了。

还是你长年在城里好,能躲开村里的是是非非。永贵哥,啥时我也跟你一起去城里收破烂?

你要是收破烂,立马就成了红透城里的破烂西施,抢了大半个城里破烂王的饭碗。城里的那些男人还不连自己都送给你了。

你以为城里的那些男人个个都跟你像馋猫似的。水美嗔道。

城里的男人虽不是个个都是馋猫,但城里的男人就喜欢你这样像山原上野花一般开放的妹子。

你这么一说,我还真以为自己是一朵花呢,那我就跟你去城里开给城里的那些男人看看。

水美,你真的是一朵美美的花,城里的那些女人拿什么跟你比。你和广德刚定亲不久,有一次我在路边遇见了你俩,看见你时我一下子傻呆了,脑子就想我咋没广德这般有福气,讨着这么一个天仙般的妹子。

永贵哥,你和广德可是从小一起玩大的……水美突然埋下头,轻声说。

郭永贵突然意识到自己不能再在水美家待下去了,水美说得没错,他和广德是从小一起玩大的。郭永贵猛地感到自己走到了悬崖边上,再往前跨一步就跌进了万丈深渊。郭永贵立马站起身,说水美,我得走了,明天一早就回城里,还得回去准备准备。

郭永贵又唤了声:水美……

水美依然埋着头不说话。

站起身往外走时,郭永贵没留心身边的一只矮凳子,被绊了一腿,郭永贵重重地摔在地上。

水美惊叫了一声,扑过去伸手去拉郭永贵。

郭永贵的手被水美的手握在手里,水美用力去拉他起来。郭永贵咧了咧嘴,想借机坐起来,他的腰刚才被狠狠撞了下,一下子直不起身子,又仰躺下去。水美没提防,被郭永贵回拽了下,一下子扑倒在郭永贵身上……

两个人都一下子呆住了, 时间仿佛一下子凝固在这一刹那间。

水美一动不动地趴在郭永贵胸前,一下子羞红了脸。

郭永贵双手突然紧紧攒住了水美的腰。

水美把脸深深地埋在他的怀抱里,一下下不停地拱动着。

两人都像燃得炽烈的木炭。郭永贵顾不上腰部的疼痛,搂着水美在地上翻腾着。两人从地上滚到了床上,郭永贵在进入水美的身体时突然感到了不小的阻力, 水美那里就像无人耕种过似的,十分紧密,似乎在阻止着他的侵犯。水美陶醉的神情里透着紧张和不知所措。郭永贵有些意外,问水美,你这里门咋关得这么死。

水美闭着眼不说话。

郭永贵用力闯进去时,水美突然痛得失声喊叫起来。

郭永贵停了下来,他的目光触到了水美痴迷的神情,又用力冲撞起来。水美的嗓子眼里迸发出噢噢的叫声,身子水蛇般扭动着……

两个人都平息下来, 郭永贵突然发现了水美身下床单上的血,那血像一朵彤红的花,如针般一下子扎疼了郭永贵的眼睛。郭永贵张了张嘴巴,惊心地说,水美,你咋还是黄花女,你和广德到底是咋回事。

水美扯过被子蒙住了自己,突然伤心地恸哭着。

郭永贵一下子明白过来,一准是广德出了问题,干不成男人结婚后该干的事,水美才还是一个黄花女。郭永贵下意识地摸了摸口袋,口袋里是空的,一支烟也没有,郭永贵没有爱烟的嗜好,但遇上人生重大决策时都会点上一支烟。但他的口袋里都会装有一包烟,遇见老主顾时都会敬上一支烟。但今天偏偏口袋里拉下了烟。

广德不是一个真正的男人,永贵,你说我该咋办呀?永贵,这么多年你不知道我是怎么熬过来的,广德为了自己的面子,死活不肯离婚,还四处说我不能生养孩子。永贵,你说我命咋这么苦,偏偏遭逢了广德这样的人。

郭永贵突然明白自己该干什么,他不接水美的话,也不看水美一眼,一声不响地穿衣起床。

对不起,水美,我今天真的是一时糊涂,我压根就不知道你还是黄花女。水美,今后你多保重吧。郭永贵跳下床,汲拉着鞋子飞快地走到房门边上时,突然转过身对水美说。

在郭永贵渐行渐远的脚步声里,水美的哭声如寂静的深夜里廊檐下的滴水突然断了。

世界仿佛突然坠入了寂静无声的世界。

回到城里,郭永贵的废品收购店又营业了,生意比以前还要红火。郭永贵竭力让自己不去想水美和那二十万,当年见过水美后,他做梦都想娶水美这样的女子,杞红那时有几分姿色,但杞红跟一个男人跑过后来又叫那个男人甩了，在乡下像杞红这样的女子名声不太好，也不容易嫁到好人家。杞红在家晾了好久，没一个人敢上门提亲的,郭永贵听说了主动找上门去,说他愿意娶杞红,把杞红和她家人感激得一塌糊涂,杞红死心塌地跟着他过了这么多年日子,再也没有生过二心。十年后,他没想到自己竟跟水美上了床,更没想到水美还是黄花女。郭永贵心中又有些得意。郭永贵心中成天又有些提心吊胆,他怕水美会打他的手机,他怕水美会找上门来逼他离婚,水美会把这事闹开,甚至水美会告他强奸……郭永贵有些后悔,那天太意外了,完事后只想着早点脱身,没有想到清理战场,将自己留下的证据消灭干净才走。他宁可把他和水美之间发生的事用城里人一句时髦的话叫一场游戏,他和水美之间就是一场艳遇或者一夜情什么的,是游戏就有游戏规则,不知道水美会不会遵守游戏规则。

十多天平静地过去了,什么事也没发生。郭永贵一颗悬着的心慢慢地落了下来。郭永贵的心又开始蠢蠢欲动,如果当时他不立马拍屁股走人而是从容应对的话,没准能和水美长期保持关系……

这天杞红突然打来电话,说广德回来了。郭永贵忙急切地问广德那边是啥情况？有什么话没有？

广德带着两百多万去江苏购买一家玩具厂的,骗去了江苏才发现那家工厂早已资不抵债,又没有什么市场,这个广德蛮机灵的,对方几个人看紧着他,还是让他给脱身了。广德带着两百多万回来了。

那咱的二十万,广德还了没有？郭永贵松了口气说。

广德一回来就把别的钱都还上了,就差咱家的二十万。

那广德咋不还？郭永贵的心又提了上来。

我去讨要时,广德说要亲自把二十万交到你手上。

那水美呢? 没说什么? 水美没让广德把钱交给你。郭永贵顿时松了口气,又忍不住问。

水美能说什么! 她正一心和广德闹离婚,平日两人恩爱得很,这两人闹离婚还真让人看不下去。大伙都猜不是水美在外有了野男人就是广德在外有了相好的让水美抓着了把柄。

大概是广德在外有了相好的,广德那人从小鬼得很,一点不实劲。

我也是这么想的,要不了两三天,广德去城里还钱给你时,你可要提防着他再耍什么鬼花招。

郭永贵应了一声,怕打探多了会让杞红疑心。忙止住话头,结束了通话。郭永贵心里又开始七上八下的。水美闹离婚的事又搅洪了他心底的水。

过了两三天,广德真的来城里找郭永贵。两人见面时神情都有些生疏,几乎都在同时硬生生地叫了声对方。

郭永贵,我今个是来还钱给你的,但桥归桥,路归路,还钱前咱俩先把一笔明白债算清楚。林广德虎着脸开门见山地说。

啥明白债? 郭永贵心里叫了一声, 他充满戒备地看着林广德,佯装糊涂地问。

你和水美那档子丢人的事,还要我写出来。我不拿刀子砍你是念在儿时的情分上。这笔债算明白了咱俩儿时的情分就尽了。

广德,对不起,我不是故意的,我那天真的是一时糊涂,我也压根就不知道水美还是黄花女。郭永贵局促不安地说。

郭永贵,我一心一意把水美养了十来年,没想到让你小子给破了身。郭永贵, 你知道这十年我是怎样哄她疼她事事顺着她……我把自己的心思都用在水美身上,都用光了,没想到全被你小子给糟蹋了。这笔债多少钱也赔不完。林广德将一本笔记本啪的一声扔在郭永贵面前说，我养了水美十年了，这上面记有这十年来我为水美所花的每一笔花销和开支，一共是五万来元，加上我供水美每年的吃喝和我每年花在水美身上的心思，每年一万，十年十万，你听好了，总共十五万元。

十五万。郭永贵惊叫了一声，随即又耷拉下头，小心说，广德，念在我们过去的情分上，能不能少点？

一分不能少！要不是念在过去的情分上，我连名誉损失费和青春损失费一起算上，就远远不止这十五万。

十五万。郭永贵在心里惨叫了一声，这一切咋向杞红交代。他还是翻看起笔记本，这十年来水美所花的每一笔花销与用途都被广德清清楚楚地记在上面，每一笔花销具体到每一分钱。郭永贵像一下子被冻僵了。广德，你行行好，能不能少点？郭永贵哀求道。

十五万，一分不少。

广德，十万，我认了。水美最多就值这么多。现在城里的处女开苞价才万儿八千的，要年少有年少要貌有貌的，有的还是大学生呢。水美跟人家没得比。郭永贵索性豁出去了，不死心地说。

十五万，一分不少。欠债还钱，天经地义，你再讨价还价，我就涨价了。林广德突然凶狠地说。

广德，别涨价，十五万，我认了！好歹水美是黄花女。郭永贵蔫蔫地说。

两个人给对方写了收条，林广德付给郭永贵五万元，就头也不回地走回了屋子。

郭永贵看着林广德离开了，感到像做了一场梦，这梦仿佛看不到尽头。

致富路

像有股莫名的邪火在老康的心底烧着，越烧越旺，坐立不安的老康感觉自己像被人架在大火上烘烤着，烤得他的心像六月天烈日下暴晒的草叶尖儿。

秋天的早晨总是被浓雾藏得深深的，不到日上三竿是不会露出它的面目的。一吃过早饭，雾气渐渐收敛了，老康和老伴说了声去城里溜达溜达，出门时差点和村主任谢留根撞了个满怀。

村主任谢留根走得急，浑身热气腾腾的像刚出笼的馒头。要不是老康及时闪开了，两人没准有一人跌倒在地上。

一见谢留根猴急的样子，老康心里就猜了个八九不离十，他顿时拉了个冷脸。拉给谢留根看。

老康叔……村主任谢留根不看他的脸色，打了个哈哈说。

去城里转转，瞧瞧新鲜。谢大村主任一个大忙人；咋得空惦记上我这穷旮旯！快请屋里坐。老康嘴上热乎乎地应着，身子却一动不动。是迎客还是送客，老康卖了个关子，让谢留根自个琢磨掂量去。

在自留山卖断经营权的问题上，老康和谢留根一句话也说不下去了。老康的话就搁在道上，他决不会退让半步，谢留根想绕过去也不容易。

谢留根不是傻瓜，灵光光的一个人，我老康也不是什么软柿子，谢留根想拿捏稳也得拿出几分真功夫。

哈，老康叔，你这里我能不惦记嘛！只要老康叔不嫌恶我，一天跑三趟我也恨自己腿不快。谢留根说着就要往屋里闯。

见谢留根执意要进屋，老康只好收敛了几分拉下的脸色。老康一门心思都在谢留根身上，没想到从旁冷不丁闪出一个人来。

是镇里派出所的王所长。老康这才发现不远的村道旁停着一辆白色的警车。

哟，今天起的什么风呀，把王所长给送来了。老康和这个王所长打过几次交道，也算是熟人了。

老康，你也不是外人了，我今天来是想从你这里了解一些情况。王所长紧绷着脸，像谁欠了他一大笔钱似的。

这就奇怪了，你来了解情况也犯不上带个冷脸进门。老康心里有些不高兴，他钉住了身子，摔了脸子出来，冷冷地说，你们公安嘴巴大，用得着上我这儿来了解情况。再说，我这儿能有什么入王所长眼的。老康曾听人说这个王所长将自己的漂亮老婆送给县公安局局长糟蹋很久，才为自己换来这顶官帽。

老康叔，你不知道，这案子一出，跟捅漏了天一般，王所长这肩上就压上了千斤重担，心里能不搂着火嘛。村主任谢留根一眼看出了老康心中的不快，忙打着圆场说。

你心里再搂着火也不能泻到我的地头。老康瞥了谢留根一眼说，哎，瞧我这老眼真是昏花了，咋就不识王所长心头的火、肩上的重担。

老康，我可是在书记镇长那儿被逼着立下了军令状，我这心里能不急嘛，老康，都是老熟人了，有什么得罪的地方就多担待点。

老康一边应承着，一边把他俩让进了屋。

老康，昨儿个夜里，你们这边听见对面的村道上有什么动静？王所长的屁股刚一落到椅子上，就急急地问。

老康想了想，才摇了摇头说，没听见有什么动静呀。老康猜想镇上一定出了命案，没准是搞计生的干部挨人砍了，这帮王八羔子凶得跟土匪一个样。去年邻镇一个搞计生的干部就被人砍成了好几块。

老康，真的没听见什么动静？王所长又追问了一句。

没听到什么动静，国道上来往的车辆声不断的。老康的语气又重了起来。

昨儿个夜里，老康的心让小女儿燕子的一个电话搅乱了。燕子的男人在外傍了个有钱的女人，现在一门心思地和燕子闹离婚。燕子在电话里哭哭啼啼地说她要真离了婚，也就不活了，让这样的男人半道上不明不白地甩了，她还有什么脸回马头镇。燕子还说要不是老爸当初硬把她嫁到城里，她这会儿那会连命也活不了。

燕子的话让老康的火气差点蹿上了房梁，这个燕子活该被男人甩了，当年老康是拆散了燕子，可后来燕子过着好日子时不止一次说要不是老爸英明，她还在地里像狗一样刨食呢。这会儿怎么说变天就变天了。

老康，这两天你有没有看见有可疑的人在村道三岔口附近出现？

老康想了想，又摇起了头，说王所啊，这三岔口可是人来人往车如流水的,就是有可疑的人他脸上又没刺字,我又没你王所的火眼金睛,咋能识出人的好坏来。老康的话里长出刺刺来。

老康叔,你不知道,这案子连县长书记都惊动了,做了指示要尽快破案,镇里成立了专案组,书记镇长亲自挂帅,王所长任专案组副组长,负责案子的侦破。王所长察看完现场,兵分两路,一队去了村里,王所长就亲自上你这儿来了解情况。老康叔,王所长把你这儿当成了他的希望,想从你这儿淘到金子。村主任谢留根一见老康话不对口,忙插进来说。

镇上出了啥事,都惊了县长书记的驾?老康不经意地问了一句。瞧这些公安平日正经事不干,吃拿卡要样样拿手,抓赌抓逃计生的却比什么都积极,也该出个什么案子绊绊他们。

老康叔,你还不知晓这事。村主任谢留根的声音里满是惊讶。

镇上出了事,我这里前不着村后不搭店的,我咋会知晓!

老康叔,你还真不知晓这事?村主任谢留根又忍不住问了一句。

老康——王所长用眼角的余光看着老康,欲言又止。

老康叔,你屋前村道上的那块汉白玉昨儿个夜里被人砸烂了。老康叔,你说这案子能不惊动县领导嘛!

老康愣了一下,才匆促地将目光投到门外的村道上——平日威严地矗立的汉白玉只落下小半个身子,那上面龙飞凤舞的三个字——致富路只剩下了大半个路字。老康张了张口,惊得一句话也说不出。

三年前,老谢的三闺女谢岚兰捐了一百万修通了村里的这条公路,把偏远闭塞的小山村同外面热闹的世界连在了一起,老谢的三闺女还请县长为这条路题了致富路三个字。如今,当年的县长早已高升市长了。市长的字被人砸烂了，从镇上到县里不亚于跟闹上了一回地震。

市长的字在眼皮底下被人砸烂了，派出所的人找上门来了，自己却跟一个盲人一样毫不知情。老康突然想狠狠地抽自己的耳光子。老康的目光有些惨白地落在残缺不全的汉白玉上。

老康叔，你看市长的字被人砸烂了，派出所能不尽快破案，找到凶手。

老康，你这边要是发现有什么情况就及时跟我们派出所或谢村主任反映。王所长站起身说。

老康应了一声，怔怔地站起身，目光久久落在那断裂的汉白玉上。

王所长和谢留根早已开车往村里头去了。

老康去城里的那份心情被扫得一干二净，他阴着脸，盯着屋外断裂的汉白玉发呆。

不就是市长的几个字被人砸了，看你也跟着丢了魂。那市长的字又不是你砸的。老伴在一旁嘀咕。

你一个妇人家懂个屁，你咋知道这里的深浅。老康的火气腾地被煽旺了，冲老伴吼了一声。

老伴的身子抖了一下，一声不响地去一旁抹眼泪去了。自从生了三个闺女，没能给康家下一个男孩后，她在老康面前越来越气短。

市长的字不早不晚，偏偏在自己拼命反对自留山卖断经营权时遭人砸烂了。这两件事之间一定有某种联系，老康苦苦寻思着，只是一时还找不到这两件事之间的纽带。

大伯，大伯，不好了……康小乐骑着自行车从村里气喘喘地赶来了,未进门就在屋外嚷开了。

小乐是老康的亲侄子。这孩子打小脑子就缺根弦,书读了好几年一点上劲也不见,年年来来回回仅识得那么几个简单的字。后来见他读书也只是糟蹋光阴,歇书后出去给人打工,人家拿他当牲口使,一年到头也不给几个钱。老康的弟弟索性让儿子在家歇着,农忙时也多了个帮手。老康对这个半傻的侄子又怜又爱。康家人丁不旺,他养了三闺女,小乐却是根独苗。老康一想起小乐心里就泛起辛酸。

小乐,村里发生了什么了不起的大事?老康的火气一下子消失了,笑着问。

大伯,村里都传开了,说市长的字被人砸了,跟自留山转让经营权……小乐看着老康,突然硬生生地停下来。

他们都说那个不想转让山林经营权,那个砸市长字的嫌疑就大。老康不紧不慢地说。

大伯,他们就是这话。大伯,你真厉害,一说一个准。小乐有些敬畏老康。

小乐,他们是让你递话给我。

小乐有些迷惘,巴巴地望着老康,懵懂地问,大伯,他们让我递啥话给你?

小乐,这世上的许多事你看不懂的。看不懂的就别问。有时候连大伯都看不懂。老康在心底叹了口气说。

这孩子心眼太实了。我和他爸都埋到了黄土堆里,马尾村还有他安身立命的地方吗?老康忧心忡忡地望着小乐。

小乐有些不知所措局促地低下了头。

小乐,你回吧,路上小心点。

晃着身子走到了屋外,站在了村道上,看着小乐的身影消失在村道上,老康的心底又泛起一阵辛酸。

深秋的野外陡地生了几分空旷与苍凉。老康望向村子的方向,村庄隐在群山的深处,虽然村子离这有十来里地,但老康突然感到自己和村子之间的路很长很长,他这辈子都再也走不完这条回村的路。他对这个自己从小长大的村庄越来越生疏,多年了他也像一个陌路人一样游荡在村子的外面。差不多近十年了,十年前,在村里人不解的目光中,眼见修路无望的老康第一个搬出了不通公路偏僻的村子,把家安在了远离村子十来里地交通便利的国道旁。那时,老伴嫌国道边冷清,除了来往的车子还是来来往往的车子,连个说话的人也难找到。老康一语点醒了梦中人:村里人来来往往都要从你门前过,你还怕没人跟你说话?!

老康的新家虽远离了村子,但一时却仿佛成了村子的中心地点,村里人去镇上、县城或者别的什么地方,他们都要从门前经过,他们都会把这当成一个落脚点,在这歇歇脚、喘口气,讨杯水喝、抽上支烟,唠嗑唠嗑村里村外新近发生的新鲜事。那时,老康家几乎成天不断人,老康笑眯眯殷勤地倒水递烟,与来人拉着家常。老康人爽快,从不乱传什么话,加上三个闺女都嫁到了城里,与村里人瓜葛已经不大,大家都喜欢跟老康掏心里话。谁家与谁家的恩怨、谁家与谁家的是非,老康在一旁瞧得明明白白。老康都把它们放在心里、烂在心里,老康从不掺和村里人的这些是非曲直。那时村里人不仅都喜欢跟老康交往,还打心里信任敬重他。

三年前,老谢的三闺女捐款修了村里通向村外的这条公路,这一切全被改变了。宽敞的村道拉近了村里人和镇上、县城或者别的什么地方的距离。村道上有了货车、微型车、小四轮奔驰的踪影,更多的是来去匆匆的自行车。村里人仍打老康的门前经过,但他们不再把这当成一个落脚点,多是向老康点点头,打声招呼,有的还惦记着老康当年的情分,停下来和老康唠上几句,又匆忙地上车走了。

村道修通了,老康这里失了以前的风光,老康仿佛把自己孤立在村子的外面,像个流落街头的要饭的花子。

随着几个闺女的出息,老谢在村里人心目中很快取代了老康。富贵了的老谢在村里的威望一时比谁都高。在镇里老谢也成了说话叮当响的人物。这个老谢很有政治头脑,还一心扶持自己的堂侄谢留根当上了马尾村的村主任。

老康心中很是失落,他明白属于自己的时代早已一去不返,现在是老谢的时代,或者说是老谢女儿的时代。老康只不过从中见识了金钱的作用力,洞察了这世态炎凉,也终于弄明白这人与人到底是咋回事。

村里人感激老谢,感激老谢的闺女。只有老康不。这条村道对老康已经没有任何实际意义。有一次,在与村里人闲谈时,老康漫不经心地说,老谢的三闺女能捐这么大一笔钱一般有钱人还真做不到,她的钱也不是容易来的,也是辛辛苦苦赚来的。

老康的这句话在村里人口中传着传着就变了味,传到了老谢的耳朵里却变成了老康骂老谢闺女的钱来路不干净,骂这条村道是婊子路。

老谢听了一声不吭,但脸色却很难堪,像酱过了一般。

当年老谢的闺女在城里是从当发廊女、开发廊、开娱乐城,直至开公司当老总一步步起家的。

没多久,这条村道旁就立起了一块高大的汉白玉,汉白玉刻写着龙飞凤舞的三个字——致富路。老康听人说是老谢的闺女请县长题的字。镇上还隆重地搞了个揭幕式,身材魁梧的县长亲自揭开了遮盖在那块汉白玉身上的红绸子，县长还做了精彩的现场发言。除了老康一家，老谢邀请了在家的村人出席了揭幕式，不分男女老幼，村人每人都得了一份厚礼。唯独老康家除外。老伴要跳出去与老谢论理，被老康喝住了。老康说，老谢可以做丢人的事，咱不丢这人就是了。我和老谢的恩怨好多年前就结下了。老康敞开着门在家悠悠地喝茶抽烟。

揭幕式后，老谢的脸更难看了。老谢大概没料到老康会如此平静对待。

老康算是把老谢彻底得罪了。老康知道老谢一定误解了自己，但事已至此，老康不想去跟老谢澄清这些。老康不想丢人。

揭幕式不久，老谢当着不少村里人面说，当婊子又怎么啦，连那些县市领导都笑贫不笑娼！这年头谁还会傻到跟钱过不去啊！没有钱这条村道会自己通吗?! 县长会给咱村的路题字?!……

村里人都笑了起来。有的村人笑着笑着脸还不由自主地红了一下。

村里不少人家的子女都去老谢闺女开的娱乐城上班去了，男的当保安，女的就当服务员。

大家都懂老谢的话，老谢这话是说给老康听的。这老康也真是的。

村里有人把老谢的话传到老康的耳朵里。老康深深地叹口气说，老谢这人都一大把年纪了，咋活得一点廉耻也没有。

村里又有人把老康的话传给老谢。老谢听了半天没说话，但脸色越来越惨白，后来老谢咬着牙含糊地骂了一句什么，手中紫砂壶就紧跟着飞了出去，重重地磕在地上摔了粉身碎骨。这个紫砂壶老谢爱不释手。

村里人都感到很惋惜，这个紫砂壶杯是老谢的生日闺女送的，价值两万多元。

后来，老康还是听说了此事。老康摇摇头说，有钱人还真是不一样，老谢这一生气，两万多元就眨眼不见了。

村里人再也不敢把老康这话说给老谢听了。

老康站在村道上，不时地有满载着红砖、水泥的大货车从身边驶过，扬起的灰尘将老康罩住了。

这两年村里一直在大兴土木，许多人家都在翻盖新房。

老康突然萌生了回村里看一看的念头。在这三年多的时间里，老康还没回过一次村里。

这两天日子比往常还要平静得多。但这种平静的下面却是汹涌的激流与漩涡。老康仿佛感受到老谢和村主任谢留根心中的狂躁与不安。

老谢闺女的公司与一个外商想一次性廉价买断马尾村三千多村民手中两万多亩自留山永久经营权，大面积种植杨梅和桂花，并在村里投资办厂，生产各种杨梅与桂花有关的食品。因老康联合一小部分村民反对，这件事被搁了下来。县乡的领导多次找到老康做说服解释工作，从本地的经济发展、招商引资的艰难一直说到买断自留山永久经营权，一次性买断自留山永久经营权看上去是大家吃亏了，但投资商还要在村里买地开办工厂，开办工厂就要招收工人，大家都可以去厂里做工，每个月每家都有了一笔工资收入，月月如此，年年如此，说到底还是村民赚大了。这才是村民们一条真正的致富路。县乡领导还暗示老康，市长高度重视这起招商引资，并做了重要指示:要努力为招商引资做好各种服务工作，全力为他们排忧解难，并要教育村民们转变思想观念,从地方经济发展这盘棋出发,勇于舍一点小利,换来更大的利益。要想尽一切办法留住这只金凤凰,一定不能让这只金凤凰飞到别的巢里去了……

老康最后实在听不下去了,反问道,这两万多亩自留山经营权到底是谁的?

当然是属于村民们的。

那市长咋做得了村民的主?! 这山又不是市长的自留山。

县乡领导一个个哑口无言。

县乡领导与老康几次商谈都闹得不欢而散,老康坚持以三千元一亩自留山折算成资金入股,村民们按股分红,利益共享,风险共担,毫不退让。老康说我是为自己和村民们讨个公平合理,自留山只有折算成资金入股,村民们按股分红,才叫公平合理,才能体现出自留山的应有价值。我老康不是瞎折腾,更不是漫天要价,这是有根有据的。老康突然拿出一沓资料,上面写有密密麻麻的投资概况,这上面的数字说明以三千元一亩自留山折算成资金入股,赚了大头的还是投资方。

县乡领导一下子炸脑袋了。

这份投资概况是老康开始时让做会计的大闺女明霞花了好几天才弄出来的,明霞也支持父亲的做法,说现在这些黑了心的商人勾结政府官员不仅侵吞国有集体资产,还想方设法地侵占大多数人的利益。现在城里的不少企业是国有资产,由政府官员和企业经理班子说了算,企业的大多数员工没有一丁点话语权。但农村的那些山林早已分到了各家各户,成了自留山,村民们自己就能当家作主,不仅有话语权,更有决定权。村民们不卖自留山的经营权就是市长也奈何不了。

老康听了明霞这番话心里吃了定心丸:我的自留山我作主,

我不卖经营权就是市长也拿我没办法。看来明霞嫁到城里来是对的,这些道理一个乡下女人这辈子是不可能懂的。

村民们以三千元一亩自留山折算成资金入股,按股分红。老谢闺女与外商当然不干了,他们将原先的每亩自留山五十元的购买价一下子提高到一百五十元,也不愿村民们染指股份。

村里原先反对的有少数人开始动心了。

老康咬定享有股权才肯放松,买断自留山经营权的傻事坚决不干。

双方僵持不下,再也谈不下去了。

老康不急,但老康清楚对方心里正急得冒火,眼下已是仲秋时节,正是伐木垦山的好季节,再拖沓下去就会耽搁来年春天树苗的种植。

这个关口,村道上市长题字的汉白玉在夜里被人砸烂了。

老伴被老康打发去城里探望安抚闺女燕子去了。燕子好歹是自己的闺女,要是真万一想不开寻了死路,老康不能见死不救。老康让老伴给闺女捎话:想要活得像个人样,就先别自己作贱自己,为了一个花心男人就成天去寻死觅活的!瞧这出息真让人害臊!这种垃圾男人还当成了宝贝疙瘩儿,放手让他去吧。是你的终有一天会回到你手里,不是你的硬霸着占着坑也拉不出屎的。是老康的女儿就抬起头挺直腰杆做人,把人做好了也就有了身价,天下好男人多的是,错过了这村还有那店的。

老伴叹道,要是早知道这样,当初还不如让三闺女都嫁庄稼汉,日子就不会过得这么艰难磕碰。

老康的火气又蹿了上来。这女人总是爱吃后悔药。

当年三个闺女都嫁到了城里不也是风光一时,这三闺女不也过了好些年滋润日子。眼下女儿女婿所在的企业倒闭的倒闭、破产的破产，这是大环境造成的灾难，不是那一个人的错。这城里不是有一大帮产业工人都一下子断了生路，寻不到活路了。

要不是在城里一家棉纺厂当车间主任的妹妹帮着给侄女物色好对象，老康的女儿长得再标致也嫁不到城里。谁知没过多少年，当年的好事却变成了坏事。

那年月，村里人只要一提起老康，眼里就生出羡慕。那时，老康家里什么也不缺，老康家缺什么，女儿女婿就给提上门了。城里那些时新的东西，在老康家也都能见到。村里许多人都爱上老康家瞧新鲜，老康就拿出女儿女婿从城里带来的茶叶、烟、糖果什么的招待乡里乡亲。

那年月成了老康最怀念的一段时光。

那年月与老康幸福的时先截然不同的是老谢。老谢一连生了五个闺女。老谢的闺女一个比一个漂亮。可老谢的漂亮闺女有什么用，老大嫁给了庄稼汉，老二嫁的还是庄稼汉，一朵朵鲜花插在了牛粪上。到头来还要老谢贴补他们。村里人一提起老谢就叹息，说老康生的也是漂亮闺女，这老谢就没法跟老康比。这就是命啊！

老谢也偷偷上老康家求过老康，让老康给妹妹说说，帮他的闺女在城里物色物色对象。当时老康一口把老谢回绝了，说这城里的男人也刁得很，不是什么乡下的女人都娶，也讲究个门当户对什么的。老康的这话很伤人，老谢像挨捅了一刀脸色跟死过去一般，怏怏地走了。

后来老康一直很后悔，这事做的一点不地道，不像自己平日的为人。虽然说的是实情，但老康觉得自己应该答应老谢，让妹妹帮他的闺女在城里物色物色，没准能成。当时老康起了私心，怕老谢的闺女嫁到了城里，抢了自己的风头。

老谢把对老康的仇深深记下了。

这世上的事真让人看不懂，老谢看不懂，老康也看不懂。不到十年的功夫，老康的女儿女婿下岗的下岗，失业的失业，没想到老谢的闺女却在城里做得风生水起，几年的工夫，就从开发廊开娱乐城到出任岚兰实业开发公司总经理。老谢闺女的公司旗下有十多家企业，矿务、宾馆、食品公司等等。老谢的闺女还跟省市的不少高官过从甚密。

老谢一时成了轰动十里八乡叮当响的人物。

晚上，老康接到城里来的喜讯：老伴把老康的一番话跟闺女燕子一说，燕子一下子就开了窍。说还是老爸厉害，这样窝囊废的男人，留在身边又有什么用，我甩他那才叫干净利索，我这才叫赚大了。以前我怎么也想不到这点呢。

老康在电话这边也高兴了，说，这才是我老康的闺女，拿得起也放得下！

村子里似乎风平浪静。但老康却感到自己被推到风口浪尖上。

老康安安稳稳地端坐在屋外走廊上，喝上一口茶水，便又抽上一口烟。老康饶有兴致地看着村道上来往的车辆。车上的村里人有的偷看老康一眼，连声招呼也不打了。

王所长一行开着警车已在镇上和村里跑了好几个来回。傍晚时，王所长的车子嘎地停在了村道旁，王所长下车后打了声招呼朝老康走过来，问老康有没有想起或者发现什么情况？

老康摇了摇头，说真发现什么我早报告给你了。

临走时王所长好奇地问老康成天坐在这看什么？

老康话中有话地说，一村人都把我当成了盲人，我要好好睁眼看看到底是谁这么胆大敢把市长的字给砸烂了。以后说不准我要借他的胆子用一下。

老康,那你就认认真真地看,找到了砸市长字的人,我给你发奖金。王所长笑着说。

老康,你是马尾村最厉害的人。王所长临上车时丢下了一句话。

王所长,这回你看错了。老康回了一句。

老康的堂弟发强去镇上时在老康这停顿了一下,他告诉老康村里已被这事弄得人心惶惶,特别是反对卖断自留山经营权的康姓人、少数谢姓人还有些杂姓人嫌疑最大,压力也最大,有的扛不住了,跑到老谢那儿掏心窝去了。

老康说,发强,你回去后让大家稳住脚,别自个乱了步子,让老谢看笑话。市长的字给人砸烂了,要说嫌疑也是我的嫌疑最大,还轮不上别个。要杀要剐也是我上,我都不怕,你们害怕什么! 发强,你还给咱自家人传个话,我既然挑了这个头,就为大伙负责到底。发强,跟你透个底,别在外乱吃喝,这两天我把老谢这招给琢磨透了。他这招叫围魏救赵。哈哈……老康突然爽声笑了起来。

大哥,啥叫围魏救赵? 发强睁圆了眼睛问。

发强,这么说吧,小偷一般有搭档,偷东西时一个想着法子吸引你注意力,另一个小偷就乘机下手。围魏救赵跟这道理差不多,不过老谢不是小偷,他把我们当成小偷。

发强懵懵懂懂地点着头。

发强,市长的字给人砸烂了,是谢留声第一个发现,跑到镇上报案的吧。谢留声也是老谢的亲侄子。老谢兄弟好几个。

大哥,我忘了告诉你,谢留声报案后就离开了村里,去他堂姐在省城的分公司上班了。

老康点点头说，发强，一定要把话带给大家。

小乐来过两三次，每次小乐来，老康就和他下六子棋。

小乐虽然傻里傻气，但六子棋却下得出神入化。多数时候老康是输家。

小乐赢了老康时，高兴得跳了起来，欢呼我赢了大伯喽。

这时老康也开心得像个孩子。

老伴打来电话，说燕子没事了，这两天这闺女像变了个人。燕子说她要换一种活法。老伴心里惦着老康，打算明天就回乡下了。

你别急着回乡下，好不容易上城里一趟，就在三个闺女家换换活法。你等着，明儿我也上城里，和你团圆去。老康笑着说。

老伴有些莫名其妙，不知老康唱得这是哪曲戏？

一大早，晨雾正浓时，老康悄悄地拦了辆车，奔村里去了。

老康突然出现在村子里，村里人看见老康的都吃了一惊。谁也没想到这个时候老康会突然回到村子里。老康有好几年没回村子里了。

有的怔怔地看着老康，连招呼也忘了打。

老康像往常一样跟人点着头，打着招呼。老康的心里可是百感交集，这几年没回过村里一次，这村里可是大变了模样，老康在这生疏之中还找到了往日熟悉的气息。

老康只身走进了一家又一家谢姓人家中串门，老康开始只跟一家家的主人拉家常，说往事。村道不通时，除了老谢，村里人都一次次在老康家歇过脚，不知喝了老康家的多少茶水，抽了多少支老康递过来的香烟，尝过多少块老康家的糖果糕点……这几年，村道通了，还因为老谢的缘故，大伙都和老康来往少了，也生疏。可如今面对眼前这活生生的老康,多少的往事一下子涌上心头,老康多少年的好处也一下子跑到了跟前,大家都觉得愧对老康,老康的好处一直原原本本地放在那里,多少年了,大家就一直这么欠着,谁知欠得愈久,大伙的愧疚就愈多,沉甸甸地压在身上、心上!

这时,老康就拿出几张纸,让大伙在上面签个名,按个手印。这是一封告状信,告老谢的闺女廉价强买自留山经营权,毁林垦山。我老康是为大家伙着想,咱不能就这么轻易把自留山贱卖了。支持我去告状的就在上面签个名,按个手印。不想签名按手印的我老康决不勉强,各人的见解不同嘛……多数谢姓人都在上面签了名按了手印,少数谢姓人不肯签名按手印,老康说到做到,一点儿不让人有半点为难。

这天,老康是满载而归。几张白纸上,密密麻麻地留下了村里人的签名和手印。

老谢做梦也没想到老康会来这一招。老谢呆了半晌,自言自语地说,老康啊,我老谢算彻底服了你。

老谢趁天未黑透,忙让谢留根开车把自己送到城里。

第二一大早,一辆白色高级小轿车停在了老康门前的村道上,老谢和他的闺女岚兰从小车里钻了出来。

叔,岚兰登门给叔赔礼道歉,负荆请罪来了。老谢的闺女岚兰在门外用好听的声音喊着。

老康怔了一下,才把老谢和他的闺女迎进了屋里。

岚兰和老康谈了大半个上午,岚兰昨天晚上连夜找到了老康的二闺女和燕子,把她俩安排进了自己的公司上班,并永久享受公司高级管理人员的工资待遇。公司还决定聘请老康为高级顾问,负责马尾村这边开发项目的协调工作。岚兰还说公司决定向小乐提供一笔养老金……

说到小乐,老康的眼睛潮了。

叔,你不知道,岚兰这些年在外打拼,也是一肚子苦水一把把的辛酸泪……叔,千错万错的是我,你就原谅我爸一次,原谅我……叔,岚兰需要您的理解与支持。

老康闭上了眼睛,长长地叹了口气。说,岚兰,你没有错,叔可以答应你,但叔也有条件。自留山卖断经营权提高到每亩五百元,我也好对大家有个交代。两个闺女你可以把她俩安排进你的公司上班,但不能享受公司高级管理人员的工资待遇,我不能担任你公司的高级顾问。小乐你可以安排进公司上班,但不能提供一笔养老金……

岚兰一口答应将自留山卖断经营权提亩到每亩五百元,其他的她再考虑考虑。

因公司临时有事,岚兰马上要赶回城里。

临走时,岚兰告诉老康,她已跟县上打过招呼,不要再追究市长的字被砸的事,她已请市长另题一幅字,市长的书法已入化境。

后来,村道又矗立起一块高大的汉白玉,那上面依然了镂刻着市长的三个字——致富路,在老康看来,那三字比以前的字看上去多了几分威严几分官气。

导读:张金海靠着养殖成为了村里的首富,票子最多自不用说,房子也最大,平时说话那也叮毒得狠,嗜赌如命的来福村里的一干人等可没少遭他的冷言冷语。哪晓得这天晚上,来福醉酒归来的路上,张金海家竟然着了大火!,也就是来福看见了,该让为富不仁的张金海化作灰烬,还是........

点了一把天火

村民们都以为那是一把天火,是老天爷替他们烧掉了贫富不均,谁知,这把天火竟是人点的。

来福半夜回家发现张金海的房子着了火。

来福晚上在村西头的来旺家吃酒。来福在村里就数和来旺的私交最好,两人平日像走亲戚似的来往。来福嗜酒,来旺也好酒,两人都是今朝有酒今朝醉,是村里有名的酒虫。来福和来旺已隔了一些日子没在一起吃酒,两人身体内的酒虫早已争相蠢蠢跃动着。来旺女人刚把炒熟的菜端上桌,来福就迫不及待地抓起酒瓶,一口咬掉了瓶盖,两人笼罩在酒的芬芳里。

来福和来旺都身不由己地醉了。来福在来旺家的床上醉卧到 11 点多钟被一泡尿激醒了。来福挣起身子跑到屋外哗啦啦地撒着尿,突然想起了一件重要的事情。来福给这件事的后果吓出了一身的汗,酒也醒了一半。来福回到屋子里就把来旺摇醒了。说,来旺,我得回家了。就晃着身子往外走。来旺喊道,天太晚了,路又远,就在这歇一宿。来福心里有事,虽然和来旺是知心朋友,但这事多少有些见不得人，就不好说给来旺听。来福决心回家，来旺的女人被惊动了，过来拦阻。来福仍执意要回家。来旺女人瞧出来福是心中有事，也就不再阻拦他。来福急急火火地往回走，酒劲很快冲上了头顶，身子也越来越重，脚下的土路在黑夜里仿佛布满了陷阱，不时地捉弄着来福。来福连滚带爬地走到了东头张金海家门前，无意中抬头看见张金海的房子北头着了火。来福吃了一惊，使劲地揉着眼睛，以为看花了眼。张金海的房子真的着了火！火刚刚燃起来，像一把火炬赫然醒目地燃在黑夜里。来福哆嗦了一下，酒一下子全醒了，他张了张嘴，想喊，来人！救火啊！来福刚要喊出声来，可话都窜到了嗓子眼上，来福又活生生地把它咽了回去。来福跟张金海有仇，他要是这样喊来了人救了张金海房子的火，实在便宜了张金海。来福打定主意，他至少现在不能喊人来救火，他要让张金海尝到大火的厉害和苦头，让张金海这样的富人也尝尝变成穷人的滋味。

张金海靠养貂成了全县赫赫有名的养殖大户后，在村里人缘就一直不好，和村民们的关系越闹越僵。张金海富了，瞧不起村里的穷人们，而村里除了他张金海一家全都是名副其实的穷人。张金海对村里人越来越看不顺眼，今天不是训张三，明天就是骂李四，后天又跟王二过不去。张金海在村里，除了村主任、村支书外，差不多所有的男人都挨过他的训。来福又是张金海最瞧不起骂得最多的男人。张金海只要一见到喝得酒气醺醺的来福，就口不择言地骂道，来福，你这种烂泥糊不上墙的人，你什么事都不去干，却专门想着喝酒。来福你以为你的酒钱是从水里漂来的天上掉下的地上冒出的吗？你的酒钱全是女人一分一分辛辛苦苦地攒下的，全让你一泡尿给撒掉了。来福讨厌干活，夏天喜欢跑到村头大柳树下吊荫，张金海只要一见来福偷懒，又一口骂开了,说来福,你以为你是谁? 有活儿不去干,时时想着偷懒,靠女人来养活你。来福,你算什么男人! 村里男人们最恨别人骂他不是男人,可张金海财大气粗,一点情面也不给来福。来福胳膊拧不过大腿,只好忍气吞声。来福平日最勇敢的表现就是待张金海走后,冲张金海的背影狠啐去几口浓痰,然后跳起脚来把张金海的祖上八代都用恶毒的语言咒个遍。

来福一想起和张金海的仇恨, 顿时被张金海房子着火的痛快淹没了。来福傍晚去来旺家吃酒时,撞上了张金海,张金海一眼看出来福又要去吃酒,脸就拉了下来,像张飞脸似的。来福低着头,像被人追赶的小偷仓皇地逃离了张金海,张金海说些什么来福一句也没听进去。来福看着张金海着火的房子,兴奋起来,来福在心里喊道,烧吧! 都他妈的烧掉! 把狗日的张金海烧得倾家荡产! 来福一时忘了回家,忘了那件重要的事。来福一直幸灾乐祸地看着张金海房屋北头的火势在扩展着。来福往四周看了看,闪身到一个黑暗的角落。这样不但离房子远了些,即使有人来了也发现不了他,还可以清晰地看见来人的一举一动。来福虽替自己找了一个安全的角落,但他还是警觉地盯着房子四周,害怕有人来破坏。

黑夜静悄悄的,天空中连星星的影子也捕不到,更不要说人影了。村民们在这寂静的深夜里早已沉沉地走进了夜的梦乡。来福像当了村主任似的高兴得手舞足蹈。来福觉得美中不足的是身边少了酒, 如果他一边喝酒一边欣赏房子着火的美景那才叫快乐呢! 来福站在黑暗的角落等待着张金海房子北头完全烧起来。来福知道只有张金海一人在家又住在房子南头,他的家人早搬到城里去住了。来福想等大火烧到南边快危及人的安全时,才开始喊人救火,这样就是村里人赶来了,也扑不灭大火,更救不了张金海的房子。

来福像一位指挥着千军万马的将军似的，一直在黑暗中观察着房子的火势。来福等大火烧到了南边，已危及人身安全时，才从黑暗中跳出来。来福扯着嗓子拼命喊叫着，不好啦！失火啦！快来救火啊！来福的喊声一直传送到黑夜的深处，把人们从睡梦中惊醒了。人们被来福的喊声搅得惊惶失措。村民们穿上衣服，纷纷跑出家门，看到一片冲天的火光，又听到来福救火的喊叫声，才反应过来。村里一下子骚动起来，村民们相互喊叫着，失火了，快去救火。喊声此起彼伏，在黑夜里响亮地连成一片。

村民们提着救火的工具蹿出家门，从四面八方涌过来。来福听到了咚咚的脚步声嘈杂地往这边奔来才停止了喊叫。来福借着酒劲一口气奔到了张金海家门前，张金海房子的正门已裹进了大火中。来福破着嗓子喊，金海！金海！屋内没一点回声。

来福此时一心只想救人。来福平日从不干重活，用肩撞开了张金海家的正门后，感到肩仿佛被撞碎了，有一种撕心裂肺的疼痛淹没了他。来福奋不顾身地跃进了火海，冲进了张金海的房间。来福借着火光看到了张金海，来福喊，金海，快走！失火啦！张金海被大火吓昏了，像个木头似的好像没什么反应。来福奔过去，不由分说地一把拽起张金海。来福大喊一声，金海快走！咱俩再不走就被大火吞了。来福背起张金海向外窜着，到了安全地带，已有村民们赶来了。张金海在来福的身上吓昏过去了。来福把张金海交给了村民们，不顾众人的阻拦，又一头扎进了大火里。来福刚才救张金海时，发现张金海床边有一只黑色的密码箱，这只密码箱是张金海的钱柜，平日和张金海形影不离。来福刚才为了救张金海，没来得及把张金海的"钱柜"抢出来。大火已席卷了整个房子，来福的身边劈劈啪啪地爆着火柱。来福提着密码箱逃离火场时,突然被一块烧掉下的木头砸伤了脚。来福叫唤了一声,提着箱子跃离了火场,一头栽倒在来救火的村民们面前。

大火吞没了整个房屋, 陆续赶来的村民们只好眼睁睁地看着这场突如其来的大火把房子化成了灰烬。

大火熄灭后,却燃起了村民们一个不灭的话题。村民们三五成群地蹲在张金海化为一片废墟的房子前久久不散。大家交头接耳, 议论着这场大火。村民们聚在一起专心致志地讨论一件事,这在村里还是破天荒的第一次。村民们一致认为张金海家的这场大火是把天火,是老天爷惩罚张金海这样的富人。村民们对来福更是刮目相看,谁也没想到平日懒惰成性、嗜酒如命的来福会临危不惧,冒着生命危险跳进大火中救人。谁也没想到正是张金海最瞧不起的来福不计前嫌,舍命从火海中救出了张金海,这不证明了懒人的伟大之处嘛! 村里的男人们为来福骄傲和感动之余, 逐渐认识到来福这样一个村里最没出息的男人,都能舍己救人,来福能做到的事,他们更应该做到;来福能够火中救人,他们更会到大火中去救人;来福不记仇恨,他们也决不会记恨张金海。村民们认为张金海在村里犯下的过失,已经遭到了老天的惩罚。老天爷烧了把天火,把张金海的房子化为灰烬,就是惩罚了张金海,就是为村民们出了一口恶气。村民们越想越对张金海表现出一种豁达大度。村民们聚在一起, 商议着怎样安排这场天火,凑钱凑粮把张金海烧掉的房子替他再重建起来。

张金海从昏迷中醒过来后, 一直沉默不语地面对大火过后的废墟。村民们也一直陪伴着张金海。最让人感动的是来福,他一直陪坐在张金海身边,吧嗒吧嗒地落泪。结果张金海倒反过来劝说来福。

来福哥,房子烧都烧了,你就别把这场大火搁在心上。

我没！来福哥,别难过！我没！来福哥,这点损失对我根本算不了什么！我晓得！来福哥,我不知道该怎样感谢你,要不是你舍身从大火中救了我,说不准我早已葬身火场了。你是我真正的救命恩人。

我心里有愧,我没能从大火中抢出什么东西！来福哥,你是个好人,我对不起你。

金海,你别这样想。

来福哥,你应该恨我才对！我做下了许多对不起你的事,我真不值得你救我一命。

金海,我从没恨过你,你别再提过去的事,你一提我心里就慌！来福哥,你真让人钦佩！金海,什么都别说了,就让一切重新开始吧！来福哥,你说得对说得好！就让一切都重新开始！来福哥,我要送你一些种貂,让你和大家一起发家致富。张金海一边说一边流下了热泪。张金海全家搬到城里去住时,他准备把养殖场的种貂全都无偿赠送给村民们, 他还想提供资金技术让大家都来当养殖户,发家致富。张金海的愿望虽好,但全村 600 多户人家,竟没有一户愿意接受张金海的貂种。张金海一边流泪一边想他现在终于为自己送种貂给村民们找到了真正的借口和理由。来福见了,又反过来劝张金海。

金海,房子遭了天火,这是天意！你别搁在心上。

我没有,我是高兴！这房子烧了好,我已经因祸得福了。

金海,别灰心丧气,房子烧了,咱把它重起就是了。

来福哥……金海,大家刚才都商量过了,凑钱凑粮把你的房子起好！来福哥,你们别折腾我！我已经对不起乡亲们了！我已经欠乡亲们很多了,你们让我拿什么报答乡亲们！来福和张金海越说越投机,两人都像仿佛重新认识了对方似的。张金海要回城时,两人已是难舍难分。来福把张金海一直送上了城里的班车。

第二天,来福破例赶了个大早。女人见了万分惊讶地说,今天你要烧哪炷香,惹得你起这么早。来福就说去替张金海筹款筹粮起房子。来福还说,咱带头给张金海捐300元钱。女人吃了一惊,问来福,你要捐这么多,是不是吃了糊涂药?来福,我问你,你哪来的300元捐给张金海?来福说,你不是攒了300元钱给我爹起坟用,咱就捐这钱。

女人的吃惊又再次跑到脸上。女人用身子拦住来福,说,来福,你昏了头!村里逝去的老人家家都起了坟,现在只有你爹一人的坟还像个土坎子,我是替你来福要脸要人,攒了好几年钱才勉强攒够数,你却拿这钱做好人充大头。女人说着哭了起来,双肩剧烈地抖动着,很伤心的样子。

来福给女人哭得不知所措。来福望着女人,心里有些内疚,女人为了给他爹起坟,一个子儿一个子儿地积攒了好几年!单等今年立冬后派上用场。来福把目光从女人身上移开说,这钱就算我借你的,我一定还你。

女人哭得更伤心了,眼泪雨点般地落着。女人边哭边喊,来福,你能拿什么还我?来福情急地说,我把酒戒了,我拿吃酒的钱还你!来福说过后就后悔不该说这话,到时女人要是真让他戒酒,这还不跟要他的命一样!来福又转念一想,说这话不过是哄哄女人,反正女人又不会跟他较真。

女人的气又上来了,说为了一个张金海,你竟然连酒也舍得戒!我问你,你爹是你什么人,张金海又是你什么人?来福笑了,但又觉得有些不妥,忙收了笑容,说这还用问,连3岁的小孩都分得一清二楚,我爹是我爹,张金海是张金海,一个和我同村的人嘛!女人说,来福,你什么都明白,你还要把起坟的钱捐给张金海起房子？张金海又不是你爹，你凭什么拿他当爹供着。张金海在城里有房子，乡下的房子烧就烧了，还省得他雇人看管。来福，你从大火中救了他，他这辈子报答你都报答不完现在竟倒过来了，好像是他救了你的命似的，还要你捐钱给他起房子，张金海平日不是最瞧不起你嘛！你这人真没骨头！来福火了。他从地上跳起来，对女人吼道，你给老子闭嘴，大老爷们的事不用你们女人瞎操心，不管张金海拿老子当啥，老子就是要捐钱给他起房子。女人到底是女人，第一次看见来福发这么大的火，就被来福的气焰压住了，连哭也忘了，吓得不敢再吭声。来福发过火，扔下女人带上钱出门了。

女人醒悟过来，在来福的身后追着喊，来福，你回来！你给我回来！来福加快了步子，很快消失在山村的风景里。来福在村里转了一整天，各家各户都跑到了。

家家户户都慷慨陈词，答应捐钱凑粮，有的让来福明天来取，有的让过两天再来取钱。

第二天，来福刚出门不远，就迎面撞上了村主任。村主任正带着一老一小两个穿制服的干警朝来福走来，村主任喊，来福，你要去哪里？来福本想绕过村主任一行，但实在躲不过就站住了，他一见村主任和干警心里就有些发慌，他猜村主任和干警来找他是为了张金海房子起火的事。来福想自己做得神不知鬼不觉的，又舍身从大火中救了张金海，不会有人怀疑什么的，就是有人怀疑起来，也没人肯信的。来福也就渐渐心安理得理直气壮起来。来福很响亮地答道，村主任，我去给张金海筹钱起房子，我昨天去了你家，你不在，桂香嫂子答应捐 20 元钱，这事你知晓了吧！来福一边说一边等村主任他们走过来。

村主任他们来到了来福面前。村主任指着干警老曾和小何对来福相互做了介绍。

干警老曾、小何认真地打量着来福。老曾朝来福点了点头说，来福，我们找你了解一些情况，那天是你从大火中救了张金海？来福说，是我救他的。来福边说边盯着干警小何。小何在地上蹲下来在一本笔记本上沙沙地记录着。

老曾问，来福，你是什么时候发现张金海房子起火的？来福想了想说，有 12 点多吧！我从来旺家出门不久，突然看见有房子起了火，大火映亮了半片天空，我估摸着是张金海家的房子，我一边喊人一边奔过去救火。

老曾问，你跑到现场时有没有发现什么意外？比方说有没有人故意纵火留下的痕迹。

来福摇了摇头说，我没发现意外，我当时一心想着救火救人，什么也没去想。

老曾问，来旺是谁？你为什么半夜才从来旺家出来？来福低下了头。村主任见状在一旁说，来旺和来福是酒友，两人常在一起喝酒，一喝就醉。来福接着说，我在来旺家喝醉了酒，半夜被一泡尿激醒了，去屋外撒尿时突然想起了一件重要的事，我才决定马上回家的。来旺和他女人不让，他们怕我喝多了，路上出事。我心里有事，急着要赶回家。我心里像有什么事要发生似的，我总放心不下家里。

老曾问，你想起了什么重要的事？家里有什么不放心的？来福低下头，过了半晌才说，我是想起了女人，我放心不下她！老曾、小何、村主任都一起笑了。小何问，来福，什么样的女人让你半夜三更还念念不忘，放心不下？村主任说，村里就数来福这小子最有艳福。来福的女人可是方圆百里顶尖的大美人，是男人见了都咽口水恨不得一口吞下肚去的漂亮女人！来福当然放心不下！来福突然像个大姑娘似的红着脸说，我在来旺家撒尿时想起了让女人留门的事！我出来喝酒时和女人说好留门，我要是不回家，万一有哪个好色之徒乘机钻了空子，我就吃大亏了。你们说我哪能放心得了，所以我连来旺和他女人也没说，就急着要赶回去！小何停止了记录，问来福，你让女人留什么门？村主任又笑了，说小何，留门就是来福让女人夜里睡觉时不用栓门，他回家时一推门门就开了，不用惊动女人起来开门。

小何笑了起来，说原来是这么回事，我还以为留门就是夫妻俩晚上做爱的暗语呢！来福说，你们千万别给任何人说这事，你们一嚷出去，我来福就太没脸了。那晚我后悔让女人留门，心中一直不安，总怕有人乘机占了女人的便宜。

老曾、小何、村主任都忍俊不禁，很开心地笑了起来。小何说，来福，谁叫你娶个漂亮女人呢？来福就很幸福自豪地笑了起来。来福笑够了，说，娶个漂亮女人真是心累，总提心吊胆地过日子，心里没个定数。

村主任一本正经地说，来福，别说风凉话，下辈子让我也娶个漂亮女人，我就是心累死了也心甘情愿。

四人又不约而同地一起笑了。老曾问，来福，房子失火时你没发现房子四周有什么可疑的地方？来福肯定地点着头。

老曾又问，来福，我听村民们说，你和张金海的关系原先并不好！你们有什么过节？来福说，我和他能有什么过节！张金海这个人和一村人都处不好，他富了，就瞧不起我们这些穷人！老曾问，来福，你看这场火灾是不是村里有人故意纵火的？来福说，村里人谁都不会这样干的！我想这是把天火，村里人人都认为是天火！问话很快结束了，村主任又带着老曾、小何到别处去了。来福冲着他们走远的背影得意地笑了。

来福又开始一户户地收钱去了。

派出所干警老曾和小何调查房子失火的事终于被从城里赶回村的张金海坚决地制止了。张金海找到老曾小何，对他们说，你们不能这样怀疑乡亲们！老曾说，你现在是县里有名的养殖大户，受重点保护的，你房子失火了，我们不把此事调查清楚，怎么向领导交代？张金海说，我感谢你们对我的关心，你们不应该来调查这事，房子失火与乡亲们毫无关系，你们不能冤枉了他们。张金海声泪俱下地讲了村民们在这场大火中种种英勇无畏的表现。张金海还把自己平日对不起村民们的地方也说了，张金海说村民们像面镜子。

老曾问，金海，你认为这事不用再继续调查了？村里不会有人故意纵火报复你？张金海坚定地说，我敢向你们保证村里决不会有人这样做！请你们中止调查。

老曾又问，那你怎样解释房子失火的原因？张金海说，我同意乡亲们的看法，那是把天火，是天火烧了房子。

老曾和小何都觉得不可思议。他们认为这件事其中必有隐情，但张金海固执己见，他们也不好再坚持。老曾和小何已查了几天，也没查出个头绪来，他们首先排除了第一个嫌疑人来福。那晚来福确实是半夜离开来旺家的，来福的女人给男人留了门，直到一觉醒来还不见来福回家就知道来福贪酒一定醉倒在来旺家的炕上，才起来关好了门。事情就这么简简单单，偏偏那晚大火让来福第一个撞上了。老曾和小何最后也只好跟着张金海和村民们一起说，是把天火，是天火烧了房子！老曾和小何从村里走后，村民们对张金海的原先看法一时改观了许多。村民们都觉得张金海经历了这场火劫，仿佛重新变了一个人似的。张金海在村里除了养殖场外就再没什么财产了，村民们都觉得张金海也成了穷人,大家看到张金海就感到格外的亲切。

张金海回村的第二件事就是阻止村民们给他重起房子。张金海一户一户地上门拜访,劝说大家不要费心费血费钱费粮给他起房子。张金海说他要住到城里去,房子烧就烧了,他日后回村来,村里家家户户都是他的家,他可以东家歇脚,西家住住,这样不是比起房子更好更省事嘛!村民们都认为张金海说得有理,筹到的房款又让米福一户户上门退还了。

张金海回村处理的第三件事就是把他养的种貂全都赠送给村民们。这件事进行得意料不到的顺利,张金海做梦也没想到,村民们全都不再推托地接受了他的馈赠。

张金海不但送完了种貂,还悉心给村民们传授了养殖技术。

张金海做完这一切,不由暗暗得意,他认为自己为村里做了一件前无古人的大事,他相信不出两年时间,就可以让村子改换门庭,让家家户户都靠养貂发家致富,盖上一栋栋小楼,看上彩电,吃上自来水,日子过得蒸蒸日上。张金海离开村子时,又去村里一些人家看了种貂,张金海一遍又一遍地叮嘱村民们要养好貂,有什么困难就进城找他,他会鼎力相助的。村民们也都充满感激地点头答应着。张金海临上车时,还拉着来福的手特意嘱咐要养好貂,养好了貂,好日子也就为期不远了。

一个月后,张金海再次回到村子里。

张金海感到奇怪,这一个多月里,竟没有一个村民上城去找他,向他求教养貂的难题。张金海心里放心不下,决定回村来看看大家的貂养得怎样。

张金海回村后,村民们十分热情。尤其让张金海感动的是,大家都把他当成自己的亲人。张金海想村民们大概因为自己赠送种貂的事才一心感激他的。不过,张金海发现村民们仍像往日一般懒散,村里的面貌并没有因他们养貂而得到改观。张金海有种说不出的失望。当来福闻讯赶来看他时,他发现来福的口中居然还喷着酒气。张金海问,来福哥,你又喝酒了?来福似乎有些不高兴,红着脸点着头。张金海心中掠过一丝不安,他问来福,种貂呢?你们把貂养好了吧?来福和旁边的村民们一听这话脸色就变了,说话也躲躲闪闪地含糊着,张金海心中升腾起一种不祥的预感,他莫名其妙地产生了巨大的疑问,张金海说,来福哥,我去看看你养的貂!来福低下了头,却并不难为情地说,金海,这件事我们早想派人进城告诉你,那些种貂大家都养不了,都认为自己没本事发家致富。说句心里话,我们也不想靠养貂来发家致富,还是安安分分地过日子好!是啊!我们都认为还是过穷日子好!过穷日子省事省心!村民们一起望着张金海说。

张金海吃了一惊,慌乱地说,来福哥,你们把种貂怎么了?来福说,大家都侍候不了种貂,把种貂宰吃了。

张金海眼前一黑,差点栽倒在地上。来福用手扶住张金海。张金海挣扎着挺住了身子,自己喃喃自语说,我真是白费了一次心机,点了一把天火。来福离张金海最近,不解地问金海在说什么?张金海一时泪流满面,内心充满无尽的伤感。张金海突然悲怆地说,太好啦!把貂宰杀了实在太好了,它们一定是天底下最好的美味!来福和村民们听了都不住地点头。来福说金海,你说对了!这貂的味道真是不错,是下酒的好菜。

张金海哈哈大笑起来,他笑自己自作聪明,多情地点了一把天火烧了房子也害死了那些种貂。张金海努力地笑了几声,就再也笑不出来,再次被呛得泪流满面。

第三辑

人生是一种境界

导读：心中的阴影不除,那外在的雾霾只能越来越重。内在的阴暗面越来越多,生命也越来越阴暗。一个独居的离婚男子,家里又闯进来了一个男人。人生的挫折让他自然而然地披上厚重的铠甲,拒人于千里之外。谁曾想,那人是个不依不饶的主,硬是把独居男子逼上了"绝"路.......

温暖的笑容

敲门声响起之前,我正有滋有味地看一本名叫《在欲望的天空下》的书。阅读一些散发着芬芳油墨的文字多年来成了我每天饭后茶余重温的功课, 每天不读一些文字我就寝食难安茶饭不香。我这个人身上有着许多让人难以理喻的坏毛病,像我从不打麻将,不去舞厅、迪吧蹦迪,不参加生日 PT、派对之类的聚会……凡是所有热闹风光的场合都一概与我无缘。我喜欢清清净净的一个人。老婆只要在家一天到晚总拿挑剔的目光盯得我头皮发麻,不知多少次苦口婆心地规劝我别再恋那些一无是用的破书,可我就是灌不进耳朵,就是照读不误,用老婆的话说我是恶狗改不了吃屎的德性。老婆的话虽说得难听,但却道出了她的苦衷,她就是改造不好我这些自以为是的臭德性,弄得她人前人后很没面子。现在都是什么时代了,谁还会再把阅读当作生活中一件不可或缺的事了。这世上要是真有这样的人就是大傻瓜一个。在极具现代意识的老婆眼里,我不仅狗改不了吃屎,而且还是这样彻头彻尾的大傻瓜。老婆说像我这样低着头读书只会使自己变得更加枯燥乏味毫无情趣甚至愚不可及了。是的,老婆的话听上去并不悦耳,但事后一向证明都是至理名言。我真的越来越枯燥乏味了无情趣甚至愚蠢透顶了。婚前我还是一个幽默风趣的现代男人,婚后老婆眼巴巴又无能为力地看着我一步步堕落着,现在我一点儿不幽默了,一点儿不风趣了。老婆说我内心成了一潭死水,再大的风也掀不起浪了,就是卓别林的灵魂附在我身上我也不会幽默风趣了。老婆说现在和我在一起就是和一截死木头过日子。我确确实实变成了老婆身边的一根死木头了。老婆也许不知道,在一个到处都是幽默可笑的滑稽表演的时代里,反正我是真的再也幽默不起来了。

婚前我可不是这样一根死木头,记得和老婆初次相识,我就妙语如珠一脚踹开了她的芳心。两人一往情深地逛过公园压完马路依依不舍地分手后,我坐 14 路公交车回宿舍,她坐 26 路车回家,两人背道而驰。走了几步,我猛地回过身对她喊道,雯雯,我在下一站等你呀,你可别错过了我。雯雯骤然回过身盯着我,眼睛亮亮的,冲我嫣然一笑。雯雯喜欢我这样与众不同的幽默风趣。我就用我与众不同的幽默风趣把她娶进了门。老婆是一个分分秒秒都在追求享乐的现代女性,不论做什么事都不想亏待自己,一亏待自己就觉得活着没丁点意思。老婆一心一意想活得轻松愉快有意思,多大的事在心里也不是什么事。对于不想去做的事,老婆挂在口头永远的口头禅是:那样活着有多累啊!对于能让自己活得轻松快乐的事,老婆是飞蛾扑火身所不惜。偏偏她身边的男人却让她时时刻刻不停地喊累。

婚后我变成了一根死木头,老婆对此百思不解,不知到底是什么改变了我,便归罪到我看书的罪过。其实,老婆一点不了解我,这事只有我心里是小葱拌豆腐——一清二楚。我对人越来没信心了，越来越失望了。我越来越不喜欢同人打交道了，越来越不喜欢同人说话了。生活中的尔虞我诈、谎言、伪善、敲诈勒索、贪污腐败……实在太多了，让人猝不及防。人麻木不仁地活在可怕之中而感觉不到一点可怕。想一想这些我就不寒而栗。还有一件事彻底改变了我对人的看法，这件事我从未对人说过，一直憋成了心头的一块心病。事情大致过程是：一次，我和一位相识多年的朋友A在一起聊天，两人谈得很投机，志趣相投地谈了许多社会话题。事后我在心里把A视作不可多得的知己了。可是没过几天，一位我和A共同的朋友有些急急地打来电话，善意地提醒我今后要注意自己的言行，别被心怀不轨的人利用了。我不解其意，忙追问到底是怎么回事。在我再三追问下，朋友才道出实情，A当着好几个朋友的面说我如何如何。我愣了半天，不愿相信A会是这样的小人。朋友便把A的话讲了出来，我一下子呆了，A竟将我说过的话深加工了一番，已变得似是非是了。我觉得自己被A欺骗了，内心羞愧不已，我居然还把A引为知己呢。过了几天，A一见我，依旧将我视作难得的知己。我却一脸冷漠，我也知道这年头像A这类八面玲珑的人比比皆是，怎么也跟他热乎不起来。也许这件事搁在别人身上是小事一桩，可发生在我身上却成了甩不掉的心理包袱。后来，又发生了不少的事，弄坏了我的几桩事是一次我被一位人面兽心的同事算计了；另一次是被几个小流氓用刀架着脖子搜刮走了身上的钱财；还有一次是好心好意去扶一位突然倒在地上的老太婆时，竟被老太婆的家人赖上了，赔上一笔营养费才算了事。我越来越不相信人了，这年头小人遍地皆是，君子天下难觅。

老婆一直以为我是叫书害的。其实，真正的阅读只会让人聪明睿智，决不会使人愚蠢透顶。老婆是个讨厌读书的人，当然不知道阅读的好处。她开口闭口对我传道授业解惑说现在都是什么时代了,你还一头死扎进书堆里,聪明的人早一心勤学苦练眼睛(看领导脸色)、耳朵(耳听八方)、嘴巴(能说会道、抽烟喝酒、唱歌吹牛)、手指(敲打键盘、电话号码)的功能等等。言下之意是我这人太落伍了,一点跟不上她的生活步伐。老婆不仅活得轻松快乐,而且天天阳光灿烂、开花结果。唱歌、跳舞、蹦迪、打牌、搓麻将、炒股、买彩、上网聊天、下载收藏明星照片、煲电话粥、看影碟、国产肥皂剧、港台青春剧、外国大片、浏览晚报上狗咬人不是新闻人咬狗才是新闻的新闻。老婆爱好广泛,每一分钟从不虚度,认真对待,力争都活得津津有味,活得有意思极了。除了吃饭睡觉上班,她每一分钟都是在这些数不清的爱好中轻松度过的,好在她一点儿也不觉得累。只是她和我在一起时,她就分分钟大喊着累! 累!! 老婆说我让她感到累! 说我这个人就是和别的男人不一样,累!! 其实,每个人有每个人的活法,有时我觉得老婆简直是个恶俗的老妖婆,分分秒秒都是娱乐中度过,没有一分钟的清静。特别是和朋友煲电话粥时,一煮就是几小时,一边煮一边笑得花枝乱颤,从单位里鸡毛蒜皮的芝麻小事说到她最近看的一部港台剧,说某明星好像做了隆胸术,说某明星是单眼皮,男人还是单眼皮可爱,既英俊又潇洒。

我听得目瞪口呆,觉得老婆是越来越可爱了,这个世界怎么全是这些可爱的人呢。

当然,这些都是好久以前的事了,老婆离开我有三年的时间了,我在她眼里成了一个地地道道不可救药的大傻瓜时,我和她的婚姻就名存实亡了。后来我老婆这么一个可爱的人就一心投入了别人的怀抱,过她的幸福生活去了。那个男人也是个活得轻松快乐的人,两个轻松快乐的人生活在一起过的就是神仙日子。

前妻就和那个男人一心一意过快活的神仙日子去了。

前妻离开的三年时间里，我一直是一个人离群索居地生活着，靠阅读书籍来打发时光。前妻说的一点不错，读书不会给人带来金钱和享乐，只会使人更加孤独和寂寞。三年了，我的孤独和寂寞在一天天加深。我只能靠孤独和寂寞来打发日子。在漫长的孤独和寂寞中打发走自己的一生。有时，我想象红尘中的男女一样轻轻松松快快乐乐地活一把，再也不去读什么破书了。但我这辈子再也不会快活地活了，我再也不相信人了，人越来越叫我失望了。

敲门声响起时，一开始我以为自己产生了错觉，抑或是有人敲响了左邻右舍的门。我一个人寂寞的生活就频繁地被邻居的这些敲门声隔一岔二地惊扰。说实在的三年了还从未有人敲过我家的这扇门。前妻还未离开的时候，家门的这扇门常被咚咚地敲得人心慌意乱。那时前妻的朋友多得让我记不住其中任何一张面孔，男男女女各条战线各行各业的都有。我一直搞不清前妻怎么会认识这么多的男女。当然这都是些活得轻松快活可爱的人们。我一直以小人之心度君子之腹，认为这些男人理所当然地都是冲着前妻的美貌来的。前妻却不以为然，说人与人不一样，别人想的未必就是你脑子里想的。没过多久前妻就义无反顾头也不回地走了。前妻走后，我的家中骤然冷清着，像从闹市避进了深山老林。以前经常来来往往的男女突然间销声匿迹了。家中的电话形同虚设，一年只响起屈指可数的几次，不是别人打错了，就是电信公司的催费电话。

咚咚的敲门声是结结实实地叩在我家的门上发出的，我家的门是有些年头的木板门，手指叩在上面生出的声音都带着陈年木头的气息。左邻右舍全是厚实的防盗门。木头和铁板的敲击声很容易区分开,只是我家的门这三年来从未被人敲响过,前妻走了,把敲门声也干干净净地带走了。如今这久违的敲门声让人感到格外生疏,觉得它不应该在这个时候陌生地响起。我胡乱而不安地猜测着这个敲门人的目的,是多年前的老朋友登门造访,还是那些上门推销产品的形形色色的推销商?我苦思不得而知。这几年我与以前的朋友都断了往来,他们也早已将我从生活中一笔勾销了。至于那些推销商也从未碰过我的这扇门。在单位里常听同事们之间互相倾诉着每天被那些气势汹涌杀上门来的推销商骚扰得痛苦不堪,且永无宁日。我心下好生奇怪,怎么我倒像被那些推销商遗忘了似的,谁也没有骚扰过我一次。下班回家,我往生了锈的锁孔里捅钥匙时,才猛地明白那些推销商为什么高抬贵手放过我。我家的这扇门实在土里巴叽的,像一个满脸沟壑耄耋之年的老太婆,门上的油漆脱落得不干不净,斑斑驳驳的像缀满了过往的伤心事。这扇木门成了我生活的一个缩影和截面,再加上门右上方结着破旧的蜘蛛网,蛛网上缀着几只干瘪空洞的虫子,推销商也就有足够的理由嫌贫爱富了。

这扇木门成了我生活的消音器,我一天天安宁地生活在这个喧嚣的闹市里。

我没有去理睬外面的敲门声,敲门的人并未知难而退,而是锲而不舍不紧不慢地叩击着,似乎他的耐心能经受得住一场马拉松式的长跑,他仿佛算准了我正藏匿在屋里,他就与我较上了劲儿要一比高低。

看样子这是个工于心计很难对付的人。我特别讨厌这样的人,更不愿同这类人打交道。可现在我搜肠刮肚也猜不出他到底是谁,也许他平日就藏匿在人群中间,等到某个时候突然出其不意地跳了出来,让你猝不及防。我知道这样的人其实最可怕。

时间一秒一秒滴滴答答地走过,敲门声并未停下来,也在一声声有节奏地走过。这个敲门的人简直像是熟知我的人,他知道我平日爱匿在家中看闲书,知道我平日一般足不出户,知道我不与人来来往往,知道我讨厌同人打交道。这么一个熟知我的人,平日他即使从我面前走过,他心中对我了如指掌,我却对他一无所知。想想这些要多可怕有多可怕。一个在生活中能藏得这么深的人不可怕才怪呢。我父亲就吃过这种不声不响的人的亏,把一辈子大好时光都给毁掉了。那时我父亲在村里当着父母官,由于性格耿直、办事公正得罪了不少人,其中有一个人平日从不吱声,一声不响,看上去像是对我父亲的秉公执事最没意见似的。过了好几年,一场政治风雨来了,一些我父亲得罪过的人倒没揭发什么,但这个人跳出来了,他一五一十地揭发我父亲如何如何,其中一些细枝末节都编造得合理合情,让人不可置疑。这个最不可能揭发我父亲的人却把我父亲给揪了出来,村里所有的人都相信我父亲是有罪的。后来,事情终于真相大白,但我父亲这辈子也彻底完蛋了。

看来,这个敲门人平日一定深藏不露,他的一双眼睛在暗中毫不放松地紧盯着我的一举一动,而我却对他无知无觉。不过,这个敲门人不会是我的同事,那些同事们一向对我评价不高,不屑一顾。再说他们也从不知道我的住址。我一向独来独往惯了,从不和他们打成火热的一片。更不像是我从前的朋友或前妻和她的朋友。前妻离开后再也没来过,她带走了她全部的生活,像压根儿从未在这里存在过。那么这个敲门人该是谁呢?相识抑或不相识的人。

敲门声丝毫没有歇下来的意思,这个敲门人仿佛把敲门当成了一件赏心的乐事,不屈不挠地要敲开我的门。我不能不为这种执着困惑不解,显然再继续抵制这个敲门人已毫无必要了。

我站起身,蹑手蹑脚地从书房穿过客厅,静悄悄地站在门旁。现在,我和这个敲门人只隔着一层薄薄的木板,两人之间的距离近在咫尺,但又是天涯路远暂不相识。我屏声敛息地伫立着,静静地感受着这个敲门人的呼吸声。这个敲门人的呼吸很粗重,这种粗重的呼吸一时让我感到陌生、迷茫、困惑,我感到这个敲位人身材魁梧,面目可憎。站在门旁,我感受着他给予我的种种压迫。

敲门人似乎很快意识到了我的存在,尽管我没弄出一点声响,但他显然感觉到我和他仅隔着一层薄薄的木板,就令人不可捉摸地站在他的面前,不可望也不可及。他突然就中断了他的敲门。他也屏息敛声的,一心想隐藏自己的存在。外面的走廊上一时静静的。

我和敲门人之间的一场真正的游戏开始了。

这个敲门人将自己藏得很深,我一时竟感觉不到他的真实存在。我恍恍惚惚地觉得他已离开了这里。但他很快就暴露了自己,他突然长长地吐了口气,又开始粗重地呼吸着。他有些贪婪地猛吸了几口气,就再也不想委屈自己了,有些急躁地敲着门,发出一阵杂乱无章的敲门声。

没想到两人之间的游戏这么快就结束了。我一声不响地站着,现在这个敲门人已感觉不到我的存在,就像我的前妻和我共同生活的一段时间里,她说她一点也感觉不到我在她生活中的存在。后来,这些都成为她离开我的理由之一。这个敲门人显然在犹豫着,他不清楚这个屋子里到底有没有人。他在这里只是徒劳地敲门而已。

在这恰到好处的时候,我猛地拉开了门,我不想让这个敲门人无缘无故失望地走开。我也想见见他,这个一直在我身边藏得很深的人。没了木板门的遮掩,我和他都充分暴露在各自的目光下。我有些惊讶,这果然是个身材魁梧的男人,只是面相并不可憎。这是个完全陌生的敲门人,和我年龄相仿。不是在我身边藏得很深让我害怕的人。我对他一无所知。我目不转睛地注视着他,前妻说我有一双与世无争的眼睛,这双眼睛让深陷在欲望中的红尘男女感到害怕。那时前妻从不敢看我的眼睛,即使在做爱的时候,前妻总是心不在焉地紧闭着眼睛,不敢与我对视。前妻说我这样的人让她感到可怕。当然,这都成了前妻离开我的理由。在我的目光注视下,如果这个陌生的敲门人心怀不轨,他一定会惊慌失措感到害怕的。我随时可以立马将他拒之门外。

这个陌生的敲门人看了我一眼就匆忙地避开了我的目光,让我失望的是他并未有一丝一毫的慌乱。这个敲门人并未暴露出什么可疑之处,也就是说他并不是一个有所企图的人。一个有所企图的人在我与世无争的目光里一般都会做贼心虚。难道他是个心地磊落的人?我实在看不透面前这个陌生的敲门人。我疑惑地问,你找谁呀?言下之意是我并不认识你,你是敲错门了。我要让他知难而退。

他突然对我笑了笑,说,我找你呀,我找的就是你。

我往后退了一步,惊讶地说,我不认识你,你有什么事呀?

他突然从我身边一头扎进屋里,在客厅里胸有成竹地走了几步,边走边说,我认识你,不,应该说我认识你家的窗户。我站在楼下的空地上抬头往上看,我一眼就看见了你家的窗户,你家的窗户和别人家很不一样。我就想你平日一定很忙,实在没有工夫来清洁窗户。我就打算上楼来帮你清洗窗户,这样你家和别人就没什么两样了。他的口气像是这屋子的主人,他是一心一意为主人着想的。

你是清洗公司的?我不好意思地问。前妻离开后,我就再也没有清洗过窗户,窗户变得脏兮兮的。外面的阳光再也照不进来。

他摇了摇头,耸了耸肩说,我不是清洗公司的。我是下岗工人,一年多了,我一直找不到工作,在家闲得发慌,我就想出来找点活干。你放心,我替你清洗窗户是不收费的。以前天天忙着,现在突然闲下来,我怕自己会闲出病来,我又下岗了,万一有病的话,我的日子就更没法过下去了。

你是一心一意学雷锋,做好人好事的。我提高警惕地问。这年头我最怕这些做好人好事的人,一见这样的人我就莫名地发怵,想离他们远点。这些一到某某日子就满大街大张旗鼓豪情壮语地呐喊着去学某某做些好人好事的人其实平日最不会去做什么好人好事,特别是在熙熙攘攘的大街上常出没着一支支这些学某某的队伍,旁边还跟着扛摄像机的电视台记者,一见这样壮观的场面我就在心里恶狠狠地骂道,这些个王八羔子,真他妈的是吃饱了撑的,反正这些活动经费全他妈的是纳税人的钱,反正学某某做好人好事谁都想从中捞个名利双收。一见这些动人的场面我就情不自禁地联想到那些贪污腐败的官员是怎样千锤百炼被打造出来的,就赶忙逃也似的避得远远的。前妻在单位里一到学某某的日子,回家后一个劲地大喊着累!累!!多没意思!可真到了单位里又积极向上乐此不疲。前妻常在我耳边嗤之以鼻地嘀咕说,你真是大傻瓜一个,单位里这些名利双收的好事你都视而不见,参加这样的活动能给你带来许多意想不到的收获。我看你这号人这辈子算完蛋啦,你再也进步不到那去啦。这样的好事在我们单位人人都争先唯恐落后呢。这些年我对这些喜欢学做好人好事的人一向敬而远之，因为他们本质上压根就不是什么好人，才去学做好人、好事。

我不是来做好人好事的，一个下岗的人连饭都吃不饱，是不会想到为别人做好事的。做好事的人是那些一心想进步的人。他一脸嘲讽地说。

这话我很乐意听，我全身一阵轻松，对这个下岗男人也没了一点戒心。想起刚才和他隔着一层木板门紧张对峙的情景我就差点想笑。

我替你清洗窗户是免费的。不过，我这样做也是为了推销这种新产品。你的窗户都被清洗干净了，其他的人就会接受这种新产品的。下岗的男人坦率地说。

我知道，天下没有无缘无故的爱。我坦诚地说。我一向认为这句话才是中国人交往的至理名言。以前前妻经常对我炫耀她朋友多，遍布这个都市的角角落落，她和朋友的关系怎样亲如兄弟姐妹。当时我却不以为然，对她说你的那些男朋友都是冲着你的美貌来的，他们不是真心实意地欣赏你、喜欢你，而是想方设法地要占有你、玩弄你。当时我还想对前妻说，这世上只有我是真心喜欢你、欣赏你。前妻就打断我的话说我这人实在太偏激了，还是狗改不了吃屎的德性。这句没来得及说出来的话只能永远烂在我的身体里。前妻不知道中国男人对女性身体的占有和玩弄欲是光荣传统代代相传，且根深蒂固，不是一朝一夕就能改朝换代的。后来前妻就很十分乐意地吃过这些男人的亏。

下岗的男人突然走出屋子，再进来时手上多了几件新产品——清洗刷。他拾起其中的一把对我说，这就是新发明的清洗窗户的清洗刷，保证能将你的窗户清洗得干干净净。他还卖力地表演着几个清洗的动作。

我的窗户正盼着你的到来呢。我对这个下岗男人温暖地笑了一下。这个下岗男人很有趣,要是前妻还在的话,没准会一下子喜欢上这个下岗的男人。他的推销方式很讨人喜欢,这个下岗男人精明而又有头脑,和那些一上门就滔滔不绝口若悬河夸夸其谈恨不得让你掏空腰包大采购的推销商截然不同。况且,我的窗户真的要清洁清洁,它们都已经积了三年的灰尘,遮挡了来自外面的阳光。

下岗男人拿着他推销的新产品,积极地替我清洗窗户玻璃上堆积了三年的灰尘。

我回到了书房,下岗男人是从书房的窗户开始了他的清洁工作。下岗男人干得很起劲,他蘸着水伸缩自如地操纵着他的清洗刷,得心应手地清洗着窗户。不到片刻,就收拾走了窗户上积了三年的灰尘。

下岗男人还忙里偷闲地和我说话,你家的书真多,看样子你是个读书人,平日你一定很忙。

其实我是个闲人,一点儿不忙,这年头只有闲人才有功夫看些闲书。我认真地说。前妻以前总说我是个游手好闲的人,一点正经事不做,成天腻歪在书堆里。前妻走后我才深刻认识到她的伟大英明,我的的确确是个无所事事的闲人。

不错,看书是忙人做的闲事,看样子你就是个有学问的人。下岗男人有些羡慕地说。

看书是无所事事的闲人做的无聊事,官员忙,你见过哪一个官员饭后茶余读书?商人忙,你见过经商的人看书吗?小偷忙,你见过那个小偷在看书!他们一个个才是有学问的人,当官的当官,官只会越当越大,赚钱的赚钱,钱越赚越多。

你这人说话真有趣,也真会说笑话。下岗男人冲我笑着说。

是我们所处的这个社会和时代实在太有趣了,每天都在制造着许多令人捧腹的幽默和笑话。也许这几年憋得太久了,在这个下岗的推销员面前,我一下子打开了说话的闸门。

你说的不错,这个社会笑话和幽默太多了,我们厂那个厂长何有为就是一个不断制造笑话和幽默的人,几年的工夫他就把一个好端端的厂子弄垮了,可他偏偏喜欢召集全厂职工开会,在这几年间我们不知开了多少会,只要一逮着开会的机会何有为就唾沫横飞地给我们做报告,满口的大道理,好像厂子不是他搞垮的,他倒成了大家的救世主。只要他在台上做报告,我们就在台下偷偷地笑。这个何有为天生就是当一个搞笑演员的料。下岗男人突然嘿嘿干笑了好几声。

我情不自禁地跟着连笑了几声,眼前立即出现一个肥头肥脑大腹便便的中年男人正在主席台上眉飞色舞地向台下黑压压的人群做报告,鼓励全厂员工继续发扬艰苦奋斗勤俭节约的创业精神,继续发扬以厂为家的主人翁精神,继续抱着舍生忘死敢于上刀山下火海的奉献精神……

当然,这都是我在大脑里想象出来的,并非亲眼看见何有为在大会上给职工做的精彩发言。我看了下岗男人一眼,感谢他给我提供了一次快乐想象的大好时机。

这个社会人人都当的是演员,都是些尽职尽责的好演员。我又嘿嘿干笑了几声说。

下岗男人跟着我嘿嘿干笑了几声,没再说什么。他得转移战场去清洗客厅的窗户了。

站在书房明亮的窗前,我认认真真地透过已变得干干净净的玻璃往窗外看去。三年了,我没有透过这扇窗户看看窗外的世界。记得三年前前妻离开时,她就站在书房的窗前默默看着一阵窗外,然后头也不回义无反顾地走了。前妻站在窗前看到了什么,我至今一无所知。我现在看到的是灰蒙蒙的天空,这几天天气不好,一直都是阴沉沉的。巷子外的街道上人来人往,两旁的树木无精打采的。不远处另一栋楼下的空地上有一张露天麻将桌,几个人正起劲搓着麻将,旁边围观的人跟着一阵阵起哄。巷子口边摆着一个修自行车的小摊,还有一个补鞋的小摊,好像还有一个卖萝卜酸的小摊。我想起正在看的书中的一句话,人都是欲望中的人。前妻的欲望是什么,是每天活得轻松快乐有意思极了并且一点不累人。下岗男人的欲望是什么,是每天多推销他的清洁刷。当官的欲望是什么,是官越做越大,更好地为人民服务。我的欲望是什么,是每天能够安安静静地看一些闲书。

在窗外索然无味地站了一会,我又回到了书桌前,继续看那本《在欲望的天空下》。我很快看完了这本书,合上书时,我又想着书中的话,人是欲望做成的,是欲望世界中的人。这时,那个下岗的男人走了进来,对我笑了笑说,在你家,我把我该做的都做完了。

我道了声谢谢说,你推销的这种新产品真的很好用呀!它一下子就清洗干净了玻璃上积了三年多的灰尘。我就留下一把,我不能再让窗户玻璃粘上太多的灰尘了。

你这人就是不一样,能理解我们下岗的难处。下岗男人对我咧着嘴笑着说。一把清洁刷40元,我不多要你的。

你留下刚才用过的那把,我不会少给你一分的。我像往常一样拉开书桌的抽屉,从一堆现金中抽出50元,递给了下岗男人。

下岗男人的目光在我抽屉里的现金上逗留了一下,有些慌乱地跳开了。下岗男人眼里飘过一丝诡异,动作迟缓地补给了我

10元钱。

我瞥了他一眼，和下岗男人隔着木板门久久对峙的感觉又重新回来了。我心中变得忐忑不安的,站起身准备去厕所行个方便,刚离开书桌就猛地意识到这个时候不能离开书房,我假装低头寻东西有些做作地回到书桌前坐了下来。

下岗男人扫了我一眼,也有些忐忑不安。我知道他心里在想什么。他心里和我一样明白,也知道我心里在想什么。现在他和我之间隔着一层透明的薄纸,一点就破。

只是我和下岗男人谁也不愿去捅破两人之间的这层薄纸。

我的目光虚虚地落在书上,胡乱地翻着书。我在心里一个劲地盼着下岗男人早点离开。我甚至做好了某种准备,以应付某种可能发生的突发事件。我在心里将这个下岗男人和我的体力做了对比,显然我明显处于劣势。

下岗男人没有一丝一毫走的意思,他索性再也不看我,目光在书房四周游走着。你的书真多,我从未见过这么多的书。他像第一次走进我的书房,由衷地惊叹着。

是嘛。我应了一声,窥了他一眼,下岗男人真的在盯着我的书看。我在心里稍稍松了口气,也许下岗男人真的是喜欢上了我这些闲书,想在书里多待上一阵子,不像我的前妻,一见书就讨厌。

这些书可都是钱呵!听说现在书价很贵,你这些书要花多少钱才买得来,可是一大笔钱呵!下岗男人咧了咧嘴说。

我全身又紧张地抖了一下。这个下岗男人一直怀疑我是个有钱的人。在他的想象中,这一屋子书要值很多钱,只有有钱人才买得起这些书。这书的主人理应是个有钱人。我忙解释说,哎,现在书真是太贵了,想读书的人反而买不起书,买得起书的人又从不读书。这就苦了像我这样喜欢读书的人，我和你一样都是工薪层，又没别的灰色收入，平日就得从牙缝里一点点抠钱，抠出来的钱都得送进书店换回一本本无用的书。你看看，屋里除了书，就再也没有别的像样的值钱东西了

下岗男人似乎意识到什么，嘿嘿地干笑了两声，目光又落在书上不再说什么。

看来我一番苦口婆心的解释反而成了多余的，下岗男人在心中认定了我是个有钱的男人，而抽屉里的一千多元现金又为他的推测提供了某种佐证。我在心里哀叹着，怀念着前妻，要是她在这里就好了。四年前一个冒充收水电费的家伙骗开了我们的门，闯进屋里正准备行凶抢劫时，恰好前妻正在家中，那个长得五大三粗孔武有力的男人一见前妻不由呆了，目光一直落在前妻身上再也不想离开，似乎忘记了自己肩负的使命。前妻见多识广，一见这阵式什么都明白了，随即亲热地和那个五大三粗的男人交谈着。那个男人大概为了塑造自己在前妻眼中男人的伟大形象，容光焕发地和前妻交谈着，自始至终未暴露一丝他此行的目的，最后还彬彬有礼地和我们道着再见。我们提心吊胆地送走了那个男人，前妻忍不住惊呼好险，一下子倒在沙发上。我暗暗叫了声惭愧，说活到今天才算彻底明白了爱美之心人人皆有。眼下，我只有靠自己怎样打发走这个下岗的男人，化险为夷。

这些书都是知识呵！你的书房都装满了知识。我都舍不得走了，在你的书房多待上一会儿，我就能多沾一些书气呢！我走出书房时就和刚进来时的我不一样了。下岗男人又嘿嘿干笑着说，他突然在我书桌对面的椅子上一屁股坐了下来。

我被下岗男人笑得心里发毛，被他这么一说，我似乎再也无法拒绝他继续待在书房里，一时找不到让他离开的理由了。这个

下岗男人比谁都精通世故,他总是抢在我行动的前面,堵得我再也开不了口。这是个工于心计的男人,他站在楼下抬头往上一看,就看见了我家脏兮兮的窗户,他老谋深算地咧嘴笑了笑,然后蹬蹬地上楼,不达目的誓不罢休地要敲开我的家门,清洗干净我的窗户,先给自己推销的产品做个活广告。我猛地感到这个富于心机的男人实在太可怕了。我一时不知所措地呆坐着,想去厕所方便的意思越来越浓了,我已迫切地想去解决问题,可这个下岗男人就是一动不动,冷眼旁观地在看我的笑话。如果这时我去了厕所,他没准会将我抽屉里的钱一扫而光,而我的抽屉一直没有锁,要是揣上钱去厕所的话没准这个下岗男人会恼羞成怒,提前要对我下毒手。我一时不知如何是好。

下岗男人对我了如指掌,他在耐心地等着我离开。

我和这个下岗男人正处在一个极其危险的游戏里,这个游戏是一开始两人隔着木板门对峙的延续。

下岗男人泰然自若不慌不忙的,他知道我什么话也说不出了,他看出我已憋红了脸,他知道我最终坚持不住会扔下他去厕所的。他胸有成竹胜券在握,目光不紧不慢地在书房里巡视着,一遍又一遍,似乎要带走这满屋子的书。他突然问,这些书你都看过吗?

我百感交集地说,看过!这些百无一用的书我都看过!这些书一点儿也帮不了你什么,只会让你感到寂寞和孤独,读的书越多越证明你是个没有一点用处的人。

下岗的男人又嘿嘿干笑了两声,豁地站了起来。

我吓了一跳,以为他准备行动了。我右手紧攥着椅子把,手心都在滋滋地冒着汗,必要时我随时用椅子当作武器,投入战斗。

下岗男人瞟了我一眼，我的举止全落入了他的眼里。他缓缓地走到书架前，掰下一本书翻动着说，这些书真是好书，我真想借一本回去看看。

你想看就拿吧，拿回家看，不用再还回来了，是我送你的。我有些高兴地说。

我现在一看书头就晕乎乎的，我已有好多年不看书了。下岗男人又把书塞回书架说。他又在书架前慢悠悠地晃动着。

希望又一次落空了。这个下岗男人绝不会满足拿着一本书离开的，我手紧攥着椅子，在微微颤动着。我的全身也在颤动着，却是因为憋得难受。

下岗男人转过身，冲着我奇怪地笑了一下。

我再也坚持不住了，再坚持的话我只有在这个下岗男人面前无地自容，羞于做人。我有些狼狈地站起身，说了声对不起，慌慌张张地往厕所里跑去。我听见下岗的男人在身后嘿嘿地干笑着。

刚从厕所里出来，我就一声不响地倒在地上。下岗男人用什么东西不轻不重不偏不倚在我头上恰到好处地敲了一下。

你这个书呆子，我就是想教训你一下。下岗男人对着我温暖地笑着说。

我躺在地上，咧了咧嘴，也给了下岗男人一个温暖的笑容。然后，我疲惫地闭上眼睛，听着下岗男人咚咚的脚步声下楼去了。

庄稼地

老汉是去看姑娘的。细想起来一茬人就像一茬庄稼，春种秋收。姑娘很像一粒种子被撒到西边的坟地里，一晃已是好几个年头。像姑娘的手牵着他，老汉的脚步不知不觉地朝东边挪过来。就是这种久违的奇怪感觉，紧紧地慑住他的身心。

姑娘是老汉的老伴。自从被娶过门，老汉就这么有趣地喊她，亲亲热热恩恩爱爱地喊了几十年，一直喊到她撒手西去。现今老汉还是这么固执地叫着姑娘。这两个字仿佛在心中树一样生根，一辈子也割舍不断，丢不开。本地土话都是叫烧锅的，他嫌这种说法难听，就这么独一无二前无古人地叫上了姑娘。第一次喊姑娘时，姑娘睁大眼睛，不认识他似的。惊奇地问，你喊我啥？他又叫声姑娘。姑娘的眼里骤然闪过了一道灼人的亮光，慌慌地应了一声，惊喜地扑到他怀里，激动得全身颤抖。他这么一喊，就似乎勾走了姑娘的魂。喊得姑娘时时像欠着他债似的，死心塌地跟了一辈子。老来他始终没改过口，姑娘也没觉得有什么不妥。村里好些赶时髦的年轻人也跟着凑热闹瞎起哄。可姑娘两字到了他们嘴巴里就丢了原汁原味，叫得变味了，反而显得虚情假意，实在是一种浪费。要真正以内心喊出来，不是嘴皮子能随意要出来的。年轻人不懂这些道理。他却一声声叫到姑娘心坎里。姑娘的心就像是他的庄稼地，一次次撒下了种子，一次又一次发芽，生长成熟，耕耘收获。姑娘临终时对老汉说，我先走了，没能侍候到底，就当了逃兵。我想来世再做你的姑娘。说着就很平静地走了，像出门走亲戚。

姑娘一去不返。

老汉总觉得姑娘并未远离他，而是串门去了，还会转回来的。他在家中万分焦急地等着姑娘。一直把姑娘送进了坟地，他才确信姑娘远去的结局。老汉坐在坟地里，出神地盯着面前的一堆新土。新坟散发出一种新鲜的泥土气息，像新翻的庄稼地一样。老汉像被庄稼成熟的乳香包围着一样。死对于姑娘，就像一茬庄稼的收获。这片坟地是他十几年前暗中相下的，这是块真正的风水宝地。他为找到这么一个好去处而感到万分高兴，像得了大宝库似的。他把秘密对姑娘说了，死后就葬到那地方。姑娘懂他的心思，说你真正恋的是它对面的庄稼地。姑娘真是个明白人，他相中那块地，是因为抬抬眼皮就能看见对面坡下的庄稼地。庄稼地就像是他的灵魂。

没想到姑娘却抢先一步睡到这片坟地里，占了本来属于他的位置。老汉总觉得姑娘是舍身替换下他，让他在世上多转悠几天。细想起来，老汉发现自己并没有像姑娘认为的那样好好地善待她。这一生他竟有很多的地方对不起姑娘。姑娘跟着他一辈子受苦受穷，没过上一天舒心日子，连向往已久的城里也没能去过一次。而且他还骂过姑娘多次，有一次甚至动手打了她。老汉觉得这都是些无法饶恕的天大罪过，现今是难以弥补了。

东边是庄稼地,老汉的脚步坚定地朝这个方向挪去。他想走快点,偏偏快不了。姑娘撇下他,一个人跑到前面去了。他想问问姑娘,是来接他去的吗?姑娘已跑得无影无踪,像藏到庄稼地里。是的,是该动身去相伴姑娘,他已在这个世上磨蹭得太久了。姑娘在世时常对他说,咱俩有先有后,总有一个要赶在另一个的前面,就让我先走一步;去睡上一觉,一觉醒来再过来接你。那时我再做你的姑娘。老汉很后悔,没能抢在姑娘的前面,倒让姑娘替换下他,让他逃过这一劫。老汉的心中此后又多了一分牵挂,常来坟地里转悠,屏声息气地看着姑娘美美香香地睡觉,从不敢惊醒。姑娘太苦太累了,就让她睡个够吧!老汉有时又怀疑姑娘是不想睁开眼睛,想让他在世上多转悠几天,多看几眼庄稼地。姑娘一睁开眼睛,就得过来接他回家。姑娘就像是他真正的家。

姑娘终于睁开了眼睛,一觉醒来,来接他回去。姑娘像藏进了庄稼地里,变成了一株水稻,同他捉迷藏似的。他得赶过去,从成千上万的水稻中间挑出她,再把她变成自己的姑娘。

这条通往庄稼地的土路已久违了,老汉还是第一次感到生疏。陌生感像一个大嘴巴吞食着他。老汉快一年没去庄稼地。不是不想去,是怕见庄稼地,像一个借债人时时躲着债主似的。躲债的滋味很不好受。也许天生就是这么一副贱骨头,不是庄稼地欠着他的一生,而是他欠了庄稼地许多还不完的债。

守在姑娘身边时,老汉总出神地盯着对面坡下的庄稼地。像刚娶过门的新媳妇,怎么看都看不够,那眼神准叫姑娘妒忌。虽解了眼馋;但却解不了心中想去庄稼地走走的饥渴。可庄稼地已换成别人的名字。老汉只好强忍着一种欲望。

本来老汉还可以继续守着庄稼地。和庄稼待在一起。但越来越力不从心,使不出多大的力气去侍候庄稼地。力气小了就如同一把沙子撒进了沙漠,消失得无影无踪。庄稼地跟一个成熟的女人一样,撒进种子后,十月怀胎,有什么样的耕耘,就会布什么样的收获。

收上最后一茬庄稼,庄稼地的收获却只有往年的七成,像一个骨瘦如柴的早产儿。老汉站在庄稼地里老泪纵横,真的老了,他不得不承认这样一个残酷的事实。他使唤的力气再也喂不饱面前的庄稼地。年轻时他有的是力气,把庄稼地喂得饱饱的,喂成了一个丰腴强壮的女人。现在的庄稼地像一个半饥半饱的汉子,那挨饿的滋味是不好受的。老汉的心里更难受,跟油锅里煎饼一样。看着庄稼地挨饿,他也有种饥饿的感受,胃里总像是空荡荡的。不能再种了,委屈了这片庄稼地。老汉就打算把它拱手让出去。得给它找一个好主人,才不枉几十年来生死相守。老汉意想中的汉子能像自己年轻时使唤出大把的力气,甩出大把的血汗,喂饱这片庄稼地。这样的汉子现今太难寻了,简直是凤毛麟角。现在的男人都软绵绵的,跟棉花似的,绵得一针扎不出血来。就是这样不算汉子的男人村里也没留下多少,都跑到城里找工挣钱去了。除了几个软绵绵的男人,剩下的都是老弱病残。老汉左挑右拣横竖就是不上眼,没一个男人让他满意。种庄稼的汉子得比庄稼狠,才能种出好庄稼。这几个男人就算给庄稼地当肥料也不够资格。

眼看着要过了春播的季节,老汉急得跟待嫁的老姑娘似的。他想自己再种上一年,又实在挑不动这副重担。要是万一有个三长两短,就把一茬庄稼中途撂下了。再说老汉把力气全投到庄稼地里,只能喂它个二三成饱。老汉最不愿看到它再受自己的委屈。他下了狠心,草草地把庄稼地让出去,总比自己种着强。他总觉得对不起庄稼地,内心深处滋生着一份愧疚。

不知不觉地走近了庄稼地，老汉嗅到了一种熟悉的气息。像姑娘身上发出的，让他痴迷和兴奋。乳香般的气息浓烈地包围过来，把他化成庄稼的灵魂。这时的庄稼地就像十月怀胎一朝分娩的女人，正奶着孩子，全身都散发着淡淡的乳香。往年这个季节，老汉成天把自己泡在庄稼地的乳香里，像一个饥饿的孩子，贪婪地吮吸着庄稼的乳汁。今年终于又把自己消失在这种享受里。老汉感到自己仿佛变成了一个年轻的汉子，生命的活力在身体内重新得到了焕发。臆想中他正挥锄开垦着这片处女地，浑身有使不完的力气，一锄掘下去，像掘进地心里，发出"咚"的一声巨响。他把大地敲响了。大地也把他敲响了，像大地发出的乐声。他听见身体里响了一下，声音很好听。处女地被蒿草布满了，一锄掘下去把蒿草连根拔起，这叫斩草除根。不这样狠的话，开垦出的庄稼地又会重新回到蒿草的怀抱。任何庄稼都敌不过草的，蒿草甚至比人的生命力还要强大得多。他深翻泥土，翻出的泥土像处女的肌肤一样光滑细嫩。它们深藏在地下，藏在蒿草丛中，还是第一次跑到地面上见世界。它们的眼一下子花了，羞涩得像未见过世面的小姑娘。泥土中透出一种新鲜的气息，像处女身上发出的，对人产生一种不可抗拒的诱惑。姑娘腆着肚子站在一旁，看着他有滋有味地挥舞着锄头，着了迷一般的疯狂。每一锄下去翻出来的都是一张光滑细腻的处女面孔。蒿草在烈日下一下子蔫了，跟霜打似的。

深深地吸了一口气，庄稼的乳香深入老汉的肺腑，似乎要在体内安家落户。他一下子想起姑娘的乳汁，脸不由被往事烫红。在这片新开的处女地上撒下了第一茬种子，庄稼地就像新婚的女人一样第一次怀孕。他使了十二分的力气撒进庄稼地里，挥洒大把的血汗，精耕细作。第一茬庄稼就要成熟，将迎来第一个收获的季节。从庄稼地里美滋滋地回家时,他远远地听见屋里冲出一阵新生儿的啼哭声。哭声在他体内美丽地冲撞着,激荡着。姑娘跟第一茬庄稼一样终于喜获丰收。他一下子撒开腿跑起来。刚冲进屋里,母亲一脸惊喜地拉住了他,急切地把他扯到姑娘的床前说,快,吮出奶汁,宝宝都饿坏了。来不及细想,他俯下身急切地用嘴巴叼住了乳头,像叼着食物的饿狼,使出十二分的力气吮起来。用力过大过猛,一股新鲜的乳汁喷泉般地射出来,落进他的肚里。姑娘幸福而痛苦地叫了一声。他全身不由自主地颤抖了几下。姑娘的乳香就像庄稼熟透的气息。他深深地陶醉了,分不清哪是姑娘哪是庄稼。

撒了第一茬种子,庄稼地就不是处女地。开垦了许多年,撒了一茬又一茬种子,一次又一次怀孕。十月怀胎,最终收获了一茬又一茬庄稼。庄稼地就变成了一个地道的女人,一年比一年丰腴,一年比一年富有,一年比一年熟透,显示着女人的魅力和丰采。

来到了庄稼面前,老汉不由呆了一下,眼睛骤然暗下来,直勾勾地盯着面前的庄稼。目光变得像刀子似的,在庄稼们身上痛苦地游动着。庄稼像过了生长期却没有长大的女孩。老汉用目光掂了掂稻子,就知道种庄稼的人只使了三分力。他的目光就是一杆秤,能称出种庄稼人的分量。庄稼地的新主人吝啬力气,不肯使真功夫。现在种庄稼的人都是这样。老汉心中一时又涌动着一种悲愤。在潜意识里老汉一直还没转过弯来,总觉得这片庄稼地是自己的。得警告庄稼地的新主人,不能再这样马虎地对付下去,今年得让庄稼地为明年的怀孕贮足营养,年年养精蓄锐,不能一年就把它身子亏空了。这样种庄稼是得不偿失的。熟地也会一年年瘦下去,变成不毛之地。连蒿草也不想再待在这样的死地里。

稻子像认识他似的,朝老汉点头微笑。仿佛仍把他当成了主人,表现出一种热诚的欢迎。他眯着眼睛打量着稻子们。在种庄稼人的眼里,每一株庄稼都是一个生命,跟人一样,从播种到发芽,生长成熟,生老病死,跟人走的道路一模一样。人在这样的生命面前,没有理由不善待它们。像照顾自己的姑娘一样。老汉的目光闯进了稻子的身体,他熟悉它们的身体,熟门熟路,在里面尽情地溜达着,串着门。

稻子眼泪汪汪地看着老汉,像垂泪的女人,让人心生几分怜惜。老汉忍不住蹲下身,擦拭着稻子眼角的泪水。听见稻子说,老人家,你为啥抛下我们?要是你来照顾我们,我们的身子一定比现在要棒,我们的兄弟姐妹也比现在多。老汉认真地抚摸着面前的稻子,稻子的身突然发出了一声壮烈的回响。他愣了一下,他把稻子弹响了。稻子一时发出天地间最美妙的音乐。只有传说中的神农氏才能做到这些,双手弹奏着稻子,像弹琴似的,让稻子发出动听的音乐。老汉不由得怀疑自己的耳朵。在他的抚摸下,稻子的身体确实有一种生命的旋律在回荡着。

老汉仿佛才认识这些稻子。他种了几十年的庄稼,还是第一次听见稻子的音乐。

老汉痴迷地在庄稼地里走了整整一圈。又开始第二圈行走,像着了魔似的。他忘记了庄稼地是别人的。他仿佛一下子年轻了,庄稼地在脚下旋转起来。他像走进了庄稼地的深处,像走进了大地的深处。他就是神农氏,是庄稼的灵魂,也是大地的灵魂。

老汉把整个庄稼地走遍了,没发现姑娘的踪影。他像被庄稼牵着走了一生。人种了一辈子庄稼,最终也要被庄稼地种上一回。他相信姑娘就是变成了一粒稻子,他也能在万千庄稼中间一眼挑出她来。

老汉又在庄稼地里执着行走着。找他的姑娘。他的姑娘不见了，深藏在庄稼地里。姑娘在同他捉迷藏。老汉相信自己的庄稼地能藏千军万马，它有这个气魄和肚量。千军万马只待他一声令下，就冲出庄稼地，跃上沙场，厮杀一场。这回。老汉走了几步就跌倒了，他找到了他的姑娘。姑娘正藏在庄稼地的深处，化成了庄稼地的灵魂，大地的灵魂。

栽倒时他把整个大地撞响了，像暮钟发出的巨大轰鸣声。老汉听见自己的身体悲壮地响了一下又一下。

162

全民微阅读系列

境　界

似乎在打个盹的工夫，老人就觉得自己老了。真的老了。老成了一片发黄的树叶，轻飘飘地在树上颤动着，再也压不住风了。岁月不饶人啊！人老了，一下子就失去了往日沉甸甸的分量。手和脚沉重得像绑了石块似的，不但再也使唤不出力气，仿佛成了身体多出的部分，一点用处也没了。

许多日子仿佛从面前飞跑过去的，像一匹受惊的战马，出其不意地把他掀翻在地上，眨眼间消失得无影无踪。老人的心情跟失去了马的骑手一样悲伤。人老了，再也不能像过去一样在马上纵横驰骋。再优秀的骑手也有被马遗弃的时候。老人听见日子在远方惊心动魄地奔跑着，感受着一份遥远又像是近在咫尺的失落。

成天坐在院子里，老人一直有滋有味地看着外面的天地。这些年忙得像跟人比赛争金牌似的，老人还没有认真地看过一回面前的天地。死神已在他身边转悠了好几回，但还没逮走他的意思。还可以从容不迫地看看眼前的世界。老人全身松弛下来，像一根拧得很紧的麻绳突然得到了释放。

天和地一天一个变化，一天一个模样。变化是很微妙的，像微醉时那种说不出的美妙味道。老人以前看不出丝毫的变化，跟盲人一样。现在仿佛多长了一双眼睛，眼前豁然亮起来。春天的树叶冒出了小尖尖后，一天一个个样，一天一副新面孔。万物都是一个样，一天一个新变化，从不重复昨天。老人兴高采烈百看不厌，有时兴奋得想喊几声，却什么也喊不出。全副身心与天地深深地交融在一起。春天就这样过去了，夏天悄然来了。秋天不知不觉地逝去了，冬天猛然间闯进来。万物正沿着来时的路慢慢地返回去，又悄悄地变回原样。

老人仿佛什么都明白了，同万物一样，人生也就是一个朴素的来回。来来往往，变过来又要变回去。老人无声地笑了笑，人老了方才明白这个浅显而又深奥的道理。就是这样一个简单的道理，许多人一生钩心斗角，比高比低，至死也没能明白过来。枯荣盛衰，宠辱成败，贫贱富贵，生老病死，风花雪月，春夏秋冬，日升月落……世间的一切竟都包含在一个朴素而简单的来往之中，哈哈……老人坦然地笑出了声。

屋里的人被老人刺耳的笑声吓了一跳，彼此对望了一眼，都觉得老人不知何时变了，变得让人捉摸不透，不可思议。人老了大概都是这个样子，有点神经质。屋里的人又继续打麻将。他们和牌的声音丝毫没有影响院子里兴致高涨的老人。

眼前的天变成老人的天，地变成老人的地，树成了老人的树，风景成了老人的风景。老人听见树叶落地的声音，树叶落地时发出不小的响声。老人一时兴起，嘶哑地扯着嗓子喊了声，树叶跑啦！喊声顷刻间被北风刮散了。

喊声像破铜锣似的震响了屋里的人，大家抬了抬眼皮，又耷拉下去。没人理会老人的喊声。大家都觉得老人的脑子有问题。

树叶落在身上，老人听见一种亲切的召唤声。老人兴致勃勃地说，叶落归根，树叶回家啦!

屋里的人又听见老人的说话声。大家无动于衷，却在内心一致认为老人脑子的毛病好像很严重。

一阵风刮过，一片树叶砸在老人的鼻梁上，他张了张嘴，树叶就到了他没牙的嘴巴里。老人的嘴巴不停地嚅动着。树叶在里面不停地打着转，像迷途的羔羊。进去就一时出不来。老人自言自语地说，真是的，越老骨头越硬。风把老人的声音淹没啦。树叶完好无损，老人始终说不出它是一种什么样的味道。又张了张嘴，老人使劲把树叶咽下肚去。像打了个大胜仗，老人笑着说，瞧，我吃了一个冬天。

屋子里的人呆了，不由自主地停下牌，又互相对望一眼，目光里都是叹息和怜悯。都在想，老人脑子的毛病真的很严重了。连老人的儿子也这样认为。大家记得，老人以前不是这副不正常的样子，那时的老人能说会道，伶牙俐齿，一村子人加在一起，说理也不是他的对手。真是说老就老了，说糊涂就糊涂啦。

老人接着喊，树叶回家，我也回家啦。挣起身子时眼前一黑，一阵天旋地转。倒地时老人的身体发出一声巨大的响动。他把整个大地震动了，大地也把他狠狠地敲响着。他沉浸在大地的震荡声里。没想到身体内居然还潜藏着这种不可思议的力量。老人躺在地上，咧开嘴笑了起来。笑得很知足。老人看到天空突然张开了嘴巴，同样笑了起来，对他说，老东西，你真行!老人一时笑得更欢。他的身体似乎在下沉，感到和大地贴得更近。一片树叶落进老人嘴巴，笑声断了。树叶又在他的嘴巴里迷路了，认不出回家的路。老人把沾着唾液的树叶粘在自己左眼上。又一片树叶不动声色地跑进嘴巴里，老人用老办法把它粘在右眼上。做完了这一切，老人很惬意。一片树叶的一生被他看在眼里。他再不需要自己的眼睛，就用这树叶朴素的一生去看眼前纷杂的世界。

老人倒地的声音敲响了一屋子的人，大家像被宰了一刀，惊慌失措地停下手中的牌互相张望着。不知道发生了什么可怕的事。老人的儿子正欲起身看个究竟，听见传过来的笑声，确信老人平安无事。都松了口气。老人的儿子嘟囔了一句，又坐下来继续打牌。老人是想弄出一些事情。人老了大概都有这个想法，想弄出一些自以为是的事来。都这样认为，大家全是一个意思。

一个小女孩从另一间屋子飞奔出来，像只小鸟张开了稚嫩的翅膀，一下子飞到了老人跟前。看见倒地的老人，女孩万分急切地去搀老人，焦急地喊，爷爷，爷爷，你怎么啦?老人笑了笑说，爷爷在和大地亲热，美美地睡上一觉。女孩心疼地说，爷爷，睡在哪里也别睡在地上。老人说，对爷爷来说，睡在哪里都比不上睡在地上。

爷爷，你真逗。你不是常对我说，睡在地上要凉坏人的。爷爷，快起来。女孩伸手去拉老人时，猛然看见糊在老人眼睛上的两片树叶。爷爷，你的眼睛怎么啦？女孩失声尖叫。

爷爷的眼瞎了，长出两片树叶。

爷爷，你的眼没瞎，不会长树叶的。女孩看出了破绽，小心翼翼地去揭树叶。手却在犹豫着，女孩发现树叶真的像是从爷爷眼里长出来似的。

眼睛对爷爷一点用处也没了，变成树叶后却对大地有用处。

爷爷，你是把眼睛变成树叶交给大地吗?

是的，树叶是要回归大地的。人也一样，也要回归大地。

我的眼睛也要变成树叶，把它送给大地吧?

你的眼睛不会变成树叶的。你要用眼睛看书学习看世界。你的眼用处大着呢!记住爷爷的话,什么时候都要好好爱护眼睛,不让它受到丝毫的伤害。

爷爷,我记住了。长到爷爷这么大时,我的眼也一样会瞎,再长出两片树叶吗?

我的乖孙女心地善良,像大地一样。眼睛决不会瞎的,只会越活越亮。

爷爷,我记住了,一定要越活让眼睛越亮。

说得多好。爷爷听了比得了什么都高兴。

爷爷,你的眼瞎了,还能看见我吗?

爷爷的眼虽瞎了,心却点着一盏明亮的灯。还能像以前一样看着我的乖孙女。老人准确无误地逮住了女孩的手。

女孩惊喜地说,爷爷,你真的还能看见我。顺从地让老人握着手。女孩突然抽出手,在老人眼前晃动着。老人明白了孙女的意思,手准确无误地奔过来。女孩的手逃到哪里,老人的手都追过来。女孩确信爷爷的眼真的瞎了,变成两片树叶,但爷爷的心却亮了起来。只要爷爷还能看见她,瞎和不瞎都一个样。女孩快乐地想着。这次心甘情愿地让老人握住了双手。

爷爷,起来,你身体一直不好,别老睡在地上。

爷爷睡在地上就变成了一堆泥土。

净说吓死人的话。爷爷,你怎么会变做泥土呢?

爷爷一定要变成泥土的。每个人都跟树叶一样,都是从土里长出来,再回到泥土里去。

女孩突然从地上抓起一把泥土,认真地问,爷爷,你是说这把土里藏了很多人,将来爷爷也会藏到里面?

老人很高兴地说,对!爷爷将来藏到土里后,我的乖孙女再也找不到爷爷了。

屋里的人都睁大眼睛。大家忘了出牌,都在凝神屏息,倾听着院子里一老一小越来越离谱的对话。大家都像经历了一次生死似的。听见女孩劝老人说,爷爷,天冷了,还是回屋睡吧!才松了口大气。

女孩把老人从地上搀起来,扶着老人走进西厢房。自从老伴过世后,老人就一直独自住在西厢房。

老人躺在床上,不大一会就睡着了。老人很快走进了梦的深处,梦见自己变成了一片树叶,从树上飘落下来,投入泥土的怀抱里,化成了一小撮泥土。老人翻了个身,在梦中亲切地对女孩说,爷爷变成树叶啦。不大一会,老人又翻了个身,依旧在梦中对女孩深情地说,爷爷变成泥土啦!爷爷回到泥土里;和泥土生死相守。女孩一声不响地看着熟睡的老人,在心里依依不舍地叫了声,爷爷,我看见你变成树叶,又变成泥土啦!女孩的眼泪一下子涌出来,哗啦啦地滚动着。

女孩默默地走出爷爷的屋子。老人睡熟了,像个孩子似的。女孩多么想和老人多待一会。但爸爸在屋里大声地喊她。怕吵醒了爷爷,她走出屋子才应了一声。走进屋子时,屋里的人都奇怪地盯了她一眼。女孩有些生气,大家都把她当成了可耻的小偷似的。老人的儿子问,爷爷呢?哪去了?女孩说,爷爷睡了,睡得很香。老人的儿子不再说话,继续打牌。女孩生气地想质问他们,你们眼里只有打牌,你们都快变成麻将啦!她咬着牙,一声不吭地走到院子里。女孩蹲在老人躺过的地上,从地上抓起一把泥土,泥土有些温度,一定是爷爷的体温,爷爷就藏在这泥土里。女孩双手捧着泥土,土里埋有几片落叶。女孩喃喃自语,爷爷,我正找着你呢!看你能藏到哪里去?女孩的声音像风筝似的高高飘起来,飘到空中。

老人美美地睡了一觉后,又重新回到院子里。看见孙女坐在院子里发呆,像他当初坐在院子里一样。老人的感觉一下子无比清晰起来。女孩一副心事重重的样子,像结满了果的树。老人走起来,女孩看见了他,像久别重逢似的热切地叫了声爷爷,你醒啦!女孩的眼泪又一次汹涌地流出来。老人听见果子坠地的声音,果子很快被大地融化了。不管是果实还是树叶,都会回到土里安家的。

老人的手奔过来,女孩的手迎上去。老人准确无误地握住了女孩的手问,乖孙女,你怎么啦?

爷爷的话吓着你了? 爷爷不该跟你说那些吓死人的话。

女孩使劲地摇了摇头,头摇得像拨浪鼓,老人的心中响了一下,又响了一下,老人用自己沧桑的一生专注地看着孙女。

女孩突然问,爷爷,每个人都会老吗?

老人大声地说,每个人都会老的,像爷爷一样老。树叶老了,就会从树上落下来,落到土里,叫叶落归根,人老了也一样,也会从生命的树上跌下来,落进土里,人的一生就这么简单。老人的声音很大带着一种气势,震响了一屋子的人。屋里的麻将声有片刻意消失了。女孩看了看老人,明白他的意思。爷爷的这番话是故意说给屋里的人听的。

老人脸上有了零点心的笑容,大声地说,人人都一样,谁也不会永远待在生命树上,开心地看着别人落下来变成泥土。

女孩目不转睛地看着老人说,爷爷,你真可爱。是天下最可爱的人。

不! 我的乖孙女才是天下最可爱的人。不过,小时的爷爷也像你一样可爱,也有一位老爷爷说我是天下最可爱的人。

爷爷,那后来呢?

后来，爷爷就变得一点儿也不可爱了。

爷爷，你为什么会变？

老人有些心痛地说，爷爷长大后就把老爷爷的话彻底地忘了，抛到脑后。爷爷很快就变成一个让老爷爷憎恨的人。爷爷老了才醒悟过来，做人就要做一个天下最可爱的人。

老人的眼泪一下子涌出来。

爷爷，你怎么哭啦？跟小孩子一样。

有你这样聪明可爱的乖孙女，爷爷才高兴得想哭。

……

爷爷，我想睡了。女孩打了个呵欠说。

睡吧，睡到爷爷的怀抱里。

女孩蜷缩在老人温暖的怀抱里。老人轻声说，多好的孩子，睡吧睡吧！做个幸福快乐的好梦。

女孩真的走进了一个梦里。女孩在梦里喊道，爷爷，我变成树叶啦。

老人无声地笑了一下。

不大一会，女孩走进了另一个梦里。女孩在梦里欢快地喊，爷爷，我变成泥土啦！爷爷，我终于看见你藏在哪里啦！

女孩最后又走进一个梦里。女孩幸福快乐地喊，爷爷，我终于成了一个天下最可爱的人。

老人笑了。老人的笑在女孩的梦里像星星一样灿烂地升起来，越升越高。

神　鸟

　　春天来到这片树林时，捕鸟人也踩着春的足迹来到了这片人迹罕至的树林。春天的风吹起来格外的醉人，捕鸟人的步子也充满着醉态，像酒醉半酣的汉子。暖洋洋的春风吹醒了这片树林，树林一天天热闹起来。

　　捕鸟人的目光像箭一样在林子里四处乱射着，寻找着目标。去年冬天他来过几次，在林子深处印下了许多足迹。但每次都收获不大，林子里只有一些平常的鸟，卖不上价钱，他对它们一点儿也不感兴趣。春天的树林招引来许多鸟。捕鸟人一走进树林就发现了不少新面孔。这些新面孔都是春天召唤来的，在树林里安家落户。

　　林子上空掠过了一只鸟美丽的身影，这只鸟一路鸣叫着射向了远方。捕鸟人仿佛被这只鸟射中了似的，他呆了一下，眼睛直勾勾地盯着远逝的方向。他认出了这是只雄画眉，一个天才男高音歌唱家。这只画眉如月亮般照亮了捕鸟人，他看出了是只非同寻常的雄画眉。它个头大，显得更加英武矫健，像一个雄视天下而又不乏智谋的勇士。这只雄画眉身体棕褐色，腹部一片纯白,像一片白云紧贴它的腹部。捕鸟人越来越感到了它的与众不同。

经验告诉捕鸟人,出没着雄画眉的林子必定藏有雌画眉,它们往往成双结对夫唱妇随幸福地生活着。近来鸟市上的画眉鸟十分紧俏,像这只与众不同的雄画眉一定能卖上好价钱,逮住了这对鸟就逮住了一沓厚厚的钞票。捕鸟人在心中美滋滋地盘算着。

鸟巢像长在大树身上似的,与树融为一体。捕鸟人十分顺利地寻找到画眉的家园,不是干这行经验丰富的人是绝对发现不了的。捕鸟人眯着眼睛打量着鸟巢,一个捕获雌画眉的办法正在心中成熟。雄画眉外出后,必定留下了雌画眉看守鸟巢。捕鸟人狡黠地笑了一下,鸟类与人一样遵循着一定的活动规律,外出的雄画眉给他捕获雌鸟提供了一个乘虚而入的机会。一般来说雌鸟都比雄鸟头脑简单莽撞得多,像涉世未深的姑娘最易上当受骗。

捕鸟人果断地在离鸟巢不远的空地上迅速下了诱饵,张网设下了陷阱。他胸有成竹地布置妥当后,学着画眉一连叫了好几声,然后他隐藏在一棵树后,悄悄地观察着鸟巢里的动静。

雌画眉从鸟巢里探出了脑袋,眼睛警惕地打量着四周。它白色的眼圈网住了一双美丽的眼睛。雌鸟确信四周不存在任何危险后,从鸟巢里跳到了面前的树枝上,它伸了伸脖子,千啼百鸣地叫一两声,呼唤着同伴。捕鸟人的心怦怦跳了几下,这是只同样漂亮的雌画眉,它与雄画眉真是天造地设的一对。他由衷地为它们发出了一声赞叹。捕鸟人又回叫了两声,雌鸟这次十分真切地听到了同伴的声音,它一时兴奋得忘了雄鸟不许私自离家的警告,带着好奇飞离了鸟巢,迎着同伴的叫声飞去。雌鸟飞落在捕鸟人身边的大树上，毫无警惕地四处张望着，寻觅着同伴的踪迹。它又呼叫了几声，却再也听不到一点回音。雌鸟再次寻找同伴时发现了捕鸟人投放的食物，它欢快地叫了一声，对面前的危险毫无察觉。地上的食物像专门为它准备似的，十分合它的胃口。雌鸟毫不犹豫地一头扎下去，陷进了一张等待已久的网里。

成功地捕获雌鸟后，捕鸟人把它送进鸟笼里，看着它惊慌失措地在鸟笼里蹦跳。现在捕鸟人改变了方式，他用笼中的雌鸟做诱饵，来捕获雄鸟。他耐心地等着雄鸟的归来。

雌鸟出事时，雄鸟正在几里外的归途上，它仿佛突然听到雌鸟遭遇危险时发出的惊叫声。雄鸟的身体像被击中似的突然失去了平衡，如断线的风筝从空中向下坠落。雄鸟吃了一惊，它费了好大的劲才控制住失衡的身体。它心头掠过一种不祥之兆。雄鸟心急如焚，为雌鸟的安危担心，拼命地往家中赶去。那片树林一跳进雄鸟的眼里，它就开始用力呼唤着雌鸟。它不但听不到雌鸟亲切的回应声，更看不见雌鸟飞出来迎接它熟悉的身影。雄鸟全身都投进了一种恐惧之中，它摇摇晃晃地落在鸟巢边，鸟巢里不见雌鸟的身影，但还留有它温暖的体温。雄鸟痛苦地叫了几声，在巢中没有停留，又重新飞到树林上空，盘旋着，呼唤着雌鸟，呼唤声如一把把锋利的刀子划破了天空。

捕鸟人这次无比真切地看清了雄鸟，这只雄画眉真的与众不同，它的威武雄壮勇猛无畏一下子征购了他。

雌鸟被雄鸟的叫声敲打着，它拼命地抵抗着雄鸟对自己的呼唤。它坚守住了自己，自己就是一个阵地。它只要一放弃抵抗，就出卖了雄鸟，如同给它判了死刑。雌鸟决心牺牲自己，也决不能让雄鸟落进捕鸟人的陷阱里。雄鸟不见雌鸟的回音，在林子上空转了一圈又一圈，它嘶哑地扯着嗓子叫唤，一声比一声急切。

雄鸟的声音如雨点般敲打着雌鸟，雌鸟用沉默不屈不挠地抵抗着雄鸟的呼唤。

这时，捕鸟人似乎从梦里清醒过来，来了个大动作。他模仿着雌鸟的声音叫了几声。雌鸟再次中了捕鸟人的圈套，爆出了一声凄厉的叫声，它紧接着告诉雄鸟它已遇到了危险，落在捕鸟人的魔掌里。雌鸟警告雄鸟不要过来，赶快远走高飞，离开这是非之地，捕鸟人正利用它做诱饵，引诱雄鸟落入他的圈套。

雄鸟的身影像一道闪电划过林子上空，它朝着雌鸟奋不顾身地一头扎下来。雄鸟终于看到了身陷囹圄的雌鸟，看到了捕鸟人暗中张开的网。雄鸟突然踅身栖息于雌鸟头顶的大树上，居高临下地凝视着。它见到了雌鸟，反而一点也不着急了，心情也渐渐平静下来，与刚才简直判若两样。雄鸟一眼搜索到藏在大树后的捕鸟人，目光如电般地射向他。捕鸟人被雄鸟一双嘲弄的眼睛惹恼了，他盯着雄鸟，恨不得立即把它捕获进鸟笼里。雄鸟像一眼看穿了捕鸟人的心思，它像一个成熟的猎手，无比冷静地栖身在大树上。雌鸟泪雨婆娑地仰望着它，要雄鸟扔下它远走高飞，别再中了捕鸟人的奸计。雄鸟笑了笑，它温柔地安慰着雌鸟，说它完全能对付这个阴险的捕鸟人，虽然这个对手十分强大，但它相信自己完全能打败他，把雌鸟解救出虎口。雌鸟点了点头，它变得安静下来，用一双含情脉脉的眼睛向雄鸟幸福地表达着信任。

雄鸟和雌鸟互相深情地对望着，树林里仿佛突然从喧嚣中静下来。捕鸟人感到静得可怕。他看看雌鸟又看看雄鸟，雄鸟不像雌鸟，它显得特别镇静，神态甚至充满着安详。捕鸟人一时间觉得这只雄画眉特别神秘，根本让人看不透似的，他一点儿也不清楚它在要什么花样?捕鸟人看着雄鸟，突然产生了一种可怕的感觉，他觉得雄鸟生来仿佛就是上天安排给他的一个最有力的对手似的。他嘲弄地对自己笑了笑，他大概被雄鸟的外表征服了，把它想复杂了。他一定有办法在黄昏前把雄鸟捕获进笼子里。

雄鸟一声不响地和捕鸟人一直僵持到黄昏。雄鸟像个明白人似的把什么都看破了，它既不盲目地冲下来救雌鸟，又不离开这是非之地。捕鸟人眯着眼睛看着树上的雄鸟，他明白了这是只充满智慧的雄鸟，他知道自己遇上了真正的对手。他从大树后走出来，充满挑战地看着雄鸟，可雄鸟无动于衷，毫不理会他的挑战。捕鸟人只好耐着性子与雄鸟僵持着。

黄昏时，捕鸟人才无可奈何地收拾起捕鸟的工具。他有些仇恨地瞅了雄鸟一眼，怏怏不乐地带雌鸟离开这片树林，他要在天黑前赶回去。捕鸟人穿过林子时，他大吃一惊，发现雄鸟悄悄地跟踪着他，在头顶上若即若离地盘旋着。捕鸟人怎么也看不透这只雄鸟，他像一个带路人，一直把雄鸟带回了家。

夜晚雄鸟栖在捕鸟人房前的树上，它和屋内笼里的雌鸟你一声我一句地唱和。夜晚被两只鸟多情的叫声揉碎了。

第二天一早，捕鸟人起床后来到阳台上，他看到雄鸟裹在一团金色的朝阳里。捕鸟人的眼睛再也没有离开雄鸟，雄鸟一夜未眠，却毫无倦怠，正精神抖擞地梳理着羽毛。雄鸟的目光如电般地射过来，捕鸟人呆了，雄鸟的目光仿佛把他也变成了一只鸟。捕鸟人掐了掐大腿，疼痛把他完全从这只鸟身上解脱出来。他瞅着雄鸟，琢磨着对付它的办法，他很快有了主张。既然这只雄画眉送上门来，他没有理由放走它，一定要捕获它。他仿佛把雄鸟捕获进笼中似的。

这一次捕鸟人十分自信地把雌鸟放在阳台上做诱饵，然后在阳台上布下了天罗地网,只要雄鸟一靠近阳台,这只张开的口袋就会把它吞进去。捕鸟人布置妥当后,稳操胜券地吹着口哨回了屋里。

捕鸟人很快意识到他犯了错误,他的如意算盘一下落空了。他不得不从心里承认:这是只他从未见过的鸟!像条真正的汉子!雄鸟始终待在树上,不近阳台半步,阳台对于它像个万劫不复的陷阱。雄鸟像个哲人似的洞察着世上的险恶。捕鸟人十分害怕这只无比冷静的雄鸟,他开始使劲轰赶着它,想用此办法来激怒它。雄鸟像识穿了他的诡计似的,像个观众似的欣赏着他的表演。捕鸟人很快意识到自己又干一件愚蠢透顶的事。本来他完全从容不迫地对付雄鸟,现在他却迫不及待地跑到对手的位置上,显得比雄鸟还焦急万分。捕鸟人强迫自己冷静下来。

雄鸟又和捕鸟人对峙了两天。雄鸟始终待在房前的树上,有些嘲弄地欣赏着捕鸟人的所作所为。捕鸟人所有精心的策划到了它面前都不堪一击。捕鸟人不愿再受这只雄鸟的凌辱,他被激怒了,像头暴怒的狮子,他的愤怒又无处发泄。他无可奈何地看着树上的雄鸟,想赶走雄鸟,可他不但赶不走它,还被雄鸟逼得无路可走,无处躲藏。捕鸟人有些胆怯和畏惧地看着雄鸟,他知道自己彻底地失败了,根本不是这只充满智慧的雄鸟的对手,雄鸟轻而易举地把他打败了。捕鸟人有那么片刻甚至想放走雌鸟,他再也不想去招惹这只可怕的雄鸟。可他实在不甘心就这样败给一只鸟,他一定要想方设法地打败它,取得胜利,创造自己捕鸟生涯中的绝唱!

太阳落山了,月亮升起来了,雄鸟几天几夜没合眼,捕鸟人也合不上眼睛。他在床上辗转反侧,殚精竭虑地想了一夜,终于想出了一个对付雄鸟的好办法。任何智慧的生命都有弱点,智慧的雄鸟身上一定也存在着致命的弱点。雄鸟和勇士一样,它绝不会败给对手,但它会输给自己致命的弱点。捕鸟人兴奋得眼睛发亮,他仿佛打败了雄鸟,把它捕获进笼子似的。

第二天一早捕鸟人就醒了,他走到阳台上第一眼就看到雄鸟正精神百倍地站在树上,那样子像刚睡过一觉似的。捕鸟人愣了一下,雄鸟仿佛洞悉了他想好了对付它的办法,用一种深刻的目光看着他,那目光比刀子还厉害,一下一下地割着他,捕鸟人差点叫雄鸟的目光击垮了,他低下了头,避开雄鸟刀子般的目光,再也不敢看它。捕鸟人有些心虚地拆去了阳台上的天罗地网,他开始给雌鸟断食,拿走了笼里的水和食物,像个罪犯似的躲到屋里去了。

果然不出捕鸟人预料,雌鸟断食后坚持不到一天,就像决堤似的溃败了。雌鸟一直焦躁不安地叫着,叫声如鞭子似的抽打着雄鸟。雄鸟一反常态,居然十分平静地看着雌鸟,没有再去安慰它。它像一尊雕塑似的在树上一动不动地伫立着。

捕鸟人出现在阳台上时,雄鸟看了看他,竟一声不响地朝他飞过去,像一尊天神似的降临在他的面前。捕鸟人一时呆得像块石头似的。他完全没想到会是这样一种结局。雄鸟像通人性似的,它在漫不经心间把什么都看破了,所以才有这惊天动地的举止。捕鸟人感到雄鸟轻轻一击就把他处心积虑取得的胜利瓦解了,把他彻底地击垮了。他这次真正败给了雄鸟。

他仿佛才认识这只雄鸟似的。伸出手逮鸟时,他的手一时颤抖得像风吹动的树叶一般。捕鸟人在手快触到雄鸟的瞬间突然改变了主意,他确信这是只神鸟!他不能用肮脏的手敷衍了这只神鸟!这只神鸟一定还会有惊人之举!捕鸟人转身去屋内取来了一只鸟笼,他把鸟笼放在神鸟的面前,他一打开鸟笼,神鸟就一声不响地跳了进去。

捕鸟人害怕了,他真的越来越畏惧这只神鸟!他感到它变成了神!他捕了多年的鸟,捕获了数以万计的鸟,还是第一次遭遇上神鸟! 只有神鸟才能打败击垮捕鸟人!捕鸟人一刻不敢再面对神鸟,他转身去屋内给雌鸟取水和食物。他再次回阳台上时,整个人全呆了,他听见自己的身体悲壮地响了一下,栽倒时手和膝盖同时着地,他不由自主地给神鸟跪了下来。他双手捧起神鸟,神鸟在他发抖的手掌中身体渐渐地变冷。捕鸟人感到自己也变成了一只鸟。

第四辑

三

幸福不止一条路

180

全民微阅读系列

幸福路

山有山的性子。一座山有一座山的性子。那一座座的山就像从半空中猛地跌下来，在地上跌落得姿态不一。一座山就跌成了一座山的模样。

葛根树桩般站在村垴上眺着远近高低的群山，一看就是大半天。那些山一个个坦然地裸着性子，自在地敞开着胸怀，让悠悠的日月在它们身上润出了一道道深浅不一的颜色。

一条明明暗暗的山道在群山间躲躲闪闪着，像是和葛根捉着迷藏。到了近前，才像不知从哪猛地蹿了出来，在村垴下的平地上痛苦而匆匆地敛住步子。山道是去年才通车的，有一个好听的名字——叫什么幸福路，一个大得不能再大的大人物给取的，说是山里人发家致富且通向山外世界的一条幸福路。幸福路给山里人带来的新鲜和好奇像被一阵风轻轻给刮走了，山外的世界梦中的星星一样遥远，山里人觉得和这些熟得不能再熟的大山相依相伴心里才会踏实万分。平日里这条幸福路就闲得慌，有时成天不见一个人影。葛根喜欢这些日日厮守的大山，更喜欢幸福路上的梦中世界。此后他就成了村垴上的常客,每天跑到村垴上就是为了看幸福路上的梦中世界。当然,村里人谁也解不开葛根的这点心思。

村垴上静得听见自己的心跳,村里最静的地方。村里人很少来这闲荡,鸟雀也有意避开了这里。都在一个劲地烘着这儿的寂静。现在是春日里,生命里最旺的季节。也许冬天的静才是真正的静,生命深处的大静。春天的静是浮在面上的,是让人不安的。寂静中藏着一种深度的躁动。

太阳已悬在了头顶上,每天的太阳从重叠的群峰间冲出来,最先来到村外的山垴上。葛根眯着眼看太阳下明暗不定的风景,他这才发现太阳已浑身是力, 像挥动着一条条不软不硬的金鞭子,将万物驱赶往生命的深处。葛根心底激流般躁动着什么,想狠狠折腾一下。那些山就像一觉醒来的后生,也深陷在折腾自己的欲望里。葛根猛地对着太阳嘶喊了一声,太阳朝他大喊着,群山也一起跟着呐喊。葛根的身体就被这些春天的喊声撑得满满的,飘向空中,一片云样的飘向远方。

葛根眼前像猛地打开了天窗,豁地一亮。山道上正蠕动着一只大甲虫。一只真正的大甲虫。山里人不分大小,把汽车都一律叫作甲虫。葛根心里顿时泛起一波一波的浪涛,他在村垴上飞快地跳了几跳,冲着远方的大甲虫欢快地喊了一声。他的喊声如惊飞的麻雀在远方明明灭灭地起落着。大甲虫似乎在幸福路上慢悠悠地磨蹭着,葛根的目光如饥似渴地狠追过去,跟着大甲虫一道在群山间出没着。

大甲虫被渐渐放大着,葛根终于认清了它的面目,和去年见到的那辆大甲虫一模一样,只是颜色不同——这辆是乳白色的,那辆却是浅蓝的。

去年幸福路通车时，十几辆大大小小的甲虫沿着山道一直开过来，领头的是一辆黑得发亮的小车，高贵的令人不敢多觑一眼。殿后的是辆载满了人的大客车，大客车似乎跟山里人一般朴实厚道，让葛根有了想去亲近它的念头。村里人被集中在村垴下的空地上，像待宰的羊群惊慌失措的。葛根悄悄地站在村垴上居高临下地看热闹。

十几辆车在村垴下一停稳，就从车上下来一大群人，他们一下车就呼啦啦地涌向同一个目标，簇拥着一个大腹便便的中年胖子。胖子肥头肥脑，葛根一见那胖子便立马感到他那一身的赘身真是多得没地方放了。胖子一准是个了不起的大人物，他的举手投足都是永远那么感觉良好。他向前走一步，周围的人也跟着小心地移动；他的一个手势就把周围的人给笼罩住了；他每说一句话，所有的人都同一个表情静心凝听着；他手中简直像有一个神奇的魔棒，将身边的人不停地变来变去。看着看着，葛根就被这庄严的场面逗得扑哧一声笑了。他觉得胖子和这些人真是有趣，简直像演戏似的，一个个像是戏里的人。葛根越看越觉得滑稽可笑，那胖子就像一个精明的放羊人，正赶着又乖又顺的羊群。胖子身边的人又像是胖子的影子，如影随形地跟定他。葛根又很响地笑了几声，甚至惊飞了远处树上的一只麻雀。可村垴下的人谁也无心注意到看热闹的葛根。

两个年轻人正扛着炮口一般黑森森的机器瞄准着胖子，像要对着胖子开火。葛根有种被灼伤的痛感，想冲下村垴去救胖子。黑森森的机器喷出的不是一团烈火，却是灼眼的强光。胖子像什么事也没发生，演戏演到高潮似的继续唱他的主角。胖子一直溺于自己的角色，神采飞扬滔滔不绝地演讲，周围的人都打开了耳朵，似乎不肯漏过一个字，甚至要让每个字都种在脑子里。

村里人远远地立着、静着、呆着;目光虚虚的,空无一物;张着嘴巴又幽灵般无声无息,如刀刃贴到脖子上,度着生死劫难。

葛根一见气就涌来了,村里人怎么就不明不白在这曲戏里丢掉了自己呢?他生气地撇下这些人,目光落在大客车上。他突生了一个怪怪的念头:他要把自己藏在大客车上,让大客车把他带进山外的世界,看看山外的世界是不是都是这些人,这些一个个看上去都那么可笑的人。葛根还来不及行动,他的想法就落空了。

胖子领着那群人演完了一场戏后,又一个个回到了车子里。又是胖子坐的小车打头阵,其他的车鱼贯而行,扬着一股尘土离开了村坳,最后孵化成十几个黑点融入了群山之中。

村里人站在村坳下,无声无息,久久没有动作,如贴进了一幅陈年的画里。葛根只得站在村坳上恨恨地跺了跺脚。

大甲虫终于钻出了群山的缝隙,惊起一股高高的灰尘驶近了。葛根竟不住有些紧张,载了满满的一车人呵!车窗两边贴着一张张青春的面孔,这些面孔和胖子领的那群人有着很多不一样的东西。葛根意外地被这些面孔感动了,心里弥漫着异样的感觉,觉得他们应该是一群真正的山外人,不会是来演一场戏就一屁股走了。

大甲虫在村坳下刚一泊稳,就从车上哗啦啦冲下一大群人,那样子像一群刚出圈的羊,急着去寻觅绿草。是一群年轻的男男女女,骤然带给葛根一个从未识见过清新亮丽的世界。他们一下车就东张西望,见了什么都要惊叹叫嚷。葛根真切感受到那扑面而来山外世界浓郁的气息。他们穿的衣服就让葛根的一双眼不够用,像一下子过尽了四季的盛装。他们往村坳下一站,就把山里的春天比得矮下去一大截。他们欢闹了片刻,突然就无声的静下来,他们被山里的静吓着了,在都市的喧嚣里泡久了,山里的静才是一个大静的世界。一阵大静过后,他们又对着四周的青山绿水欢呼雀跃着,由衷地赞叹着。

山里的天真是蓝哟!蓝得让人一见钟情,永远爱它不够。

我真想躺到那朵白云上,跟着它在天堂上飘啊飘啊,飘上一辈子。

山里的空气才是天然的氧吧,把人都融解掉了。山里的空气拿到城里一准能卖好价钱呢。

山里的水更甜,甜到人的骨子里去了。有人发现了村垴下的清水潭,尝了一口,随即惊叫着。

……

他们对山里的什么都生有不小的兴趣,葛根有些喜欢上了这些山外人,他们真的是和胖子完全两样的人。他们来自山外,却把住了山的内涵,真正踏进了山的生命深处。葛根眼里的笑意越来越浓,他常听大人说,山里人到了山外,就变成了一截死树桩,闹的笑话要用箩筐来装。可这些城里人到了山里呢?不也和进城的山里人一样,对山里的什么都稀罕到骨子里去了。

一个男人仰着脸张望着,目光悠悠抛爬上了村垴。他一眼发现了葛根,手意外地一扬,喊道,山里的小朋友,下来呀,快。

喊声很扎耳,葛根心中最脆弱的地方被猛撞了一下,他看着那个叫喊的男人,一声不响地冷落着,刚才对他们的喜欢与好感也一下子跑光了。

山里的——小朋友,下来——吧。有人故意拉长了声调拿腔拿调地喊。

村垴下一阵哄笑,混合着男男女女青春的笑声。

笑声净往葛根心底深处猛扎,他睁大眼看着他们,像一个高明的屠夫要看透他面前一头要宰杀的猪。如同跌了一跤又爬起来,葛根很快有了异常冷静后的清醒,他再居高临下地看村垴下的这些青年男女, 发现他们竟然和上次来的胖子那伙人没什么两样。他们是城里人,是和山里人不一样的山外人。

到底是山里的孩子,在山里土生土长的,什么世面也没经见过。有人唏嘘慨叹着。

葛根关紧了自己,纹丝不动地站着,守着属于自己的山里的世界。

山里的小朋友,下来吧,我们请你当导游,就是给我们带一带路。有人喊叫着。

山里的小朋友,下来吧!我们不会让你白干活,我们会付给你双倍工钱的。就算我们给希望工程捐款吧。有人追尾补充着。

他和他们之间充斥着陌生,陌生简直大得没有边际。葛根的目光掠过他们的头顶,落在萦绕在群山间的幸福路上,正是这条幸福路连接了山里山外的世界,成了山里人和山外人的纽带。他有些憎恨这条幸福路, 正是有了幸福路,他们才成了一群入侵者,并把轻视和侮辱一起送进山来。

山里的小朋友,你为什么不理睬我们?难道你心中装着我们永远也不明白的忧郁,啊,亲爱的,山里的小朋友啊……有人竟唱了起来。

葛根突然哭了,泪水汹涌着。村垴下的人似乎正对着他笑。葛根慌忙低下头,擦干了泪,仰起脸,朝着远方的群山笑了笑。他真的在这瞬间长大了,长成了山里一个了不起的男子汉。他挺了挺胸,认真地眺着远方的群山,群山外还是看不见的山。

村垴下的男男女女再也没人理会葛根, 他们对他的兴趣一下子被蒸发掉了。他们七嘴八舌地商议着什么,最后似乎统一了意见。他们随即发出了一阵欢呼声。对于他们,快乐和高兴竟能轻易获取,说来就来,仿佛一伸手就能摘下一大串。

他们回到车上,很快又下了车,一个个背着画夹,手中多了一两只塑料袋子。女孩的肩上还挎着与之体形相衬的背包。一下车,他们迅速组合着,三五成群地结伴。循着通向山寨的小道向村子走去,在一条岔道上,他们像是被人捅开的鸟巢,一下子惊散开来,扑向了村子的四面八方。

葛根惊恐地瞄着他们的身影,心中动荡着不安。

村垴下还悄然立着一男两女,他们一边朝葛根张望着,一边小声地争执。那男的声音重起来,葛根这才意识到他们的存在。葛根的感觉一下子坏透了,那男的声音都透着不快,两个女孩一边说一边望定着葛根。

她们一起朝葛根扬起手,喊道,小朋友,我们俩都是和你一样的,也是大山里的孩子。小朋友,你叫什么名字?让我们成为好朋友,好吗?

葛根惊讶地看着她俩,他实在再也觅不见她们身上一点山里人的影子,她们已脱落得和城里人一模一样。她们不是山里的孩子。葛根用力摇了摇头。她们真的曾是山里的孩子,那也是她俩变了,离了根,忘了本。

秀秀、琪琪,别费劲了,跟山里的孩子是毫无道理可言的。咱们还是跟大伙一块去村里吧。

奇瑞,我和秀秀也是山里长大的,你怎么就不嫌我们毫无道理可言。奇瑞,我看你有时简直想和秀秀粘成一个人。那个叫琪琪的女孩揶揄道。

话音刚落,秀秀就半生气半娇嗔地擂了琪琪一拳。琪琪一边反手还击一边回头说，奇瑞，是你表现的时候，为了秀秀牺牲我吧。

我只准备牺牲我自己，充当你们双方的炮灰，这样你们谁也伤不着谁了。

秀秀，你瞧奇瑞多侠肝义胆，你再迟迟不抓住他，没准会被别的女孩猎去，坐失良机。

两个女孩笑着打着闹成了一团。

葛根对他们之间的事可没什么兴趣。看上去那个叫奇瑞的男孩对秀秀特别有意思，照山里人的话说就是他一厢情愿地相中了秀秀，正发狠地攥秀秀呢。葛根怎么看这个奇瑞都眼睛不顺。葛根现在挺讨厌那些喜欢做戏的山外人。

秀秀，别闹了。这次到山里来采风一年也难觅一次，别让大好时光流走了。琪琪向葛根摇着手，喊，你不肯下来，那我们上去。你可得等我们，别走。

琪琪忽然改口喊他小弟弟，只有山里人才这样喊山里的孩子。葛根心中掩不住一种亲近感，牢牢拴住了他身子。去年腊月以来，他就一直守着这条幸福路，像是把家安在了村垴上。

他们往村垴上攀来。上山的路深藏在杂草和砾石中间，不是山里长大的人很难辨认得出。上山时那个叫奇瑞的男孩犹豫了一下，落在了后面，他紧赶了几步，才抢在琪琪和秀秀的前面。他想一口气上到村垴。那些杂草和砾石不认识他。他也从不认识什么杂草和砾石。他刚走两步，那些杂草和砾石像有意为难他，不时地伸出胳膊和腿绊住他。差点让他摔跤。秀秀和琪琪在身后一边提醒着他小心一边笑声不断。奇瑞像跟这些杂草和砾石倔上了劲。他一定要征服它们。山里的杂草和砾石有什么了不起的。他狠狠迈开步子，落在杂草和砾石中间。可一脚踩下去，杂草和砾石总在他意想不到的地方出现。让他手足无措。他左冲右突，却陷进了杂草和砾石的重重包围之中。他生气了，双脚胡乱地踩在砾石和杂草身上。杂草和砾石丝毫没有避让，这儿伸出腿，那儿横过胳膊，他一个趔趄，跌倒在杂草和砾石群中。他躺倒在杂草和砾石丛中再也不想起来。他一下子丧失了所有的斗志。

杂草轻蔑地对他说，城里人，我可要把你变成山上的一棵草，让你回不了城里，永远与我们为伍。

砾石嘲笑说，小伙子，我们要把你变成山里的石头，让你尝一尝做一块石头的苦难和乐趣。

秀秀和琪琪惊叫着，一起奔上前，问，奇瑞，摔伤了吧。忙伸手去拉。

他赖在地上不想起来，颓丧地说，别管我，就让我变成山上的草和石头吧！我被它们打败了。

琪琪和秀秀一听笑个不停，说，奇瑞，你终于知道了山的厉害。这么平平的小山丘，山里人那会放在眼里。而你就气馁了。其实，再险的山道，山里人从来就没怕过，只会去征服它。

奇瑞一脸愧色地从草丛和砾石中爬起来。

琪琪在砾石间走了几步，说，走山道时，你别总盯着自己的脚下看，要会走一步看三步。这样才不会摔跤。

葛根突然接上话，大声地说，你得在心里把山里的草和石头当成真正的朋友，它们才会把你看成好朋友，绝不会为难人。你瞧着草和石头不顺眼，它们也瞧你不顺心。它们心里比谁都明白着呢。

琪琪、秀秀他们全怔了，绝没想到一个山里的孩子会说出这样一番出人意料的话来。琪琪仰着脸喊，小弟弟，这话说到了人的生命深处。山里的生命也是有血有肉的，谁把它视作朋友，它才会还以朋友之情。

葛根无声地笑了一下。琪琪懂他的话。

琪琪和秀秀加快了上山的速度,她俩到底是山里长大的,与山虽生疏多了,但走山道基本功没丢。却苦了垂头丧气紧跟的奇瑞,走得趔趔趄趄,像被风刮得东倒西歪的草。

葛根在心底深叹了口气,像奇瑞这样的山外人永远不会把山里人认作朋友,更不会把山里的草和石头认作朋友。

他们终于上到了村垴。站到了面前,葛根大着胆子盯着他们看,琪琪和秀秀还未脱净山里人的气息,是山的灵气和水浇出的漂亮女孩,特别是秀秀,秀气得让人心疼。难怪那个叫奇瑞的对她穷追不舍。葛根简直喜欢上了她俩。奇瑞是一副地道的山外人的长相,白白净净的,像刚长成的玉米棒子。他在一旁总是斜视着葛根,打心眼里吐着不屑和轻视。和他的目光一撞上,葛根的心像被刀子烙了一下。

小弟弟,叫什么名字呀,告诉姐姐。琪琪拉着葛根的手问。

葛根的眉头拧了一下,琪琪身上的香水味让他难以忍受。他眼角的余光正好瞥见不远处刚吐新绿的葛根,轻轻地抽出手,手一扬,指着匍匐在地的葛根说,就是它,我和它是一样的名字。

他们一齐望过去,都不识得那株植物的名字。也许是离开山里太久的缘故,琪琪和秀秀一脸的迷茫。琪琪小声地说,小弟弟,姐姐不识得,告诉姐姐,它叫什么名字呀。

葛根心中青藤一样牵出丝丝失望,他还是一字一句地说,葛——根,它就是山里的葛根。

葛根?!这名字真土,跟泥墙上掉下的土坷垃一样。奇瑞嘟囔了一句。

葛根被刺了一下,大声地说,山里人就兴叫土名字,取那些怪里怪气的名字山里的水土养不了。

秀秀狠劲挖了奇瑞一眼。

奇瑞一时如寒蝉般噤了声。

秀秀说，葛根，你这名字可是山里的水土种出来的。

葛根无声地笑了笑。

琪琪看着葛根说，我们是来山里采风写生的。不!我们是美院的学生，是专学画画的。我们想把山里的人、树、山、村子、风景都给搬进画里。让画里的大山长得更美更好。

葛根认真地问，你们要把山里的风景都装进画里，让更多的山外人都看到它吗?

对，葛根，你真是个聪明的小弟弟。我们就是想让更多的人知道这儿秀丽的青山绿水，也让更多的人能来这里。

奇瑞突然插进来，有些不耐烦地说，葛根，我们想请你做向导，带我们去村里风光最美的那些地方。

葛根突然哑了口，不再吭声。

奇瑞急切地说，葛根，我们会付给你工钱的。10元。

葛根低下了头。

奇瑞惊讶而无奈地说，瞧，10元还嫌少!我看过一篇报道，10元对于你们山里人来说，可是好几天的生活费。葛根，你嫌工钱少，再加5元。15元。

葛根的呼吸一下子变得粗重着。

奇瑞生气地从一沓钱中扯出两张10元币，长驱过去说，葛根，20元。就算我捐给希望工程吧。先付工钱。

葛根扭过身去，默然地看着远处的群山。

奇瑞的脸气青了，恨恨地说，你们瞧瞧，山里的孩子不仅市场意识强，胃口也不小，20元竟嫌少。50元，这回50元总填足了胃口吧。

葛根的目光在群山间的幸福路上蹒跚着,看着看着,他突然幽幽地叹了口气。

奇瑞惊得大叫,葛根,50元你还嫌少!葛根,你见过50元吗?知道50元的价值吗?!天啊,山里的孩子敲竹杠比起城里的小贩毫不逊色。我今天算是猛开了眼界。

葛根的目光仍落在幸福路上,幸福路是通向山外世界的,还会有许多山外人循着这条幸福路来到山里的。

奇瑞简直歇斯底里地喊,我今天豁出去了,100元,我付100元。葛根,这回你该心满意足了。

葛根忍不住哭了,泪水滴下来,滴在了幸福路上。

奇瑞跺着脚说,山里的孩子真是不可思议,让人捉摸不透。

琪琪好像明白了什么,她忙用眼色止住大喊大叫的奇瑞,上前拉着葛根的手说,都是他在你心里塞了太多的委屈。葛根,告诉姐姐,你心里一定憋了很多的话要说。

葛根止住了哭声,说,我带你们去看村里最美的风景,你们把它装进了画里,但别让更多的山外人看到它。

告诉姐姐,这是因为什么?琪琪不解地问。

山里人从这条幸福路走到山外,他就会很快变成城里人。山外人顺着幸福路来到山里,他们怎么也变不成山里人。山里的世界和天地只是山里人。

村垴上一阵静默。

我这就带你们走,一线天、风洞,这些都是村里最美最迷人的风景,最值得你们装进画里。先去一线天吧。一线天离这儿近。葛根猛地挣脱了琪琪,一下子往村垴的背面窜去。

三人拔开腿紧紧跟上。

葛根和山上的杂草、石头很熟，一路上和他亲热地打着招呼。葛根摸摸这棵草的脸颊，捏捏那块石头的脸蛋。走得不紧不慢，他的双脚准确无误地落在草丛和砾石的隙缝间，一点儿也没伤着草和石头。

三人在葛根身后紧赶着。不大一会，就被葛根扔下一大截路。葛根头也不回，站在草丛间等。他们走到离他四、五步时，葛根又不紧不慢地走着。每次都是这样。

秀秀悄悄地碰了碰琪琪，小声地说，这葛根真神了，他一次也不看我们，怎么就知道我们和他落下的距离？

琪琪想了想说，葛根真的是一个山神。

在崎岖不平的山道上走着，奇瑞苦着眉头，他简直咬着牙在熬着。忍不住小声嘀咕说，这个小山精简直是在生着法子折磨我们，对我们有偏见，想闹我们的笑话。

葛根却远远地抛过一句话，山里人的心是一眼望得见底的清水潭，山外人的心才是浑的。

又一阵静默。

远远地就望见耸入云霄的一线天，两座拔地而起的险峰像恋人似的紧贴在一起，两山之间剩下一线隙缝。

葛根加快了步子，狠狠甩下了他们。三人再也顾不上喘息，一路紧追着。

近了，只见这两座山峰宛若一座大山被上天从最高处用神斧活生生地劈了开来，露出了山的灵魂和内核。

山的裸露的灵魂一下子把三人惊住了。

葛根静立在一线天下，一动不动。

站在了一线天下，三人只看了第一眼，就被山的气势完全震住了,立马感到了人的渺小。两座陡峭的山峰面对面地挺立着,互相深深地对视。两山之间宽处相距有几米远,狭窄之处仅一米而已。大自然的鬼斧神工真的让人心生敬畏。

三人无声无息地立着。

是过这一线天去凤洞还是绕道去?葛根突然沉声问。

当然是过一线天了。奇瑞抢着说。

秀秀和琪琪对望了一眼,两人的眼里都有探险的欲望。

都愿意过一线天。那就闭眼静心站上 10 分钟。葛根生生地说。

这是为什么?奇瑞不情愿地问。

山里有山里的规矩。这一线天是村里人世代的保护神,山里人平日轻易不来,怕冲撞了神灵。只在过年过节时才来祭拜。一线天是最灵验的。也可以许愿,实现了再来还答。

奇瑞竟笑了笑。他睁着大眼看着一线天。

快闭上你的眼,山神正盯着你看呢。

奇瑞惊了一跳,这葛根真的太厉害了。他忙闭上眼,他真的感到了山神一双冷得人心寒的眼。

葛根不由在心里笑了一下。

又是一阵静默。

可以过一线天了。我打头阵,都紧跟我。谁胆大就排到最后。过一线天时不要说话、不要分心。不习惯走黑路,只要人心中不是一片黑漆,就会点起一盏灯,照着你的脚下。葛根沉声说。

三人排好了队,自然是奇瑞断后。

葛根像泥鳅一样滑进了一线天。琪琪、秀秀稍稍犹豫了一下,也紧跟进去。

一下子闯进一个黑暗的世界,一双眼一点用处也没了。她俩手牵着手,紧张得忘了自己的存在。在黑暗中摸索着。猛地就意想不到地涌来可以吞没自己生命的恐惧,葛根突然离开了,把他们抛在这片黑暗里。她俩对葛根顿生了一种亲近和依赖感。

奇瑞在身后有些紧张地喊,秀秀,你的手呢?

秀秀紧贴着琪琪,不答。

都站着别动,先抬头往上觅亮光,再往下看眼睛就大有用处了。葛根就在身边说。感觉却相距遥远。

三人都仰着脸往上望,在似刀切得不太整齐的两峰顶上,顶着一线狭小的天空。一丝亮光艰难地从狭缝间挤进来,落在半山悬崖的峭壁上。阳光永远射不进一线天的底部。

一个阴暗的世界,暗得无边无际,足以吞没一切。

一个大静的世界,静得瘆人。

一个充满了声音的世界,一个细小的声音对自己的生命都是一种巨大的撞击。

……

再拉下脸时,眼前仿佛有了一线亮光,在牵引着脚步。能看见葛根在前面晃动的身影。

又缓缓地前行着。

葛根闭着眼慢慢地挪动着步子,他感觉得到身后琪琪、秀秀的紧张和小心,听得见她俩的心跳。那个奇瑞比谁都紧张害怕,一个城里人的良好形象和感觉早丢得一干二净。

琪琪踩翻了脚底的一块石头,一个踉跄、一声惊叫。秀秀也尖着嗓子叫了声。奇瑞也跟着一声惊呼。

葛根忙回过身,琪琪正好扑倒在他身上,并紧张得抱紧了他。葛根的心顿时跳得乱了节奏,用身子极力支撑着琪琪。琪琪的身子软得像棉絮,仿佛要把他狠陷进去。葛根什么也不敢想,什么也不敢做。一动不动。

琪琪从惊慌失措中醒过来，意识到失态，忙挣起身子，在暗中抓住了秀秀的手，说，吓死我了。又问，葛根，没吓着你吧！

葛根想了想，说，刚才你睁了一次眼，山神才吓唬你一下。我一直闭着眼的，山神不会吓我的。

琪琪大叫，葛根，你真神了，刚才我真的睁了一次眼，让你一说就准。

秀秀插进来说，琪琪，山神罚你到山里相亲来了，相中了谁，就让谁来背媳妇。

琪琪娇嗔道，秀秀，瞧你一嘴胡说。你可别冷落了奇瑞，人家是不爱江山爱秀秀的。

两个女孩就你来我往地闹了起来。

葛根的心中像被拨动了什么，有种不明不白的东西在拱动着。他在心里笑了一下，说，这是一线天，山神在看着呢。

两人不敢再闹了，一起噤了声。

又缓缓地前行着。

琪琪悄悄地伸出手，牵住了葛根的手。葛根很不习惯，想抽出手，却被琪琪紧攥着。

默默地走了一程，有一缕亮光透了进来。葛根说，迎着亮光走下去就到了山外。

秀秀感慨地说，只有在真正的黑暗中待过的人才会懂得幸福。

琪琪悄悄地放开了葛根的手。

葛根的手心里全是汗水。汗水和琪琪都成了他身体里一种说不清道不明的失落。

出了一线天，葛根又静静地走到一边去了。

一踏进山外的世界，他们三人都身不由己地咦了一声，外面的天地比以前要亮了许多、清新了几分，让人觉得山里的世界更美更可爱。

奇瑞就异常活跃着，像彻底换了个人。他兴奋地从手提袋里拿出相机，对准着秀秀、琪琪和一线天不停地拍照着。让她俩摆出各种各样赏心悦目的姿势，秀秀和琪琪很默契地配合着，一脸春风一脸阳光地笑着。谁都忘了冷落在一旁的葛根。

葛根突然就有些说不出的伤感，他极目眺着远方，在心里默默地数着远处的山峰：一、二、三……

琪琪忽然想起来，向他招着手喊，葛根，快过来，我们一起合影呀。

葛根的身子被定住了，依然在忘我地数着远处的山峰：一、二、三……

琪琪跑过去，扯起葛根说，走，去和姐姐一起照张相。

葛根仍在心里含糊不清地数着：一、二、三……

琪琪只好喊秀秀和奇瑞过来。

奇瑞小跑过来，一边示意让琪琪摆好姿势，一边举起了相机。

葛根挣脱不出身子，被琪琪紧扯着。见奇瑞举起相机就要拍照，急切中慌忙扭过头去，并用手深深掩住脸。

奇瑞夸张地大笑着，开心地说，到底是山里的孩子，连照相也不知是咋回事，把相机当成杀人的枪口一样。

这回琪琪和秀秀也跟着一起笑。

秀秀止住笑说，葛根，你真有趣，是不懂照相，还是讨厌照相？

葛根哑着口不说话，却独自跑开了。和他们隔得远远的。

琪琪叹了口气说，葛根早熟，和同龄的山里孩子可不一样。

让我们忘掉刚才的忧伤，该快乐的时候就尽量快乐着吧。奇瑞喊着，琪琪、秀秀，快，行动起来，别浪费时间，生命有限呵。

琪琪、秀秀闻声而动。奇瑞举着相机一阵猛照，似乎要把一线天也装进相机带进城。

等他们疯够了，葛根才远远地抛过一句话，该去风洞了。一个人孤单地走在前面。三人急急地尾随着葛根。

一路上葛根闷闷不乐，一句话不说，心里像塞满了重重的心事。

琪琪看出葛根满是心事，到底是些什么事，她又一点也说不上。她突然想起什么，问，葛根，你咋不上学读书？

葛根跟大山一般沉默不语。

琪琪明白了什么，说，葛根，你失学了，姐姐说对了吧。

葛根突然蹲在地上，失声大哭。

奇瑞和秀秀被吓了一跳，惊问，葛根，你怎么啦？

琪琪赶上前，蹲下身抚着葛根的头发轻轻地说，葛根，哭吧！哭吧！

葛根放声痛哭着。琪琪说，葛根，别老把伤心的事压在心底，你才这么小，会伤身子的。都哭出来吧，哭一场你就一身轻松了。

葛根哭得更加汹涌如潮。

秀秀想问什么，被琪琪止住了。琪琪伤感地说，别打断他，让他狠狠地哭一场。

葛根突然就扯断了哭声，扬起脸，脸上满是泪水洗涤过的凄凉。他擦了擦眼泪说，你们想问什么？我都告诉你们。

三人都感到意外得很，面面相觑，一时谁也没了词。

葛根闭上眼说，问吧。别磨磨蹭蹭的。

琪琪犹豫了一下，小声地问，葛根，你爸妈为什么不供你读书?是家里穷交不起学费吗?

葛根望了一眼远处说，去年春修幸福路时，我爸落下悬崖摔死了。我也就失学了。

三人失声叫起来。

你妈呢，她为什么不供你上学读书?秀秀问。

我爸死后不久，我妈就跟山外一个收山货的搭伴循着这条幸福路走了。

琪琪恨恨地说，你妈怎么就这么下狠心，不声不响地扔下你跟别人跑了。

葛根头使劲摇了几摇，说，我妈不是你们想的这样狠心，我妈是个好女人，和我爸相爱了好多年，是我爸对不起她，先撇下她独走了。我妈走前还问过我，我要是让她留下来，她就不跟那个收山货的走了。是我让我妈走的，走得远远的。再说我妈在山里实在待不下去了，山里人都一口咬定我妈克死了我爸。我妈更应该去寻找自己后半生的幸福。我妈放不下我，我就向她保证:我会一天天长大的。

三人都轻轻地嘘了口气。空气里仿佛弥漫着某种东西，秀秀和琪琪的泪水就掉下来了。

葛根，你还有什么亲人?秀秀轻声问。

还有奶奶呀。爸爸死了，妈妈走后，奶奶就一次次望着我说，葛根，听奶奶的话，陪奶奶一起好好活下来，活一天就要过好这一天，过一天就要活好这一天，这样才对得起自己、对得起死去的爸爸、对得起奶奶呀。

葛根，你奶奶真是个好奶奶，也是个了不起的好奶奶。琪琪说。

我知道奶奶的苦心,奶奶能一天天活过来,是想让我并不孤单的一天天活下来,长大成人。

葛根,你是个了不起的好孩子。秀秀说。

葛根摇着头,目光随着远处一只高飞的小鸟起落着。

走吧,再过一个山头就是风洞了。葛根撩开腿上路了。

一路上谁也不肯说话。

山静,人静……

刚拐过了一道弯,就望见一帘瀑布从半山的山洞里飞挂下来,落在山洞下的悬崖上,溅起无数大大小小的雪珠,惊起一团团轻烟般的雾霭,又袅娜地上升着,与瀑布深深地融为一体。瀑布又从悬崖上直挂下来,注入瀑布下的一眼深水潭里。

奇瑞、秀秀、琪琪一齐顿住了身子,看得眼睛发直。琪琪呆了一下,她瞄了瞄葛根,葛根正静静地看着瀑布,看得脸上飘起雾霭,落满了美丽的雪珠,与瀑布融在一起。琪琪感到她一点也不懂葛根,这个山里的孩子实在太神了。

啊!美极了,真是人间仙境。奇瑞抒情地叫了一声,张开臂迎着瀑布奔过去。秀秀和琪琪也雀跃着追上去。他们顷刻间就忘了葛根的忧伤,变得欢乐着。

奇瑞一冲到清水潭边,就举起相机对着瀑布照起来。又把相机对准着琪琪和秀秀。

琪琪和秀秀不住地笑着,摆出了各种令人眼花缭乱的姿势。

葛根远远地望着他们快乐的身影,看着那份热闹。葛根想提醒他们,不要和风景走得太近了,太近了就看不到风景的内涵与灵魂。他们一点儿还不懂得生命与风景。他们只知道把喜欢的东西都装进相机里,他们没有在心上把这些喜欢真正留住。

葛根感到和他们之间的距离越来越拉得无边无际。

怎么叫凤洞呀,明明是瀑布嘛!奇瑞突然不解地问。

有人好多次见过一只凤凰从山洞里飞出来,一直迎着落日飞到西边去了。得名凤洞,又叫凤凰洞。

想不到山里人也这么浪漫,落日下一只飞往西边的凤凰,真的太美了,真的富有诗意的想象。奇瑞惊叹地说。

别山里人山里人的,叫得多瘆人。秀秀嗔道。

都是以前落下的毛病,改不了口。我立马就改邪归正吧。奇瑞说。

……

玩得尽兴了,他们才支起画夹,作起画来。

葛根闭上眼,想着山里大大小小的许多生命,不一会就深深地陷进去了。

给,葛根。饿了吧!

葛根睁开眼,琪琪正站在面前,对着他笑,手中捧着好几个大铁罐。他摇了摇头,什么也不想吃。

葛根,吃吧。别客气。奇瑞远远地喊。

他们早已收起了画夹,正给自己的肚子填着各种食物和水。

琪琪把大铁罐塞给葛根,转身跑了。

葛根静静地坐着,仿佛被他们一同装进了画里。

他们吃过了喝过了,扔了一地的狼藉。奇瑞说,咱们该回去了。琪琪、秀秀一起站起身要往回走。

葛根默默地走过去,拾掇着地上的垃圾。秀秀和琪琪红着脸上前帮忙,被葛根挡住了。葛根将地上的垃圾拾得干干净净。

三人无声无息地看着葛根。

返回的途中,谁都没有开口说话,都在想着自己的心事。

葛根带他们抄近道回去,很快就望见了村垴。

琪琪突然打碎了寂静,问,葛根,你还想上学读书吗?

葛根默了一下,才无声地点点头。

秀秀激动地说,等我和你琪琪姐今年夏毕业工作了,我们就一起资助你上学读书。让你一直读到大学。

葛根,你就等着我们吧!我和秀秀一定会帮助你圆读书梦。琪琪说。

还有我呢!你们俩怎么就把我忘了。奇瑞抢着说。

葛根的眼里有泪光闪了几闪。

回到了村垴上,见村垴下的人都差不多聚齐了。奇瑞兴奋地朝他们挥着手、大喊着。他们也在山下回应着。

琪琪和秀秀不舍地拉着葛根的手意味深长地说,葛根,我们会来的,会给你带来好消息的。

葛根点了点头,忍着没让眼泪出来。一直目送着三人下了村垴,融进了人群之中。

他们临上车时,葛根看到琪琪和秀秀朝村垴上挥着手,喊着再见。葛根的手也在空中摇呀摇。

大客车载着他们,扬着一股灰尘走了,渐渐地越变越小,凝聚成一个小黑点融进群山之中。

葛根痴痴地看着隐没在群山间的幸福路。

此后,葛根常站在村垴上,眺着远山,望着悠长的幸福路。

春天去了,夏天来了。秋天走了,冬天降临了。

大山是清冷寂寞的,幸福路是清冷寂寞的。

葛根带他们抄近道回去,很快就望见了村垴。

琪琪突然打碎了寂静,问,葛根,你还想上学读书吗?

葛根默了一下,才无声地点点头。

秀秀激动地说,等我和你琪琪姐今年夏毕业工作了,我们就一起资助你上学读书。让你一直读到大学。

葛根,你就等着我们吧!我和秀秀一定会帮助你圆读书梦。琪琪说。

还有我呢!你们俩怎么就把我忘了。奇瑞抢着说。

葛根的眼里有泪光闪了几闪。

第二年春天时,一辆收山货的车子停在了村垴下。当它载满了一车的山货离开村垴时,一个小男孩悄悄地爬上了车子。车子在通往山外的途中冲下了悬崖。那个男孩和司机一同摔死了。

发生车祸的男孩就是葛根。

葛根的死对于山里人成了一个难解的谜,有说他去山外找妈妈和那个收山货的,有说他喜欢上了山外的花花世界⋯⋯

村垴上再也没人眺望着幸福路,幸福路像山里人的梦一样悠长、冷清、寂凉⋯⋯

门

　　我来到城里之后,一直住在学校的女生宿舍里,我们宿舍里有 5 个青春像火一样燃烧的城里女孩,他们就像邮包一样贴着来自不同城市的标签,只有我一人来自乡下的黑土地。于是,宿舍里最好的位置让她们冠冕堂皇地占去了,仿佛那些位置在她们一生下来就等待着她们今天的光临,她们把最瞧不上眼的地方留给了我,就像一块肉,她们把最好的抢去分吃,剩下了一块骨头赐给了我。

　　同宿舍的女生,对我十分冷淡,显然她们和我不是同一层次的人,我就像无名的商品和她们这些有名的商品摆放在一起。那天,我从外面回来,刚走到宿舍的门边,我听见她们正热情洋溢地喊我土包子,我一只脚跨在门里,一只脚停在门外,她们口中肆无忌惮的喊声像小贩们的叫卖声一样,似一把锋利的刀子划伤了我的自尊,我进退两难,一种羞耻烧红了我的脸,我像做了亏心事似的转身逃离了她们。幸好半掩的宿舍门帮助了我,宿舍门挡住了她们的视线,我和她们才避免了一场尴尬,我从内心十分感激宿舍的那扇门,是那扇木板制成的门,门的正反面均粉刷了油漆。

我十分害怕"土包子"之类的词从宿舍女生们的口中飞出来，它们会像火一样无情地烧伤我。我像逃犯躲避警察的追捕一样害怕同她们见面，她们在宿舍时，我常避开她们，等她们从宿舍消失后我才回到宿舍。

我离开宿舍时总忘记关宿舍的门，宿舍的门在我离开后像张大的嘴一直洞开着。我对自己总忘记关门这件事感到惭愧和不安。这个从不关门的坏习惯时我在乡下养成的，乡下的门时敞开的风景。"关门"这个词被乡下人从身边的生活中剔除了。我来到城里之后，总把城里的门当成了乡下的门，根本记不起宿舍的门在自己出去的时候时要关的。

宿舍的女生们众口一词地谴责我蓄意制造混乱。我委屈地说我到了城里还没养成关门的习惯，乡下人们白天从来不关门，如果白天关门会被讥笑称疯子。她们说这里是城里不是乡下，在乡下你可以随便，但是在城里你不能随便不关门，在城里关门就像吃饭一样重要。

不知为什么，我总记不住在城里要关门的这个细节，我要离开宿舍时仍旧我那感激关门。宿舍藏有许多女孩子动人的风景，它们因为我忘记关门而一览无余地暴露在别人的眼皮子底下，她们对我的不满像流水一样随意发泄着。

我走出宿舍后，仍像往常一样忘记关门，门在身后像商店的门一样敞开着。我走后不久，有个可恶的小偷闯进了学校的女生宿舍区。小偷很快找到了下手的目标，他盯上了我们宿舍那扇敞开的门。他把肮脏的手兴奋地伸向 5 个女生的床上，然后，携带者钱物扬长而去。更可恶的是小偷连女孩子花花绿绿的裤衩乳罩也不肯放过，顺手牵羊地捎走了。

一个叫夏青的女生最先回到了宿舍，她发现宿舍的门敞开着，像列兵欢迎着她的归来。夏青走进宿舍，简直不敢相信自己的眼睛，她大喊大叫起来，她的喊声立即找来了其他宿舍的女生，夏青说，她回宿舍就发现宿舍的门像城门一样的洞开着，她以为宿舍里有人，便喊了一声，但她的喊声没有下文，她一进门就被宿舍里的混乱惊呆了。女生们七嘴八舌得像鸟一样的鼓噪着，这时的夏青突然神经质般地尖叫起来：我的钱包！我的钱包！我昨天晚上把它放在枕头下面，今天出去时我忘记拿钱包了，夏青扑向她的床位，她的枕头离开了原来的位置，底下空空如也，夏青六神无主地说那钱包里有家里刚给她寄来的生活费。

女生们给夏青出主意说要保护现场，赶快去学校保卫处报案。保卫处的干事来到宿舍，他先检查看宿舍的门，仿佛他能从宿舍的门上查出是谁作案似的。干事检查出宿舍的门完好无缺，在鼻子里轻蔑地哼一声，不假思索地说起这起案子并不复杂，小偷居然没有在门上留下作案的痕迹，说明时内外勾结的盗窃案，由宿舍的人打开门，配合小偷作案的。干事把疑点集中到我的身上，他说我的床上的东西小偷丝毫未动，这里面有许多值得怀疑的地方，他接着向夏青问了一些我的情况，他更加认为此案和我有关。他认为除了上述依据成立外，还有重要的一点是我从贫困的山村来，只有乡下来的女生才稀罕城里女孩那些花花绿绿的裤衩乳罩以及一些女孩子们用的小玩意。

我被叫到学校保卫处的时，干事的一双眼睛像毒蜂一样蛰在我的脸上。我内心莫名其妙地紧张，我从小到大还没有这样被人盯着看过。干事东一句西一句地和我说着话，扯了半天，才跟我说起了盗窃案。我猛然记起自己出门时忘记关宿舍的门，让小偷乘虚而入，我想到这一下子魂飞魄散，结结巴巴地说起宿舍里发生的这起盗窃案与我有关。干事一脸兴奋地说,你承认这起盗窃案时你指使人干的! 只有你这种乡下人才会干出这种事,你和谁内外勾结的?

干事凶巴巴的目光烧红了我的脸, 我一时不知道该怎样表达自己,我知道自己说错了话,可话说出去时回不了头的,我拼命地用一大堆话想换回我刚才说错的一句话, 我觉得我自己实在时愚蠢透了,为一句话付出了这么大的代价。我说我没指使人干! 更没有和谁内外勾结,我说我虽然是从乡下来的,但我从小就受着党和人民的教育,我怎么会去干这种丢人现眼的事? 再说我在这个城里孤身一人,除了班上同学我什么人也不认识,我怎么会和小偷内外勾结作奸犯科呢?

干事的目光在我的脸上足足燃烧了三分钟, 他咄咄逼人地说,你前面说的时一套,不过一分钟,后面作的又是另外一套,你一定时这起盗窃案的主谋,像你这种暗暗嫌疑人,我见得多了。

我说真的不是我,我出宿舍门时忘记关宿舍的门,结果让小偷乘虚而入,把宿舍洗劫一空。干事的目光毫不松懈地盯着我,他问我为什么不关宿舍的门,我说我也不知道为什么,我出宿舍时总忘记关门。干事说你一个大学生,怎么会连这点生活常识也不懂? 你时和小偷内外勾结完成这起盗窃案的。

我想我这下子完了。我不死心地说我在乡下时,家家户户白天从来不关门,我进城后就是对关门接受不了,走出宿舍时我总忘记自己还应该有关门的职责。干事说我的话让人难以置信,更不能成为我洗刷作案嫌疑的理由, 我必须找出比这更有力的证据! 干事一锤定音地说,乡下治安比城里也好不到哪里去。我说我的家乡是个偏僻的小山村,那个小山村似乎是个例外,它直到今天还是路不拾遗,夜不闭户,民风淳朴,你不信可以到我的家乡调查,干事不管我怎么解释,我都是这起盗窃案的重大嫌疑对象。

这件事在校园里就像苍蝇传播病菌一样被传得沸沸扬扬。我在学校里一下子声名远扬,大家都知道有一个来自贫困小山村的不会关门的女学生。女生们齐心协力地告到管理处,要把我赶出她们的宿舍,她们说我是害群之马,不除掉我她们就永远得不到安宁。校方对她们做了大量的工作,又对我破坏宿舍的安定团结进行了严厉地批评教育,才基本上平息了这场风波。女生们同意我继续留在她们的宿舍里,但我必须彻底地改掉从不关门的毛病,我也做出了实际行动,我把"关门"这个词用毛笔醒目地写在宿舍的前后,开始夜以继日地背诵"关门"这个词,"关门"背得滚瓜烂熟。

我虽然一有空就反反复复叨着"关门"这个词,但是每次走出宿舍后总是怀疑自己忘了关门,我不得不重新返回宿舍,宿舍的门却是关紧的,有时我正在上课,猛然想起了关门,觉得自己今天又没有关门就走出了宿舍,我惊出了一身冷汗,急忙以最快的速度冲回宿舍,结果又是虚惊一场。

我被宿舍的门折腾得疲惫不堪,精神恍惚,我终于忍不住对我的同桌向黎说我只要一看到宿舍的门就像看到一个深不可测的陷阱。我问向黎我为什么会产生这种令人恐怖的感受。向黎想了想说我得了一种叫"门类综合症"的病,这是一种常见的心理病,她建议我去看心理医生,我说我从小到大就没有生过病。向黎说像你这样自己认为没病的人恰恰因为自己有病,你有病的迹象被你无病的仪式遮掩了。向黎说心理其实比身体上某个部位发生的病变更可怕更应该引起患者的重视,心理和身体一样,就像记起运转后总时要出这样那样的毛病,但最重要的是要及时的修理，如果修理不及时，就有可能走向极端。

向黎说这些话时，我感到自己头重脚轻，变得恍恍惚惚，神志不清，我觉得自己真的病了，好像还病得不轻。

我揣着我两个多月的生活费去看一位有名的心理医生。心理医生在中国还是凤毛麟角，我在校园图书馆翻了许多报纸，才在广告中找到了这么一家。我走进那家豪华的诊所，心理医生用目光把我安顿在他面前的沙发上，他要我说自己的病情。我把自己对门的恐惧一五一十地告诉了医生。医生说我得了一种叫"门类综合症"的病，他滔滔不绝地说我以前生活在一个并不需要门的十分透明的世界里，那个世界人与人之间的关系纯洁得就像玻璃的世界里，我进城里，是来到另外一个崭新的世界，这个世界人与人之间的关系错综复杂，就像一扇扇门一样让人摸不着头脑，医生说我的病灶就犯在对人际关系的无知上。医生突然意味深长地看了我一眼，他起身走到门边，把诊所的门轻轻地给关上了，医生说，我举个例子：假如我们是一对偷情的男女，我把这扇门关上后，这扇门立刻就把我们同别人隔绝开来，我们在这间屋里可以为所欲为地拥抱、接吻、做爱，如果这扇门时一直敞开的，我们只好检点自己的言行举止，不敢越雷池半步。

医生火辣辣的目光烫伤了我的脸，我不明白医生为什么下流无耻地对一个女孩子讲这种肮脏的话。我有些不知所措，这时，医生突然站起来，把手压在我的手上，接着又抓住了我的手，我像被毒蛇咬伤了似的惊叫着抽回了自己的手，惊慌失措地跳到门后，打开门后，我仓皇地逃出了心理医生的诊所。医生追出了诊所，他在我身后喊，小姐，你要相信我，我是为了帮你治病。

我从心理医生你的诊所逃回来后，病情一下子加重了。我越来越觉得门像一个陷阱或者嘴巴什么的，同桌向黎见我成天没精打采的,就拉着我跟她一起去逛街,她要我了解外面十分精彩的世界,而这个世界的精彩正是门使之日益精彩着。外面的世界确实十分精彩,像一块磁石吸住了我,我有些眼花缭乱。我们走进一家商场,商场的大门是玻璃的,玻璃又是透明的。这种头透明的玻璃真好看! 玻璃像一个不可分割的整体,向黎用手推开透明的玻璃门,玻璃门在她身后又合拢了。我觉得玻璃门也像一个巨大的陷阱,把一个个顾客吞没在里面。商场里售货员一个个漂亮大方,她们一张张笑脸,笑得像阳光一样亲切可爱。一个售货员问我:"小姐,你买什么?"我的脸上像有一把火在烧烤着,我囊中羞涩,不知道该怎么回答售货员的问话。我低头不语,觉得售货员的目光像一把手术刀在肆意地解剖着我的内心世界。

我像被售货员剥掉了身上的衣服,再也不能在商场里逛下去了,商场是有钱人来的地方。我像做贼似的寻找着商场的门,好不容易才找到了,我忘记了商场的门是用玻璃做的,一头撞在透明的玻璃门上,我的额头上立即肿起了一个包。我荒唐的举止一下子收集了商场里许多顾客和售货员的眼睛。她们有的哈哈大笑,有的在议论着。

我逃出商场后一个人跑到一个无人的角落,狠狠地痛哭了一场。

撞了门后不久,我又闹了一件与门有关的笑话。那天,我走出宿舍很远后突然想起自己忘了关门,我十万火急地赶回宿舍,发现宿舍的门时虚掩的。我心慌意乱地认为宿舍又遭小偷的光顾和洗劫,便推开宿舍的门一头闯进去。我看到了这么一个情景;夏青和一个男生紧紧地拥抱在一起。开门声惊动了他们,他们像两条被火烧着的虫子,惊慌失措地跳开了。夏青看到时我时,脸色像冬天一样残酷无情,我慌忙对夏青说,你们忙你们的,我什么也没看见，我什么也不会对别人说。

夏青横眉竖眼地用手指着我说：你这是什么意思，好像我们做了见不得人的事，要你来替我们保密。我问你，你无缘无故地跑回宿舍干什么？你进宿舍时为什么不先敲门？你是有意跟我过不去！夏青解释，一头栽倒在床上，伤心地哭了。

我病倒了，脑子里是一扇扇门和一口口陷阱。系里的一位老师得知我的病情后，推荐我去看一位心理学秦教授，我拿着那位教师的推荐信去找这位心理学教授，心理学教授的家在 12 楼上，秦教授很亲切和蔼，我像见到了久别的亲人，把自己进城后的遭遇向秦教授倾诉。

教授说，你说得对，门确实是一个危机四伏的陷阱。

我瞠目结舌，不明白秦教授为什么和我一样也有这种不可告人的念头。

教授说，你不要奇怪，其实许多人在潜意识里都有把门当成一个危险的陷阱。你只要把门看成了人生真正的陷阱，你就会时刻地提防着门，自然会不由自主地关门敲门，就不会陷入陷阱之中。教授说，你不要忘了，我们是生活中在陷阱中的一群人。

门为什么就是陷阱？我们为什么要生活在陷阱之中。教授的话就像一道道难题摆在我们面前。

教授亲昵得儿拍了拍我的肩膀，说你不要奇怪，其实所有的人都喜欢生活在陷阱之中。教授的那个不太得体的举动落入了刚进门的教授夫人的眼中。教授夫人破口大骂，好哇！你竟然当着我的面和女孩子调情，我叫你不要和这些女孩子来往，你就是听不进我的话，原来你一直对我藏有一手！教授夫人不分青红皂白地扑过来，冲着我和教授拳打脚踢。

教授用手护着我，对我说，你快点走，只要你按照我说的去做,你的病会好起来的。

　　我从教授家夺门而出,教授夫人跟在我的身后追赶着,从她嘴里飞出的脏话的语言像脏水一样泼到了我的身上。我逃到了电梯,摁动了电钮,电梯迅速合上了。我就像落入了一个陷阱,开始迅速下沉。我想起了教授的话:人人都喜欢生活在陷阱之中。

　　我终于明白了人为什么喜欢生活在陷阱里的道理。电梯停在我要去的地方,这个世界向我打开了一扇明亮的门,我开始微笑着跨出了陷阱。

导读:宋小晴是个山里的孩子,妈瘫痪在床,爸嗜好打牌喝酒,她清楚地明白,爸妈都靠不住。没有人能够给她一个承诺——学业能否继续,生活有无保障。如山的压力,没有把她压倒,宋小晴确乎就要迎来人生的转机。校长告诉他,希望工程和学校的结对子项目就要启动了,领导要来了。

承 诺

黎明在雄鸡一片此起彼伏的唱晓声里姗姗来迟。东方刚露了几许鱼肚白,宋小晴迫不及待地起了床,一个激动人心的日子就晃到了面前。她蹑手蹑脚地开了门,把黎明的湿润迎进了屋。门轴在转动时唱出了吱吱的歌声,无比亢奋地搅动着黎明的寂静。听着父亲的鼾声仍在惊心动魄地奏响着,宋小晴才松了一口气,踏实地走到院子里。这是一个无可挑剔的好天气。星星稀稀疏疏但却亮而醒目地紧扣在高深莫测的夜空中。院子四周的泥巴墙像一只只手遮住了晨光,影子从四面八方倾压下来,裹紧了院子里一小片天地。

宋小晴回到灶间,她沉浸在幸福的遐想里,眼里盛满了深深浅浅的憧憬和向往。一只老鼠从她脚边蹿过去,她惊了一下,定了定心神后,开始收拾灶台。宋小晴的身影印在灶房的墙壁上,朦胧而美好地晃动着。自从母亲中风后,宋小晴就过早地结束了童年,接过母亲不得不卸下的生活的重担。母亲瘫痪那年宋小晴才9岁,刚上小学二年级。她洗衣做饭、喂猪养鸡,承担起全部的同龄人不会干也干不了的家务。

宋小晴把灶台收拾干净后,便起身去灶下生火做饭,她顺手把电灯拉灭了,灶房骤然陷入了黑暗的包围之中,晨光透过窗户飘落在灶台上,又圈出了一片温馨的天地。宋小晴摸索出这种节省电费的办法,一年下来节省的电费,也可置办些笔墨纸张。在不知不觉中,东方渐渐亮了起来,清新的晨风扑进了灶房,锅里的米粥已熬好,她嘱咐自己再不能胡思乱想,新的一天已经开始了,有许多的家务正向她招着手。她必须赶在上学前把里里外外料理好。

宋小晴匆匆忙忙地出门时,父亲喊住了她。宋木匠刚起床,萎靡不振地打着呵欠伸着懒腰。自老婆中风瘫痪后,宋木匠就丢开了谋生的木匠手艺,整天沉溺在麻将和酒里。

不管输了还是赢了,下牌桌就喝酒,酒醒了再去赌。宋木匠凶神恶煞地喊:洗脸水打了吗**?**

宋小晴的身子从门边弹了回来,她不敢看父亲,咬着下嘴唇,去灶间打采了洗脸水,小心翼翼地端到宋木匠面前。宋小晴胆战心惊,害怕触怒了父亲。父亲一句话就让她上不成学。有好多次都是这样,宋小晴刚背着书包走到门口,宋木匠一声喝住,"给我歇一天学。"宋小晴就像猛遭雷电击中,只有慢腾腾地折回身子,在痛苦和失落中熬过似无尽头的一天。宋小晴痛恨父亲,但她又从不敢违抗父亲。瘫痪在床的母亲形同废人,只能眼睁睁地看着女儿逆来顺受。

宋小晴慌乱和不安地等着宋木匠发话,害怕父亲又不让她上学。而今天可不同寻常。校长李冬生争取到了一个希望工程,那些下来搞一帮一结对子的城里人今天就要来学校了。宋小晴心里七上八下地跃着许多奇怪的念头,她平日一天不拉地打着洗脸水，今天偏偏把这件事抛到了脑后。

宋木匠瞥了女儿一眼，上你的鬼学去吧！宋小晴差点被巨大的欢喜击晕了头，像一只被人追赶的狗仓皇逃离出院门，一口气奔出了很远才放缓步子。她下意识地回头望了一眼洒满阳光的低矮草屋，轻轻地吁了一口气，感到希望像太阳似的在自己面前灿烂地升了起来。

宋小晴跑进学校时，师生们正集中在学校的大操场上，排成了两列长队。宋小晴气喘吁吁地赶过来时，校长李冬生把她拽到了一面大鼓前，说你来做鼓手，别慌了，把你平日操练的水平发挥出来。李冬生一心一意要搞一个隆重的欢迎仪式，他借来了几套锣鼓，把学生召到一起，接连演练了一个多星期的敲锣打鼓。

宋小晴把鼓缚在胸前，全校师生跟着校长出发到远处去迎接下乡来的人们。到了村头，村庄被师生们抛到了身后，退到了绿树浓荫之中。宋小晴估摸着他们已走了四里多路，20多斤的鼓越来越重，她挺了挺身子，心里反复嚼着校长的话，李冬生说这次希望工程结上对子的同学读书再也不用愁学费了，会有叔叔阿姨捐款的。想到这里，她觉得鼓变轻了，脚步也加快了。

到了国道的三岔路口，村庄已被群山遮没得无影无踪。李冬生说，就在这里吧，学生们立即在道路两旁排成两队，只待校长一声令下，就敲起锣打起鼓。

校长李冬生的目光滑过那一张张红得能刮下颜色的脸，感到自己的脸也有些红了。自从在镇教委余主任那里软磨硬泡抢来了一帮一结对子的希望工程，他就陷入了莫名的兴奋和激动的包围中。这是学校有史以来的特大喜事。学校近两年学生失学率一直居高不下，而且有越演越烈的势头。李冬生寝食难安，和教师们通过家访做了许多工作，但收效甚微，秃子头上的虱子，明摆着的道理,归根究底在一个穷字上,现在李冬生抢来来了结对子希望工程,他和孩子们一样,做了许多深深浅浅的憧憬和设想。

上午十一点多了,师生们在道路两旁等熬了三个多小时,还不见来人的踪影。师生们一个个伸长着脖子,目光抓住了国道上来来往往的每一辆车,但又落空了,来来往往的车辆在他们的眼里一晃而过,并没有任何一辆驶上往村庄的这条狭窄的岔道,李冬生叫学生散了队,歇息一会儿去。

十二点多,3辆车子猛然辗上了师生们的希望之道,李冬生的心像一下子就要窜了出来,疯狂地跳动着,他眼睛一热,情急之中打了个手势,学生们手中的锣鼓就欢天喜地地敲响了。为首的是一辆黑色的小车,小车后而又紧咬上来两辆大面包车,大面包上载满了欢乐的人群。李冬生立即粗略估算了一下,两车大车上大约有 30 来个人。这是一个让人幸福得流泪的数字。

从小车里最先钻出镇教委的余主任,接着又走出一个戴着眼镜的年轻人和一个扛着摄像机留着一头长发的年轻人。眼镜一下车就在车门边弓着身子用手扶车顶,护着从车上走下一个威武的中年人。教委余主任跨前一步,向李冬生介绍中年人说,这就是一心一意救助失学儿童的马局长。

马局长一边威严地点着头,一边朝李冬生伸过手来,李冬生慌得忙不迭地把手送上,他惊讶地发现马局长的手简直是肉的积累,厚而绵软如同棉絮似的。李冬生还从未握过这样的手。神魂颠倒得一时忘了松开。

余主任又介绍戴眼镜和留长发的年轻人,告诉李冬生说是张秘书和王记者。李冬生的双手又慌忙伸出,但他们仅象征性地碰了碰李冬生的手就果断地抽回。

张秘书和王记者撇下李冬生紧跟到马局长身边。李冬生恍惚中突然想起了一件事，刚才面对初次见面的马局长自己连一句您好的话也没说出来。不知演练了多少遍的欢迎词抛到九霄云外去了。他后悔莫及，想亡羊补牢明显已来不及了，马局长已晃着身子走到了敲锣打鼓的学生们面前，后面两个大面包车也哗啦啦地涌下大群人，像流水似的把李冬生圈在了中间。他在人群中东张西望，看见马局长正亲切地拉着宋小晴的手，女教师杨满英也站在宋小晴的身边。王记者的摄像机一直对着马局长和他的周围，前前后后转个不停。

等王记者来来回回拍了一阵，马局长回到了车上。人们也纷纷又上了车。车子缓缓地开动了，依然是黑色的小车打头阵，大面包车紧咬小车的屁股，李冬生让师生们敲锣打鼓地跟在大面包车后步行。

车队一直开到学校的大操场上才停了下来。师生们气喘吁吁地赶到时，马局长已仰头站在了大操场中间，目光像蜜蜂采粉似的落在宋小晴身上，他微笑着向宋小晴招着手。张秘书也急切地朝宋小晴一边招手一边喊，过来!快过来，局长喊你呢!女教师杨满英暗中推了宋小晴一下，低声说，快过去!马局长看中你啦!他要和你结对子呢!

宋小晴局促不安地来到了马局长身边。马局长和善地俯下身，捉住了宋小晴的手。马局长说，小晴同学，我们从今天就是一帮一的对子了，我郑重地向你和所有的师生承诺，我要资助你读完小学、中学，直至大学毕业。马局长话音未落，操场上就响起了经久不息的掌声。

宋小晴被这份从天而降的承诺击得头晕目眩。她不敢相信这是真的，她全身都瘫软了。但仿佛从掌声里汲取了勇气似的，她突然大着胆子说,局长,我感谢您!我永生永世都要感谢您!宋小晴说着满含热泪地向马局长和人们深深地鞠了一躬。接着她蹲在地上哭了起来。

操场上一时静得鸦雀无声。马局长说好了!好了!小晴起来,我们不是亲人胜似亲人嘛!张秘书带头鼓起了掌,操场上又裹进了掌声里,像起暴风骤雨似的。王记者早把这一幕动人的场面吸进了摄像机并请马局长再回答了几个早设计好的问题。

王记者采访马局长完毕,张秘书指挥着人从大厢包车上扛下了书和巨幅标语。张秘书让几个学生捧着标语站在人群前面,红布上书写着 XX 局深入贫困山区积极开展扶贫助教,一帮一结对子活动! 接着叫结对子的学生一人捧着一本中小学生课外读物,张秘书示范一下动作,让学生们一律把书的封面耀出来。

张秘书井井有条地把现场摆弄好了,就退到了马局长身边。接下来王记者又开始马不停蹄地抓拍镜头,王记者换了一个又一个角度,镜头由近而远,又由远而近地推进。然后又把话筒凑到了马局长嘴边让他作正式讲演。

马局长早摆好了姿势,他一手拿着话筒一手牵着宋小晴,宋小晴仿佛是他身边一件装饰物似的。马局长他妙语连珠,侃侃而谈。从自己小时失过学谈起,说到贫困山区今天还有这么多失学儿童,马局长触景生情,说,当我们面对山区这些"嗷嗷待哺"的失学儿童,我们每一个人都应该伸出手献出爱,救助这些失学儿童。所以我衷心地希望有越来越多的人加盟到我们这支一帮一结对子的救助队伍中来,和我们一起携手谱写失学少儿人生壮丽的篇章!操场上一时又浸在经久不息的掌声里。

马局长突然提出他要去宋小晴家走走。李冬生面露难色。马局长说,李校长,你不要顾虑什么,宋小晴已对我说了她的家境,我已知道,她母亲瘫痪在床,父亲不务正业,正是这样,我更要去看看。

宋小晴赶紧回家准备去了。李冬生带着马局长也上路了,陪同一起去的还有张秘书、王记者、余主任等一行人。宋小晴家离学校有五里地,要翻过几道山梁,因是土路,车子无法派上用场。马局长一行只好步行,走走停停,说说笑笑,用了 40 多分钟才赶到了宋小晴家。

当马局长一行人终于停在宋小晴家院子外时。宋小晴像一只被人追赶的兔子惊慌失措地从屋里跳了出来,她用单薄的身子挡在了马局长面前,哀求马局长说,您不能进屋,就在院子里坐坐吧!马局长笑呵呵地说,小晴,你为什么不让我进屋,不容分说地牵着宋小晴的手就往里走。王记者早把摄像机的镜头调好了,寸步不离地对准马局长,张秘书在马局长进屋时,抢到了马局长身后。

屋里像地窖似的光线很不好,马局长刚进来时眼睛显然适应不了屋里的阴暗。宋小晴开了灯,大家的眼睛才亮了起来。屋里空间很小,马局长的身子几乎占去了小半个空间,余下的人都得贴着墙壁贴着。宋小晴的母亲卧在床上,目光迟钝地落在马局长身上。宋小晴用激动得走了调的声音说,妈,和咱结对子资助我上学读书的马局长来看你了。宋小晴母亲的嘴里像嚼着豆子似的说着什么。宋小晴翻译说,妈说她身子不好,不能给马局长下跪,马局长是我们全家的大恩人大救星,她要我给马局长磕头谢恩!宋小晴突然扑通一声跪在马局长面前。马局长弯下腰,激动地说,我应该感谢小晴同学,她使我更加坚定信心:要把一帮一结对子的希望工程搞好!我向你们再次承诺:我每月资助小晴 50元,一直到她高中毕业。小晴考上了大学,她的学费、生活费全都由我一个人包了。马局长说着,当场从口袋里摸出一张崭新的50元钞,放在宋小晴的手上。宋小晴像烫手似的缩回了手。马局长说,收下!收下!马局长把钱握在宋小晴的手上,定格,让王记者拍下这一画面。

马局长要走了,临走时又牵着宋小晴的手,显示出一种依依惜别的深情。马局长又再次庄重地重复了他的承诺,并说今后一定要常来这里,带来更多的结对子的人。车子缓缓地开动了,然后就像梦一样消失在人们视线里。师生们怅然若失地站在大操场上为马局长送行。

三个月过去了。马局长一行人回城以后,杳无音信,当初的承诺也好像被山风刮走了,他们不但没有再带来结对子的城里人,就连上次结好的对子关系,也变得可疑起来。

有过结对子这一回事吗?马局长来过吗?山村里曾上演过敲锣打鼓,让人热泪盈眶的一幕吗?久而久之,李冬生都不敢完全相信自己的记忆了。

李冬生常看到宋小晴和那些结上对子的学生站在大操场上发呆,仿佛丢了魂似的。李冬生心里像刀子扎着似的痛苦,他总是匆匆躲开,有意回避那双双欲穿的望眼。但是一天,宋小晴突然堵住了李冬生,她的目光像刀子似的问,校长,你说马局长他们还会再来吗?要再没有消息,过了这学期我还是要失学了。

李冬生结结巴巴地说,马局长会来的!他们会兑现自己的承诺的!说完这话,李冬生想再也不能不明不白地受熬煎了。他找到了镇教委余主任,逼着余主任上县上走一趟找着马局长,问他该怎么向学生解释、说明、交代。

当学校里的学生开始三天两头就流失一个时,余主任从县上回来了,见了李冬生,叹了口气说,你们别指望马局长结对子

时的承诺了，就当什么事也没发生过，自己想法阻止学生流失吧！我打听过了，

马局长走了,他从咱们这儿回去不久就晋升了,调到市里当更大的局长了。

李冬生摇摇晃晃像喝醉了酒似的走开了，他站在学校的操场上声嘶力竭地吼道,操他娘的！咱让那马胖子耍了回猴子！李冬生从这大起学会了骂娘。

结 巴

读小学四年级时,罗小刚已经会说一口流利动听的普通话。他天生对语言似乎就有一种特殊的天赋。每天专心致志地听广播时,身体内像安了一个接收装置,把播音员们的普通话一一储存起来,然后再加工出自己的声音。

罗小刚各科成绩平平,在课堂上还从未被提问发言过。只有成绩优秀的学生才被老师们重视,享受提问发言的特权。罗小刚一口动听的普通话埋没了很长时间。

一个冗长烦躁的夏日,骄阳蒸腾出一阵阵热浪,把教室变成了蒸笼。窗外知了的叫声像是催眠曲。语文老师田亮正给学生们上课,讲解课文前照例要朗读一遍课文。读了一小半课文就身不由己地感到一阵困倦袭来。他很想尽快结束课文朗读。习惯地抬了抬眼睛,像往常一样想找一个成绩优秀的学生来顶替。目光落在昏昏欲睡的学生们中间,搜寻着满意的人选。看到罗小刚伏在桌子上打着瞌睡,周围的学生都像受了传染,一个个无精打采,呵欠不断。

田亮下意识地停止朗诵,欣赏着在瞌睡中挣扎的罗小刚。教室里突然安静下来。这种静很可怕,把许多学生从一种昏睡的状态中赶出来。学生们受了惊吓后,顺着田亮的目光寻过去,发现了罪魁祸首。都幸灾乐祸地松口气,等着田老师的惩罚。罗小刚不知道自己已成为整个教室关注的焦点。同桌林小燕焦急地用手碰他,提醒却丝毫不起作用。田亮很严厉地看了她一眼。她吓得缩回手,不敢再有所行动。

按照以往的惯例,课堂上出现这种打瞌睡的严重事件,田亮会毫不犹豫地给予惩罚。夏天罚瞌睡者站在炎炎烈日下晒太阳,冬天就到教室外经受凛冽的寒风。

脑子里一闪过罗小刚站在烈日下晒太阳的情景时,田亮就改变主意。他的眼睛闪过了一道光,不打算再继续用缺乏新意的老办法惩罚瞌睡的学生,而是改用一种新方法。应该比老方法整治瞌睡更管用。罗小刚一定洋相百出,深刻地牢记瞌睡带来的灾难。田亮信心百倍地走过去,亲切地弯下腰,在他耳边说,罗小刚,天亮了,该起床了。罗小刚从昏睡中惊醒,目光像受惊的兔子在教室里蹦跳着。他终于明白过来,自觉地站起身往教室外走去。田亮制止说,罗小刚,今天就罚你来读这篇课文。他惊讶地看了田亮一眼,有些兴奋地回到座位上,拿起课本就朗读起来。臆想中罗小刚朗诵课文结巴的画面不仅没有出现,琅琅的读书声反而让田亮大吃一惊,目瞪口呆。越来越娓娓动听的朗诵声是从罗小刚嘴巴里跑出来的?他怀疑是在做梦,或者是在收听广播。一时出神地盯着罗小刚。田亮的困倦被一扫而光,像发现了新大陆似的,双眼燃烧着激情和兴奋。罗小刚的读书声像胶水似的紧紧粘住他。

朗诵课文结束后,田亮和学生们都被罗小刚深深吸进去,再也出不来。田亮激动地问，罗小刚，你的声音怎么这么动听？是从哪学来的?罗小刚想了想说，是从广播上学的，我妈每天都让我听广播，再向她传达。田亮高兴得一拍大腿，这就对了，罗小刚一定是块播音员的料子，日后他应该能吃上这行饭的，向全国人民展示他精彩动听的语言世界。觉得这节课的发现具有十分重大的意义。

只要是语文课，田亮就把朗诵课文的任务都毫不犹豫地交给罗小刚。由他来朗诵课文，即使在最炎热的三伏天，学生们也不会产生困倦和昏沉。他每次朗诵课文时，田亮惊异地发现自己也变成了一名学生和听众。心头掠过了一丝害怕和不安。短暂的惊慌过后，罗小刚的朗诵声就像一块巨大的磁石，把他越吸越紧。

与罗小刚优美动听的声音相比，田亮的讲课一下子变得黯然失色。他的声音听上去干巴巴的，显得特别枯燥无味。罗小刚读完课文，他再来讲解课文时，学生们就显得无精打采，再也激不起他们任何听课和求知的欲望。田亮坠入一阵莫名的惊慌和恐惧中，在学生们眼中，他正失去一个老师的威信与尊严，变成了一个名副其实的学生。多少次他想终止罗小刚读课文，就能改变这种可怕的局面。一走上课堂，他又控制不住自己。像学生们一样，内心涌动着一种不可遏制的渴望和深情，迫切地希望罗小刚站起来朗读课文。

田亮被这件事折腾得寝食不安。罗小刚的朗诵无疑给了他幸福快乐，更在源源不绝地制造着痛苦，折腾着他。对罗小刚简直又爱又恨又怕。每当黑夜降临，他躺在床上辗转反侧，爱恨和恐慌一起充满心胸。一直到夜深人静，他还在胡思乱想，合不上眼。把罗小刚想象成一个强大无敌的对手，和他正处在一场你死我活的争斗中,被对手打得一败涂地。罗小刚永远是胜利者,不可战胜,他则是彻底的惨败者。他什么都失去了,不再是一个受人尊敬的老师,而是一个无知的蠢材。罗小刚站在讲台上,意气风发地朗诵讲解课文,成为一个受人尊敬的老师。越想越可怕,苦思冥想着对策。只有彻底改变两人之间危险的战争状况,罗小刚从眼前消失了,也就不会对他构成任何威胁。田亮设想着罗小刚可能出现的几种意外:生病死了;辍学了;变成了哑巴,再也说不出半句话来;成了结巴,说出的话十分难听。这几种设想的意外情况在生活中发生的可能性等于零。田亮痛苦地给无法实现的设想判了死刑。

过了几天,学校要召开一次全校师生大会。田亮骤然闪过一个大胆新奇的念头,让罗小刚在大会上代表402班发言。把他推荐给全校师生,成为大家的朋友和敌人,借机解除罗小刚对他构成的威胁。这将是一个千载难逢的好机会。田亮很激动,为罗小刚认真地准备一份发言稿。熬了几个夜晚,反复修改推敲才最后定下稿来。他对这份发言稿感到无限满意,优美的文字再经过罗小刚优美动听的朗诵,会打动全校师生。罗小刚精彩的发言一定赢得师生们无限热爱和着迷,再也离不开他。

终于要代表全班同学到讲台上发言,罗小刚有些胆怯地拿着讲稿,田亮在身后有力地推了他一把,他才抛开胆怯走到讲台上。校长冯大头在一旁兴奋地介绍说,下面是402班罗小刚同学发言。

罗小刚有些局促不安地站在讲台上,眼前是一片黑压压的人群,头顶上飘着一面鲜艳的五星红旗。旗帜飘动的声音让他镇静下来,看了看台下数百双眼睛,语文老师田亮一双眼睛特别明亮,及时给他送来了鼓励。他产生了一种朗诵的欲望。仿佛感到是在课堂上,老师和同学们都变成忠实的听众。他兴奋地开始朗诵,尽管台上有些闹哄哄的气势,但他很快像往常一样把自己投入到朗诵之中。抑扬顿挫娓娓动听地朗诵着发言稿。他的声音很快抓住了听众的注意力,沉入了每一个人的内心世界。

台下早已鸦雀无声,所有听众的目光都朝着同一方向集中着。罗小刚产生一种幻觉,他的声音化作一只只传说中的美丽凤凰正向远方飞去。台下的听众跟着他在朗诵声里越走越远。他们一路共同感受着他语言里各种迷人的秀丽风景。

朗诵完发言稿,会场沉默了足有五分钟,五分钟后会场响起一片唏嘘声,接着突然爆发了掌声。掌声雷动,几乎要把人抬起来。田亮有些狡黠地看着校长冯大头,罗小刚此后自然也成了他的敌人。冯大头一脸的兴奋和发现,看着罗小刚,眼里燃烧着喜悦。他发现这个叫罗小刚的四年级学生以自己精美的声音征服了全校师生,具备一种语言的伟大天赋。以前台上只要有人发言,台下声音往往盖过台上。结果台上发言的人感到别扭,台下的听众也感到枯燥无味。现在罗小刚轻而易举地改变了以往的一切,把发言的人和听众都带进自己的角色里。

召开全校师生大会时,冯大头每天都让罗小刚代替一些班级的师生们在大会上发言。冯大头目不转睛地注视着他,不住地惊叹着。只要罗小刚拿着讲稿站在讲台上,台下就寂静无声,所有师生的目光都朝着同一方位努力地望去。罗小刚一心一意地朗诵着讲稿,而听众也专心致志地听着,人们全副身心地沉入他的声音里。冯大头兴奋地欣赏着台上台下,觉得这才是真正意义上的会场,发言的人和听众没有任何距离互相沟通交流着。

师生们一听到罗小刚的声音,就会产生一种飘飘欲仙的快乐感受。罗小刚在台上发言,可怕的是台下的听众却不知道他具体讲些什么，一心沉入到他语言的世界里。他展示出的精彩声音像一片湛蓝的天空，给听众提供了无限广阔的想象和飞翔的空间。

罗小刚发言后，冯大头上台总结时，台下人人心不在焉。他们坐立不安，东张西望地寻找着，像丢失了钱包似的。叽叽喳喳的说话声很快淹没他的声音。冯大头大吃一惊，他知道自己的声音十分难听，但从没想到过会糟糕到这种程度。以前不管他的声音有多难听，他的话在学校里人人都会认真对待，甚至产生害怕和敬畏。尤其是那些喜欢调皮捣蛋的学生，只要一听到他的声音就会起一身的鸡皮疙瘩，乖乖地收敛恶劣行径。现在连那些调皮的坏学生再也不怕他了。冯大头突然有了一种危机四伏的强烈感受，危机来自四年级学生罗小刚，一校之长的尊严和威信竟叫一个十几岁的学生轻易给夺走了。后悔让罗小刚抛头露面出尽风头。长期下去，罗小刚将把他一校之长的威严剥夺得一干二净，全校师生再也无人肯听他的话，再也不会把他当成校长对待。他的话最终无法约束别人。冯大头十分仓促地结束了发言，像被师生们轰下台一样，狼狈不堪地走下来，脸色十分难看。

不久冯大头又心有不甘地组织一次全校师生大会。他威严而自信地坐在讲台上，镇定自若的姿态叫人不可抵挡。严肃地扫了会场一眼，不紧不慢地说，全体老师同学们，我是一校之长，今天的大会由我一人来总结发言。话音未落，台下就突然炸了场，师生们都不看他，而是齐心协力地把眼睛盯着台下的罗小刚。罗小刚像个罪犯低头坐在人群中。冯大头看到他们的眼睛对着罗小刚射去一种迫不及待的期望。他气愤极了，气愤又无处发泄。他不可能把全校师生都当成敌人打倒。冯大头一心盯着发言稿，坚决不再看台下的反应，毫不妥协地继续发育。情况越来越糟糕透顶。台下的说话声一浪盖过一浪，肆无忌惮地淹没着他的发言。冯大头彻底地失败了，一脸无奈地大喝一声，宣布散会。他颓丧地看着师生们懒洋洋地回到教室。

开会时，冯大头只好让罗小刚重新走上讲台发言。他想不明白，罗小刚的声音竟像魔障一样迷住师生们的心窍。他对罗小刚的声音简直恨之入骨，始终用冰冷的目光冷静地盯着罗小刚和台下如醉如痴的听众。田亮暗中注视着冯大头的一举一动。他是不甘失败的，一定会想方设法地对付罗小刚。

田亮没料到，冯大头会迅速转变态度，不但不阻止罗小冈上台发言，反而积极地支持，热情高涨地投身到他上台发言的准备工作中。每一份讲稿都亲自起草，反复斟酌修改，把自己的思想要求及指示都全面地贯彻在讲稿里。这样一来罗小刚就理所当然地做了他的传声筒。田亮一时像泄气的皮球。

学校的秩序似乎比以前明显有所好转，冯大头发现那些喜欢捣蛋的坏学生变得老实规矩多了。他暗暗高兴，罗小刚没辜负他的期望，同学们没辜负罗小刚的希望。冯大头得意地陶醉在自己的创造中，准备连学校的通知索性也放手让罗小刚去念。他号召着罗小刚，再由罗小刚去号召师生们，不过是多转了个弯，归根究底还是他在领导大家。

学校临时接到镇上的通知，第二天上午有一个检查团要来检查卫生，让学校做好准备工作。冯大头认真地拟写了一份通知，通知各个班级今天放学回家前一定要搞好卫生，迎接检查团的到来。把罗小刚召到校长办公室，让他来广播。冯大头恰好这天下午又要到镇里开会，无法监督各个班级打扫卫生。通知播出去后，他没想到全校竟无一人响应。

第二天早上冯大头来学校后才发现情况不妙，怒火中烧地诘问各班老师,为什么不在放学前打扫好卫生?老师们异口同声地说,我们没有得到通知呀!冯大头脸上的肌肉突突地跳动着,惊讶地说,罗小刚不是在广播里通知了了嘛!老师们都说,罗小刚是在广播里讲了话,但事后我们根本不知道他讲了些什么内容。冯大头惊得张大了嘴巴,这件事真是不可思议。罗小刚明明通知了全校搞卫生,为什么人人只知他讲了话而不知他讲话的内容?大敌当前,冯大头来不及多想,尽快搞好卫生,迎接检查团的到来。

全校师生热火朝天地大搞卫生之际,检查团一行突然莅临,开进学校。冯大头一下子傻了,想过去迎接,两条腿却迈不开步。教训是无比深刻惨痛的。冯大头冷静地想了好几天,才把问题大致想清楚。师生们在罗小刚的声音里迷失了自己。他们一心感受着他声音的动听和精彩,却再也感受不到他说话的意图和目的。冯大头被更大的恐惧和害怕碾碎了,发生的一切实在太可怕了。罗小刚带着全校师生走进一条死胡同里,他们全都沉浸在语言虚幻的美丽和精彩之中,却一点儿看不到感受不到它的实际作用。冯大头擦了擦额头上的冷汗,庆幸自己没有跟着他们一道可怕地堕落,他无比清醒地看到他们在语言方面犯下的惨痛的过错。同时他的脑子里闪过了上一个人,田亮也一定对罗小刚的声音又恨又怕。

放学后冯大头让罗小刚到校长办公室接受他的特殊训练。他关严办公室所有的门窗,拉了窗帘。师生们根本不知道冯大头在里面对罗小刚干些什么?田亮冷冷地注视着罗小刚走进校长办公室,有些兴奋地想,不管冯大头对罗小刚干些什么,反正都对自己有好处。

冯大头别出心裁,要训练罗小刚远离现在语言的这种可怕的美丽与精彩,用另一种无比真实难听的声音与人们对话。这样全体师生就会从他以前的声音里走出来，从而明白他今后所说的每一个字每一句话的真实意图和目的。更不会对他构成任何威胁。这无疑是一个十分艰辛的训练工程,但冯大头对此精力充沛,信心百倍。一定能改造好罗小刚,让他有个彻底的转变,和全体师生们一起更好地适应学校和社会的发展。

冯大头开始用难听的声音念了一例句，就要求罗小刚憋着嗓子跟着念。罗小刚只念了几句,就再也念不下去。他对这种难听的声音十分害怕,突然起了一身的鸡皮疙瘩。憋着嗓子念出的每一个字都像针一样在全身刺疼着。冯大头却欣赏地说,罗小刚,你继续念吧! 直到你完全学会并掌握用这种声音说话。罗小刚又念了几句,再也忍受不了。他痛苦地流下了眼泪,内心对这种装腔作势的声音充满着恐惧感。冯大头却欣赏着他痛苦不堪的表情,强迫他继续念下去。罗小刚又念了几句,只好抱着头在地上蹲下来,恐惧越来越深。他一时感到头痛脑裂,呻吟着说,冯校长,我快不行了,你就放过我,让我回家吧!冯大头十分高兴,他的训练已收到显著成效。挥挥手,让罗小刚走了。临走时对罗小刚说,你明天放学后继续来我这里学习说话。

痛苦像影子一样跟着罗小刚一道往回走，脑子里塞满了各种各样装腔作势可怕的声音。他甚至不想再说话了,渴望能变成一个哑巴。可是冯大头还要继续对他训练下去,直到学会用令人恐惧的声音说话。罗小刚找不出什么地方得罪了冯大头,叫他干什么他就去干什么,为什么还要对他这么狠?罗小刚想了许久,想不明白。他突然灵机一动,打定主意,今后不管冯大头怎样来训练他,都一言不发,把自己变成一个哑巴,摆脱冯大头对他的纠缠。

第二天放学后,罗小刚又来到校长办公室。冯大头正等着他的到来,满意地看了他一眼说,快跟我念。迫不及待地说了一例句。却不见罗小刚的声音跟上来,他低着头一言不发。冯大头气愤地说,罗小刚,你怎么啦?快跟我念。罗小刚紧闭着嘴巴,深深埋下头,拒绝回答说话,变成一个十足的哑巴。冯大头很生气,威逼利诱,一时什么办法都用尽了,罗小刚就是坚决抵制,一声不吭。拿他毫无办法,又不能撬开他的嘴巴。没想到罗小刚小小年纪,颇有心计,居然装起哑巴对付他。冯大头这回又彻底地惨败了。

冯大头颓丧地看着罗小刚离开了。再也想不出办法。没想到身为一校之长,竟然叫一个十几岁的毛孩子折腾得狼狈不堪,威信尽失。而且罗小刚对他的威胁越来越大,甚至会取代他。冯大头不甘失败,不相信连一个毛孩子也对付不了。睁大眼睛苦想着对策,仍一筹莫展。

田亮这时闯进了校长办公室,他的突然出现让冯大头大吃一惊。但随即又镇定下来,盯着他问,田老师,你有什么事吗?田亮笑了笑说,校长,你应该明白,在对付罗小刚时,我们都是同一个战壕里的人。冯大头眨了眨眼睛,才听明白田亮的弦外之音。一时忘了田亮同样也面临着来自罗小刚的威胁。他兴奋地说,你一定找到了对付罗小刚的好办法。

田亮笑而不答。

放学后,罗小刚又被叫进校长办公室。这次冯大头改变了方法,让罗小刚坐下来当听众。他开始用难听的声音朗诵课文,却不要求罗小刚跟着念。他把每一个字都读走了调,每一句都被随意停顿、分割开来,意义也被彻底地改变了。罗小刚目瞪口呆,课文中的每一个字他都读过,它们互相组合在一起,构成了一篇优美动。听的课文。现在被冯大头别有用心地重新组合后,却变成了不堪入耳的语言。罗小刚被里面一些肮脏的词刺疼了,以前他做梦也没想到这些字本身竟是这样的肮脏，他终于看清了它们的真实面目。他对语言突然产生一种更深的恐惧和害怕。用祈求的目光看着冯大头，希望他结束课文的"朗诵"。冯大头对他的祈求视而不见，像上了瘾似的，把一篇完整的课文分割组合成无数肮脏的词汇。罗小刚坐立不安，在心中痛苦地喊叫着，制止着冯大头的无耻行为。他感到自己变成一根被焚烧的稻草，突然发疯地冲出办公室。

田亮在暗中目睹着罗小刚跑远的身影，才闪进了校长办公室。和冯大头的手紧紧握在一起。

一连几天放学后，冯大头都把罗小刚叫到办公室，花样翻新地读课文给他听。罗小刚对语言一次比一次产生一种更深的恐惧和害怕，一个个被冯大头重新组合创造出的新词就像一把把锋利的匕首伤害着他的身体。罗小刚每次被逼得逃出校长办公室。

这天放学后，冯大头又故技重演。在万分痛苦中，罗小刚准备逃离冯大头时，猛然看见田亮闯了进来。田亮看了罗小刚一眼，奔向冯大头，质问他为什么要对罗小刚如此刻薄，犯了哪条校规？冯大头嘿嘿冷笑着说罗小刚的声音破坏了学校良好的秩序，一定要把他的声音改造过来。田亮说，罗小刚的声音维持了学校的秩序，我一定要带走他，不让他受到你的伤害。冯大头生气地说，田亮，我是一校之长，你得无条件服从我，离开办公室。田亮的犟脾气上来了，不肯离开，除非带走罗小刚。两人你一言我一语地争执起来。冯大头气得跳起脚，恶狠狠地骂着田亮。田亮也毫不示弱地跳起脚，指责冯大头独断专横。两人越吵越凶，不大一会儿就开始骂起对方。罗小刚痛苦地看着两人，希望他们的争吵能停下来。但他们反而变本加厉，不断地升级，对骂声也越来越不堪入耳。从他们口中飞出的每一个字都深深刺疼着罗小刚。想逃离他们,越远越好。但他又不能离开,田亮老师是为了他才同冯大头争吵的,不能撇下田老师昧着良心独自逃走,只能眼睁睁地忍受着他们的辱骂声。

双方的争吵更加激烈。罗小刚突然听见冯大头的骂娘声。田亮也咬牙切齿地还击。罗小刚的脑袋像被榔头狠敲了几下,痛得几乎失去知觉。他们都像对这些肮脏的语言具有一种天赋,越骂越恶毒,像烈火一样灼伤了他。罗小刚张了张嘴巴,却说不出一句话。他的身体被恐惧碾碎了。

两人越骂越凶,连祖宗八代都骂上了。罗小刚想逃离这个地方,但他不能扔下田老师。从他们口中飞出的每一个不堪入耳的脏字像风一样灌进罗小刚的耳里,对语言产生的巨大恐惧再次抓住他,吞噬着他,可怕地肢解着他。罗小刚呻吟着说,

冯——冯——冯校——校一……长,田——田老——老——老师,我——我——求——求你——你——你们——不——要——再——吵——吵——吵啦!他突然开始结巴了,说话的声音也仿佛全变了。

冯大头和田亮互相欣赏地对望了一眼,并没停止争吵,反而越吵越凶。肮脏的咒骂声像火山般喷发出来。罗小刚感到在对语言的恐惧中深不见底地坠落下去,他愤怒而绝望地发出一声怒吼,你——你——你——们——不——不——不要——再——再吵——吵——吵啦!他的结巴越来越厉害,声音也越来越难听。罗小刚眼泪一下子涌出来,痛不欲生地抱头冲出办公室。

冯大头和田亮无比亢奋。他们成功地解除了来自罗小刚的威胁。冯大头决定第二天召开一次全校师生大会,让罗小刚在会上发言,全校师生都来见识他的结巴,对他彻底地死心。

第二天，罗小刚面色苍白地来到学校。田亮交给他一份讲稿，是份决心书，让他开会时上台宣读。罗小刚默默地接过，对田亮感激地点了点头。

又站到了讲台上。罗小刚突然产生一种恐惧。手里拿着决心书，竟有些微微颤抖。谁也没有注意到他的这种变化。台下师生们像往常一样习惯地朝同一个方向看去。尽管那地方什么也没有，只有阳光在上面渲染出一些悲壮的色彩。师生们满怀期望地看到罗小刚精彩动听的声音在阳光里闪现。冯大头和田亮都暗中有些紧张地盯着罗小刚。

罗小刚仇恨地看了冯大头一眼后，把眼睛放在决心书上。他开始朗诵。

决——决——决心——书红——红星——小——小学——全——全体——师—师生——决——决——决心……

他变了调的结巴声让台下的听众不寒而栗，都站起身紧张地盯着他。冯大头和田亮的脸上闪着兴奋，他们的双眼不由自主地笑了。

罗小刚继续结结巴巴地朗诵着，感到全身都离开了对语音的痛苦和恐惧。他一边读一边涌出了热泪。他知道自己再也离不开结巴了。

导读:在一个宁静的小村庄里,二愣子他正是青春鼎盛的时候,满腹的情欲无处去释放,这可憋坏了二愣子。可村子里哪只是二愣子一个人苦,曹大山和乔青叶两夫妻也度日如年的,曹大山在外头赚了钱,养着女人,乔青叶在家守着活寡。一个晨雾弥漫的早晨,三个人走到了一起。

晨雾缠绕

二愣子出门时,天已亮了几分。冬天的早晨被晨雾藏得很深很深,不到日上三竿是不会让人看清它的面孔。

远处空空荡荡的田野、近处满满实实的村庄被晨雾紧紧缠绕着,在雾霭中隐隐现现,透着早晨的朦胧、宁静、安详,又藏着一种莫名的躁动。就像同桌冯小翠,二愣子觉得她如同这浓雾中的田野村庄,让人看不清,更让人看不懂。二愣子觉得自己一下子迷失在冯小翠的田野村庄里。

二愣子刚吱地一声拉下了门闩,奶奶的声音就从她的房间里追了过来:二愣子,去了学校咱就要一门心思地用功读书,咱不和人家比吃的比穿的,咱和人家比一比志气,看谁的长还是短……

奶奶,别说了,这话都让我耳朵生茧了。二愣子嘟囔了一句。

每天大清早二愣子去上学时,奶奶都会唱上这么一段雷打不动的词。二愣子都怀疑奶奶再也不会说别的话了。

二愣子声音小得只有自己才听得真,可奶奶耳尖,还是把二愣子的每个字都捉了去。

奶奶都六十好几了，眼不花耳不聋的，比年轻人还要厉害得多。二愣子常听奶奶跟人唠叨：梁家的猫夜里蹿上了蒋家的屋顶；曹家的狗夜里吠了四、五阵；冯家当家的半夜里才回来，那脚步深深浅浅的，一听就知道是去邻村的干亲家喝酒回头的；陈家三更天还开院门去茅厕拉屎……似乎村里夜里发生的事没一样能逃过奶奶的耳朵，二愣子总觉得奶奶整夜整夜的没合上眼，不然她咋会知晓夜里村里发生的这么多的事。可二愣子又觉得不全是，夜里奶奶的房间一点声息也没有，奶奶像睡熟了一般。

二愣子觉得奶奶也如同这浓雾中的田野村庄，让自己一下子迷失在里面。

二愣子，谁叫你苦命，没爸教没妈养的，这些话奶奶不说就没人说给你听了。奶奶叹着气说。

二愣子，你有很重的心事，奶奶听见你在夜里不住地叹息，还不止一次地哭了。

刚一拉开门，一团团的冷气就猛扑过来，立马将二愣子困住了。二愣子使劲跺了跺脚，蜷着身子钻进了雾霭之中。

奶奶真厉害！似乎什么事都逃不过她的眼睛和耳朵。夜里二愣子哭过，还不止一次地哭了。但二愣子是咬着被褥的。没有发出一点声音。泪水口水将被子洇湿了一大片。

二愣子的泪水是为同桌冯小翠流的。这几天冯小翠突然就跟他翻脸了，像彻底变了个人，对二愣子不理不睬，冷得像冰窖。冯小翠突然就跟陶书怀打得火热，两个人眉来眼去的，就差在课堂上拥抱了。陶书怀的爸原先在城里的路边摆馄饨摊，后来不知遇上了什么人，与人合伙承包了一家大酒楼，现在钱多得没地方花。陶书怀读书读得一塌糊涂，钱花得一塌糊涂，恋爱也恋得一塌糊涂,跟许多女同学的关系更是剪不断理还乱。以前陶书怀根本不在冯小翠眼里,冯小翠说像陶书怀这样的花花公子,那个女孩和他好就是大傻帽儿。如今冯小翠像个大傻瓜突然就跟陶书怀异常热乎起来。冯小翠还说陶书怀为人大方,像个男子汉,而二愣子太抠门了,每年连个生日礼物也见不着影子。二愣子心里像下刀子一般难受。

出了门,将奶奶的唠叨一下子甩开了。二愣子尽量不去想那些烦心的事,但冯小翠的身影就是在他面前晃来晃去,怎么也赶不走。

冬月是霜冻的季节。霜把大地变得更加沧桑沉重了,土路两边尽是枯草,深深地伏在地上。二愣子踩着土路两边的枯草与冻土,发出了咔嚓咔嚓的声音。二愣子心底升起了一种莫名的快感。

雾似乎又浓了几分,互相缠绕在一起。在村口的一处水塘边,二愣子和村头的曹大山夫妻俩相遇了。

曹大山两口子拎着大包小包的,一看就知道是赶去县城的早班车。妻子乔青叶和曹大山贴得很近,两人有说有笑的,一点儿也不像闹婚变的样子。

二愣子想拐上另一条土路,避开曹大山两口子。

曹大山还是二愣子的爸做包工头时带到城里做泥水工的,后来,二愣子爸做了更大的包工头,曹大山也出息了,当起了包工头。当了包工头的曹大山很快就做了陈世美,把乡下的妻子乔青叶抛到了脑后,跟工地边上的一个发廊妹好上了。曹大山认了发廊妹作干妹子,还把干妹子带回了村里。曹大山是一心要跟妻子乔青叶离婚,但乔青叶死活不离。乔青叶不仅不离,也认这个发廊女作干妹子。村里人原以为这下有好戏看了,曹大山居然把发廊妹带回家,这是给乔青叶搂把柄的,乔青叶攒着了把柄,这还不和曹大山闹得天翻地覆,将这个发廊妹赶出门去。谁也没想到乔青叶倒上演了一曲村里人怎么也不明白的戏:乔青叶不仅不大打出手,还认作干妹子,杀鸡宰鸭的款待干妹子,像过新年似的。两个人在一起总是有说有笑,亲亲热热的,看上去比亲姐妹还要亲。一看见村里人,乔青叶就笑盈盈地亮起粉藕般的玉腕,一只金手镯在熠熠生辉。乔青叶说这是干妹子送给,还说自己是有福之人,白捡了这么一个通情达理的好妹子。曹大山灰头灰脸地和干妹子返城时,乔青叶把干妹子一直送上了去县城的早班车。临别时,乔青叶还当众落了一大把眼泪,依依不舍地嘱咐干妹子下回再来,一定要来。

村里人先是看得目瞪口呆,后来又一个个对乔青叶竖起了拇指头。

后来,曹大山虽然还和乔青叶闹离婚,但没有以前那么激烈了,只是三、五个月才回来一趟,在家住上那么一个晚上又猴急似的匆忙忙赶回城里。乔青叶又大包小包地让曹大山给干妹子捎乡下的土特产,乔青叶逢人就乐陶陶地说城里的那些食品就跟乡下的垃圾一样,都是农药激素什么的喂出来的,那是人吃的,像干妹子这种嫩的掐出水的妹子还是多吃乡下的土特产好。

二愣子看见过曹大山的干妹子,一个清清纯纯的女孩子,那眉宇间的神情跟冯小翠有几分相似。二愣子怎么也想不明白,这么一个清纯的女孩子咋去做发廊女,咋心甘情愿地跟定曹大山这样的包工头。

这时,曹大山一眼瞥见了二愣子,他叫了声:二愣子。

二愣子佯装什么也没听见,扭过头去,朝另一条土路拐去。对这个曹大山二愣子在心里还真瞧不起他。可村里人不这样认为，他们都认为曹大山有本事，不仅让发廊妹像蜜糖似的粘着他，还摆平了乔青叶。让两个女人都围着他团团转。这两个女人都长得跟蜜桃似的。

志远，上学。乔青叶亲亲热热地说。

二愣子身子一震。张志远是二愣子的大名。他多久没听人叫他的大名了。认识的不认识的人都喊他二愣子，奶奶喊他二愣子，村里人喊他二愣子，老师同学们也喊他二愣子。以前只有同桌冯小翠一字一字地叫他的大名：张——志——远。冯小翠的声音很好听，在二愣子的心里掀起了一阵波澜。从那时起，二愣子心里对冯小翠就有了一种很特别很温馨的感觉。可现在冯小翠跟他闹翻了，也怪腔怪调地叫他二愣子了。二愣子一听冯小翠的声音心里就堵得难受。

这个乔青叶还牢牢记着他的大名，还叫他志远。有时连二愣子也忘记了自己的大名。

青叶婶。二愣子有些激动地应了一声。

志远，和青叶婶一道走，说说话儿。

噢。二愣子应了一声，身子不由自主地拐向了乔青叶这边的土路，和乔青叶走在一起。

志远，天冷了，要穿暖和点，可别冻着了。乔青叶见二愣子的衣服单薄了些，关切地说。

二愣子心中一暖，似乎很久都没人这样叮嘱关心过他。奶奶永远是那么一句千年不变的话：二愣子，天冷了，记着穿衣服。

我记着青叶婶的话。二愣子脆生生地应了一声。

二愣子，你咋对你大山叔有成见了，倒跟你青叶婶亲热了。曹大山粗声粗气地说。

去你的，人家都长成大小伙子了，都能娶房媳妇了，你还成天叫人家的小名。你说,志远的心能跟你热乎嘛,能从心里叫你大山叔嘛。你一个包工头大老粗,成天只知道和红砖啊钢筋水泥的打交道,你咋懂得别人的心!乔青叶轻轻地擂了曹大山一拳,娇嗔着。乔青叶的目光和二愣子的目光碰在了一起,她忽然意识到二愣子在场,脸腾地红了。

二愣子呆了一下,这个样子的乔青叶很美很美。那年冬天,一个漫天飞舞着雪花的下午,新娘子乔青叶围着一条粉红色的纱巾,娇嫩的漂亮脸蛋泛着丝丝羞涩,顶着片片晶莹的雪花天使般地把自己呈现在迎亲的躁动的人群面前。所有的人都感到面前豁地一亮,连呼吸也忘记了,突然就寂静下来,几十双眼睛一起凶巴巴地紧盯着新娘子乔青叶。乔青叶羞红了脸,扭着腰肢逃离了迎亲的人群。突然有人使劲咽了咽口水,喊了声:有才,咋不放鞭炮呢?

一个叫有才的半大小子慌里慌张地应了一声,手忙脚乱地去点长竹竿高挑起的一串长长的鞭炮。

噼里啪啦的鞭炮声响起时,有人喊了声:这个曹大山,咋这么有福气,娶了个画里的女子。

当年二愣子也在这迎亲的人群里,那时的乔青叶真的很美很美,二愣子觉得乔青叶比画里的女子还要美上好几分。那时二愣子心里埋下了一个朦胧的念头:自己将来找女人的话,也要找乔青叶这样的只有画里才有的女子。

当年"有才,咋不放鞭炮呢"这句话很快成了村里人取笑曹大山和乔青叶的一句口头禅,也成了村里人形容女人漂亮的一句歇后语:有才——咋不放鞭炮呢。那时大概谁也不会想到,日后曹大山会和这画里的女子乔青叶闹起了婚变。

二愣子想起了当年新娘子乔青叶进门时的情景,突然无声地笑了一下。

志远,你在笑青叶婶!乔青叶捕捉到了二愣子的笑,她拉在了曹大山的身后,突然贴近了二愣子,悄声问:志远,你笑青叶婶什么呀?

二愣子摇了摇头。

志远,不老实的话当心青叶婶打你的屁股。乔青叶轻轻地扬起了手。

我想起了当年青叶婶当新娘子时的情景。二愣子又笑了一下,轻声说。

哦。乔青叶也笑了一下,脸又腾地红了。

青叶婶,你真的很美很美……二愣子把压在心里的话吐了出来。

志远,你青叶婶真的很美很美,跟画里一样?

二愣子点了点头。

志远,你真的喜欢青叶婶?

二愣子点了点头,脸腾地红了。

你大山叔不喜欢画里的人了,志远,你喜欢青叶婶就把青叶婶娶回家!乔青叶突然大声地说,像是说给二愣子听,又像是说给曹大山听。

青叶,当着二愣子的面,你说这种抠气话干吗!曹大山有些生气地说。

青叶婶,我一定把你娶回家。二愣子一字一字地说。二愣子猛然间觉得自己真的一下子长大了,像雨后的春笋,猛劲往上蹿的不仅是身体,还有心底莫名的欲望。

二愣子,想女人了,到时让你青叶婶给你说房媳妇。曹大山突然哈哈大笑起来。

志远还要读书上大学,将来寻个城里书香人家的好女儿,不像你曹大山也就这点儿出息。乔青叶揶揄道。

青叶,当着二愣子的面,你把话头又扯到那了。曹大山被扫了兴致,生气地说。

天地间仿佛突然就寂静了下来。

晨雾越来越浓,粘在人的身边,将人团团包围着。土路似乎在田野深处迷失了,看不到尽头。飘来荡去的晨雾将原本空荡荡的田野填得满满的,一些草垛在隐隐约约地闪现着。身后的村庄已有了早起的人声,隔着无尽的晨雾仿佛恍如隔世。二愣子瞟了一眼乔青叶,又看了看曹大山,两个人的面孔在雾中藏得很深,似乎在各想各的心事。

二愣子突然觉得生活中的人都被这迷雾藏起来了。乔青叶、冯小翠、妈妈、爸爸、曹大山……还有自己,都把自己藏得越深越好,不让别人轻易看到自己。

乔青叶也看了二愣子一眼。

志远,等你青叶婶得空了,青叶婶给你织套毛衣。志远,瞧你身上的这件毛衣还是彩蝶嫂当年织下的,这袖口都脱线了。

青叶婶,谢谢啦!我妈织的这件毛衣还暖和呢。二愣子推辞说,他突然有些紧张,他真怕自己这么一说乔青叶就不给他织了,他心里特想拥有乔青叶一针一线亲手织的线衣。

志远,青叶婶得空了一定给你织套线衣,跟彩蝶嫂织的一样暖和。乔青叶又看了二愣子一眼,说。

谢谢!二愣子仿佛一下子回到了童年,那时夜深人静,二愣子一觉醒来,总发现妈妈坐在床头不是飞针引线地纳鞋底,就是一针一线地织毛衣。夜晚柔和的灯光也洒满二愣子心底的每个角落。如今,二愣子在漆黑的夜里一觉醒来,却再也寻觅不到灯光下妈妈的身影,只有枕边的孤单和不知何时落下的泪痕。

二愣子的双眼不知不觉潮湿了。

二愣子,你妈抛下你一走这么多年,一点音信也不见。二愣子,不要再记恨你爸了。你爸好歹还供着你上学读书。曹大山挠了挠头,突然说。

曹大山的话像在二愣子心里砌了一垛墙。

一提起妈妈,二愣子心里就堵得慌,难受得慌。爸爸和妈妈离婚后,妈妈成天以泪洗面,没多久妈妈就只身一人去浙江打工去了。一晃几年过去了,妈妈不仅没回来过一趟,连个音信也没有。但听邻村的同在浙江打工的人说二愣子妈妈嫁了个本地瘸腿的老头,那老头家里很有钱,但那老头嗜酒如命,一酗酒就六亲不认,就对二愣子妈妈下毒手。当地人都以为这女人跟这瘸腿的老头过不了几天,但二愣子妈妈硬是咬紧牙把日子挺了下来。都不明白这个外地的女人到底图个啥,就这样心甘情愿地充当这老头发泄酒疯的工具,自己糟蹋自己!

村里人也看不懂。

有时奶奶冲二愣子说,你那个狠心的妈,也不回来看看娃儿,好像娃儿不是她亲生的。

二愣子说,奶奶,妈妈有自己难处,我一点儿不恨妈,妈妈恨爸! 我也恨爸! 是爸让妈妈活得不像个人样。

只有二愣子明白,妈妈虽恨爸爸,但心里藏得最深的还是爱。妈妈这样糟蹋自己,是因为始终放不下自己心中对爸爸的爱恨。当年爸爸和妈妈相爱,那时爸爸家一贫如洗,妈妈不顾自家人的绝然反对,与家人决裂后毅然嫁给了爸爸。

儿大不由娘,二愣子,你爸是有错,可你不能一辈子记恨着他。他可是你亲娘老子啊。老天啊,我这是造的哪门子孽啊! 奶奶呆了一下,就伤心地哀叹着。

对爸爸二愣子心里填满了恨,自从他和妈妈离婚后,二愣子再也没有叫过他一声爸。二愣子爸很少回家,有时匆匆回来住上一宿又急匆匆地走了。二愣子从不和他说话,甚至吝啬得不去看他一眼。他和爸之间不仅隔着一道山梁,还像隔着雾茫茫的天地。

有几次,二愣子爸看着儿子倔强的身影,张了张口,虚弱地叫了声:二愣子……再也无话。

奶奶在一旁叹息说,二愣子,快喊你爸! 二愣子,你做儿子的怎么能不认你爸呢! 造孽啊! 张家这是造的哪门子孽啊!

二愣子一闪身到了屋子外面。

你们男人的良心真让狗给吃掉了。彩蝶嫂容易嘛,一个人人生地不熟的在外打工,不回来肯定有自己道不出的苦衷。母子连心,彩蝶嫂走到那心里能不揣着志远嘛! 可彩蝶嫂的苦处难处你们这些男人谁懂啊! 乔青叶白了曹大山一眼说。

二愣子感激地看了看乔青叶,他觉得青叶婶和自己的心是相通的,青叶婶的这番话也是自己掖在心坎里的话。

在村里,妈妈不仅是个要强的女人,而且善解人意乐于助人。爸爸和妈妈离婚后,妈妈像被彻底打垮了,变成了另外一个人,再后来妈妈不愿面对村人复杂的目光,独自离开了这个让她伤心的地方。

有那么几次,二愣子接到过一个奇怪的电话,对方先是一点声音也没有,像是在屏住气息等他说话。二愣子刹那间明白了,他急急地叫了声妈妈……泪水泻了下来,二愣子多年憋在心里的许多话一下子涌上来,就像泄洪时却怎么也打不开闸门,情急之下一句话也说不出。电话是一阵无声的啜泣声。接着无声地挂断了电话。

是妈妈。二愣子捏着话筒呆立了许久。

后来,二愣子按来电显示的电话号码回拨过去,被告知是公用电话,电话里是一片嘈杂的人声。

后来,妈妈又用不同的公用电话给二愣子打过好几次电话,妈妈在电话那边还是一句话不说。有次二愣子急了,说妈妈,我知道您在外面过得不好,妈妈,你还是回来吧。又是一阵无声的啜泣,接着妈妈就无声地挂断了电话。

妈妈打来电话的事,二愣子对谁也没提起过。

青叶婶,我妈打过几次电话回来,我对奶奶也没提起过。我妈不愿回来再面对这让她伤心的地方……二愣子突然有了一种向乔青叶倾诉的欲望,这几年发生的许多事一直压得他心慌慌的。

二愣子,不要再记恨你爸了。你爸是打心里爱你的……曹大山说。

我恨他干什么,我早已不拿他当什么爸了,我只有妈妈。二愣子剜了曹大山一眼。

二愣子那一眼让曹大山在心里猛地打了个激灵。曹大山惊愕不已:二愣子这孩子埋在心里的恨咋这么深!

谁都没有再说话。四周一下子安静起来,只听见三个人湿湿的脚步声。这种安静藏在晨雾中,一下子变得很可怕。

晨雾又浓了几分,围着他们三人转来转去。二愣子觉得自己怎么也走不出这浓雾的包围。

国道在前头若隐若现着,镇上隐约的嘈杂声在迷雾中听起来有些不真实。二愣子加快了步子,想远离曹大山,可他瞄了一眼乔青叶后,步子又缓下来。

一阵手机的铃声突然打破了眼前的寂静。曹大山瞟了乔青叶一眼,就到一边接起了电话。

干妹子。是你呀。

我也想你。是好想好想的那种!

干妹子,你哪里想呀?

哈哈哈,我坏我坏……

我快到镇上了。

你干姐送我上车呢!你干姐还捎了一大包吃的给你。

好好好,我代你谢谢干姐。

中午你去车站接……

二愣子瞥了神采飞扬的曹大山一眼,又看了看面无表情的乔青叶,但乔青叶眉宇间一闪而过的羞耻与痛苦还是让二愣子一眼捕捉到了。

二愣子突然十分同情起乔青叶,这个曹大山竟然敢当着青叶婶的面调情,在青叶婶的心上扎刀子。我要是娶了青叶婶,我一定要好好珍惜她,决不让她受一丝一毫的委屈与伤害。一想到娶青叶婶,二愣子的脸突然臊红了。娶青叶婶的这种念头在他心里一个劲地疯长着。

乔青叶这点根本无法和妈妈比。在爸爸面前,妈妈始终保持着自己做人的尊严。妈妈的这种尊严让爸爸从不敢拿妈妈不当人看,他甚至对妈妈产生了莫名的敬畏。二愣子又有些生乔青叶的气。在曹大山面前,青叶婶为什么不能像妈妈一样让尊严说话呢!

曹大山,当着青叶婶的面,你就和那个发廊妹打情骂俏的。曹大山,你还是人嘛!二愣子不知从哪来的勇气,冲曹大山喊了一声。

曹大山吓了一大跳，叭的一声关了手机，停下身子怔怔地看着二愣子问，二愣子，刚才是你在说话吗？

乔青叶也像不认识似的，怔怔地看着二愣子。

我是替青叶婶抱不平，村里人都说青叶婶是一枝鲜花，你曹大山不过是一堆走运的牛粪。想不到你这牛粪还反过来嫌弃鲜花。二愣子挺了挺胸说。

哈哈哈……曹大山突然大笑起来，说，二愣子，你青叶婶都说你能娶房媳妇了，你大山叔说你还是个没长大的毛孩子！二愣子，你个毛孩子懂什么呀！哈哈哈……二愣子，等你那天真的长大了，你就会像我一样！像你爸一样！不会嫌媳妇多的。媳妇嘛，是男人的面子嘛！二愣子，村里人说的一点没错，我曹大山是一堆牛粪，我这牛粪上还插了两枝鲜花，可村里的那些牛粪上面插过鲜花嘛？！他们一个个干瞪着眼，嘴巴里不干不净地骂我和你爸，心里不知有多羡慕我和你爸呢！二愣子，你妈一点不像你青叶婶，不能做到与人和平共处，眼里容不得沙子，你爸是被你妈逼紧了才走到离婚那一步。你看你青叶婶，现在比村里的那些女人都活得好：吃的穿的用的那样都不愁，我没让你青叶婶受一丁点委屈。二愣子，你再看看村里的那些女人，日子过得皱巴巴的那叫日子嘛！……

二愣子心中有种说不出的愤怒，他想骂曹大山，可他努力地张着嘴巴，怎么也发不出一点声音……

大山，你怎么能跟志远说这些话呢，志远还是个孩子。乔青叶嗔怪地说。

曹大山挠了挠头，突然就不吭声了。

不会的，长大了我不会变成曹大山一样的男人。长大了我不会变成一个坏男人的。但人会变的，从前爸爸和妈也很恩爱。爸爸刚去城里做泥水工时常回家,走时还恋恋不舍的,后来做了包工头爸爸不知不觉回来得就少了,人也变了,偶尔回来心神不定地住上一宿又匆促地赶回城里,再后来慢慢地传出爸爸在城里找了个年轻漂亮的女孩……难道人真的会变……二愣子有种说不出的莫名的恐惧。像在激流的漩涡里苦苦挣扎着,二愣子有些绝望地看着乔青叶,这种恐惧与绝望到底来自哪里,二愣子自己也说不清。

天地间仿佛又寂静下来,只听见三个人深深浅浅的脚步声。

一轮毛茸茸的红太阳突然跃上了远方的山顶,阳光嫩生生的,在迷雾中闪现着。

国道在前头显现着,能看见来来往往的车辆。镇上的嘈杂声越来越真实。也许马上就要离开家了,曹大山猛地感到精神一振,他呼出了一团长长的雾气。

青叶,钱不够用了就给我吱一声,我立马打钱到你的账户。曹大山豪气万丈地说。又似乎在无话找话。

乔青叶不接曹大山的话,她猛地转过身,看着二愣子轻声说,志远,有空的话上青叶婶家,跟青叶婶说说话儿,你青叶婶一个人在家闷得慌。

二愣子感到自己的心要跳出胸膛了,他看了看尴尬的曹大山,又看了看神情淡定的乔青叶,突然有些挑衅地说,青叶婶,我一准上你那儿去,陪青叶婶说说话儿。

二愣子又瞥了曹大山一眼,突然对乔青叶伸出手说,青叶婶,咱俩拉钩钩!说话算话。

乔青叶愣了一下,突然就好看地笑起来说,好,拉勾勾!乔青叶的小拇指就和二愣子的小拇指紧紧勾在一起。

勾着乔青叶的小拇指,二愣子心里一阵莫名的悸动。

志远,你青叶婶一个人在家,不像你大山叔在城里天天有干妹子陪着说话解闷。乔青叶讥讽地说。

青叶,你今天怎么啦?怎么当着二愣子小孩面说这种怄气话。青叶,有什么话不能好好说嘛!曹大山生气地说。声音一下子变了调。曹大山一肚子气似乎窜到了嗓子眼上。

曹大山,我说的那样不是事实,你在城里不是成天有干妹子陪着说话解闷!你替我想过嘛,我一个人苦熬过了白天,那黑灯瞎火的长夜我一个人是怎么过来的,你懂嘛!我想上城里你还一个劲地拦着我。你不就是怕我碍着你,你好和你干妹子风流快活。曹大山,我乔青叶这过的什么日子,我这图的是什么呀……乔青叶说着就轻声哭了起来。

曹大山有些不知所措。

气氛一下子僵了起来。

二愣子怜悯地看着乔青叶。乔青叶伤心流泪的样子更加楚楚动人。

太阳已升到了一竿子高,突然就焕发出万丈光芒,阳光在雾气中折射出了一个如梦似幻的冬天的早晨!

青叶婶,我陪你说话。和你做伴。你就不冷清了!二愣子大声地说。

青叶婶有志远陪着说话做伴。青叶婶就不冷清了。乔青叶抹了抹眼角的泪水,破涕为笑。

到了镇上,看着脸上有了笑容的乔青叶,二愣子曾经被冯小翠掏得空落落的心被乔青叶填得满满实实的。

与乔青叶、曹大山分开后,二愣子有些不舍地上了另一条通往镇里的路。

路上有三三两两的学生。

分手时,乔青叶突然转过身走近二愣子,抻了抻二愣子后背的衣服。二愣子后背的衣服不知何时有了皱褶。

乔青叶的这个细心的动作让二愣子心中一热。从前妈妈也常去抻他后背的衣服,把他后背衣服的皱褶抻平。

二愣子想说什么,但张了张嘴,一句话也说不出。

二愣子最后深深望了乔青叶一眼。

下面的故事是乔青叶一次又一次向村里人叙述的这天深夜发生的事情全部经过。

这天深夜,寂静的夜仿佛收敛了所有的声音,静得让人不安。乔青叶就在这样的寂静中醒来了,一缕缕朦胧的月光透进来,又被窗帘打了折扣。乔青叶睁开了惺忪的睡眼,她猛然发现床前伫立了一个黑影。有那么片刻,乔青叶以为遇见了传说中的鬼,吓得魂都飞出了屋外。乔青叶一动也不敢动,她猛地想起鬼是最怕灯火的。乔青叶哆嗦着悄悄地伸手去按下了床头灯的开关。

灯光亮起的那一刹那,乔青叶的心也蹦到了嗓子眼上。灯光亮起后,那黑影不但没消失,而是真真切切地立在床前。

是二愣子。乔青叶反复用力揉着眼睛,不错,真是二愣子。乔青叶怎么也不敢相信这个黑影是二愣子。

二愣子,怎么会是你? 这么深的夜里你来我家做什么? 二愣子,你又是怎么进我家的? 二愣子,你想干什么? 你到底想干什么? ……

二愣子见被发现了,傻呆呆的一句话不说。

二愣子,你快说话呀。乔青叶开始缓过神来,二愣子还是个孩子,她怕吓坏了这孩子,一个劲地说,二愣子,坐坐,和青叶婶说说话……

青叶婶,对不起,我做错了,我罪该万死……二愣子丢下了这句话,突然发疯似的跑出了房间,一头扎进了漆黑的夜里。

二愣子这孩子到底是咋回事?乔青叶不放心二愣子,想把二楞子送回家,交到他奶奶手里。乔青叶忙披着衣服冲到了屋外。

二愣子早已不见了,二愣子一下子消失在黑夜深处。

二愣子,快回来,青叶婶不怪你,青叶婶送你回家,二愣子……乔青叶一声声地嘶喊着。

乔青叶的喊声惊醒了整个沉睡的村庄。村里人纷纷起床,从四面八方涌向乔青叶家。

村子沸腾了。

乔青叶的邻居梁霜花第一个赶到乔青叶家,她一眼就看到了被二愣子丢弃在地上一把锋利的刀子,二愣子就是用这把锋利的刀子从门缝里拨弄开了乔青家的门闩,溜进了乔青叶的房间。

梁霜花说,她躺在床上听见了刀子拨弄门闩的响声,她以为是老鼠弄出的声音,所以没放在心上,没想到一时大意,倒害苦了乔青叶。乔青叶在房间里对二愣子说的那些话她躺在床上句句都听到了。

梁霜花还说,乔青叶看见她就像溺水的人捞着了一根救命草,倚在门框上有气无力地说,霜花嫂,快去找二愣子!我要把二愣子送回家,交到他奶奶手里。青叶这女子就是心太好,心太善了,你看她对她干妹子那个好,换了别个早拿刀子砍了干妹子。

一村人唏嘘不已。

二愣子不见了。

乔青叶哭喊着让村里人帮忙找二愣子,她不怪二愣子,二愣子还是个孩子，是孩子就有做错事的时候。她一定要找到二愣子，把二愣子送回家，交到他奶奶手里……

一村子人帮着乔青叶四处找二愣子。不找到二愣子，村里人都觉得自己像亏欠了乔青叶似的。

一村子人都找不着二愣子。

乔青叶这几天迷迷糊糊地发着烧，说着梦话。一阵清醒一阵迷糊。乔青叶清醒时说她一定要找到二愣子，把二愣子送回家，交到他奶奶手里……迷糊就喊鬼，鬼，我见着鬼了……

梁霜花一直尽心尽力守护在乔青叶的床前。

二愣子的奶奶颤着身子来到乔青叶床前，给乔青叶赔礼道歉。

乔青叶那一阵正好清醒，她流着泪哽咽着说，我对不起奶奶，我没有把二愣子送回家，交到奶奶您的手里……

二愣子的奶奶说，张家造的孽太多，怎么能怪你呢。青叶，奶奶对不起你，向你赔罪，奶奶给你跪下了……

二愣子投了水，尸体是村里人几天后在一处水塘边发现的。

二愣子这孩子没妈养没爸教的，才走上了这条不归路。村子人说。

青叶这么心善的女子，咋遭着了这场劫难！村里人还说。

乔青叶只要一闭上眼睛，眼前就仿佛有一个黑影在晃动着。村里人替乔青叶请来了神婆招魂驱鬼，乔青叶才慢慢合上眼睛。

二愣子爸爸赶回村子处理完儿子的丧事，要接二愣子奶奶去城里的家，二愣子奶奶不认儿子，将儿子赶出了家门。

二愣子——回家噢——二愣子——跟奶奶回家——二愣子不害人了……这天凌晨，二愣子奶奶颤巍巍的喊声突然打破了村子的寂静，在村子上空回荡着。

曹大山赶回了村子，将病恹恹的乔青叶接去了城里养病。

二愣子——回家噢——二愣子——跟奶奶回家——二愣子不害人了……每天的凌晨，二愣子奶奶颤巍巍的喊声第一个打破了村子的寂静，在村子上空久久回荡着。

五月桑椹熟了

村子里到处飘着一股股诱人的甜味时,我们都知道那是村主任家的桑椹又熟了一些。村主任家的桑树又高又大,挤满了他家的小半个院子;结的桑椹又大又饱满,一到成熟的五月,像挂着满树的紫水晶,馋得人直淌涎水。

那些招人怜爱的紫红桑椹大多时候只出现在我们夜晚的梦里。桑椹成熟的五月,我每天晚上不止一次梦见自己变成一个飞人,在黑暗中煽动着一对翅膀,悄无声息地飞落在村长家的桑树上,将那些馋人的紫红桑椹装满了身上的所有口袋,然后满载而归地逃离了村主任家的桑树。

村主任家的院墙高不可攀。白天,我们三五成群地在村主任家附近别有用心地游荡着,不时地望着村主任家难以逾越的高墙发呆。那些紫红的桑椹高挂在树上,一串一串地簇拥着,让人又爱又恨。我们两眼直勾勾地盯着熟透的桑椹,只能使劲地咽口水。有时嘴角的涎水不知不觉地挂下来,沾着肮脏的尘土在地上打了几个滚,然后慢慢地洇进黑得发亮的土里。有时我们对着高大的桑树故意使劲咂着嘴巴,像大口大口永不知足地嚼着甜甜的桑椹。多数时候，我们会在村主任家的院墙外一字排开，望着紫红的桑椹，一齐津津有味地咂着嘴巴，像比赛似的看谁咂得最响亮。这时，我们的嘴巴发出一阵阵吧嗒吧嗒的声音，像密集的机关枪在扫射着，然后我们傻乎乎地互相对望着，一脸满足的憨相，一起吃吃地笑着。

全民微阅读系列

　　桑椹成熟的五月，反正不用去上学了，我天天都要去村主任家附近溜达上一阵。村里的小学是一处有着上百年历史的破败的祠堂改成的，年久失修，不久前一个深夜在一场暴雨中轰然倒塌了。村里的孩子都放假在家，等新的学校盖好了才能去上学。我远远地避在一边，冷眼看着伙伴们对着桑椹咂着嘴巴。我从不加入他们的队伍，一看到他们咂嘴我就在心里跺着脚骂他们没出息。实在好没出息。

　　村主任女人王铁梅高兴的时候，会哐啷一声拉开沉沉的铁门，蓬头垢面地突现在我们面前。他们立即争先恐后地涌过去，巴结地围着王铁梅亲热地叫着大婶、王大婶。殷勤地喊叫声此起彼伏，过了好久才平息下来。王铁梅的目光眯眯地在一张张脸上滑过，原本就小的眼睛挤成了一线亮光光的隙缝。村主任女人王铁梅饶有兴趣地说小馋鬼们，王大婶刚起床，想解解闷，就听听你们咂嘴巴的声音，王大婶倒要看看你们谁咂得最响。他们互相望了望，一个个都很卖力地咂起嘴巴，砸得比平日更响，吧嗒吧嗒的声音一阵紧过一阵。王铁梅脸上的肌肉拧成了几堆，紧张地颤动了几下，突然间又爆开了。王铁梅开心地大笑着，笑得弯下了腰。王铁梅哎哟哎哟快活地喊着肚子疼，哎哟——哎哟，王铁梅的声音有些黏人。

　　笑够了，王铁梅才霍地直起腰，喘着气说，小馋鬼们，别再逗王大婶了。王铁梅这才发现站在一旁的我并未跟着他们一起咂嘴,王铁梅用手指一点我,立即阴着脸不高兴地说,点点,你怎么不跟着他们一道咂嘴?伙伴们立马讨好地抢着答道,点点从不跟我们一样咂嘴,王大婶,你不给他桑椹吃,他就会咂嘴了。王铁梅奇怪地剜了我一眼说,你真的从不跟他们一样咂嘴?我有些倔强地点了点头。王铁梅扫了我一眼说,好,小馋鬼们,王大婶听你们的,王大婶不给点点桑椹吃。王大婶这就给你们发桑椹。

村主任女人王铁梅颠着身子进到了院子里,似乎在屋子里没有逗留就端着笤箕出来了。伙伴们立马两眼放光,缠上了笤箕里盛着的紫红桑椹。他们早早地伸出手,王铁梅在他们有些脏的掌心上放上三颗桑椹。一人三颗。王铁梅边发边说,小馋鬼们,这下解馋了吧!瞧你们这一张张嘴巴,吃什么都是天下最好吃的。

我知道没我的份了,转身就走。王铁梅喊了一声,点点,你等等,我没桑椹给你,但我有话要问你。我有些不情愿地站住了,不知王铁梅要问我什么话。

好了,小馋鬼们,快去给程婆婆抬水扫地去,谁要是偷懒明天的桑椹就没谁的份。王铁梅在轰他们走。

他们欢呼了一声,雀跃着往程婆婆家涌去。程婆婆无儿无女,男人又死得早,是村里的孤寡老人,再加上一双小得不能再小的三寸金莲,程婆婆平日急需别人帮着照顾。王铁梅常过去照料程婆婆。就因为这件事,村主任女人王铁梅在村里的口碑一直不错,许多人在背后一提王铁梅就赞赏地竖起大拇指,说王铁梅天生一副菩萨心肠。程婆婆更是逢人就夸王铁梅,把王铁梅说成是天上派下来渡人苦难的观世音菩萨。

在五月桑椹成熟的季节,村主任女人王铁梅就用桑椹打发孩子们去给程婆婆做些家务活。

伙伴们走得一个不剩时,王铁梅突然盯着我问,点点,你为啥不跟他们一起咂嘴？

　　我看了王铁梅一眼，迟疑了一下，有些怯生生地说，我觉得他们好没出息，靠咂嘴巴来解馋，又吃不了桑椹。

　　王铁梅认真地看着我，突然就笑了，说，点点，你想的很有出息，光靠咂嘴巴是吃不到桑椹的。

　　我不解地望着王铁梅，一时不知该说些什么好。

　　王铁梅温和地笑了笑，说，点点，你这孩子有出息，王大婶就喜欢有出息的孩子。

　　见王铁梅夸我，我难为情地摇了摇头，心里还是喜滋滋的。

　　王铁梅又笑了笑，用肥厚的手掌摸了摸我的小脑袋说，王大婶就喜欢有骨头的孩子，有骨头的孩子才会有出息。点点，你等着。王铁梅突然扭身进了院子，不大一会，就用笤箕装着桑椹走了出来。

　　点点，给你的，快拿上。王铁梅笑吟吟地说。

　　我有些迷惑地看着王铁梅，没想到她突然会变得大方起来，她给我的桑椹差不多和给伙伴们的一样多。我简直不敢奢望她会给我桑椹。我迟疑着不敢要。

　　快拿着，王大婶就喜欢你这样子，不像那些讨厌鬼。点点，这事别让那些小馋鬼们知道了。王铁梅像一眼望穿了我的心思，一脸诚意地催促说。

　　我激动得双手抖动着，有些猴急地去抓簸箕里的桑椹。像村里人说的一样，王铁梅这人真的很不错。

　　先吃吧！点点，吃吧！这簸箕里的桑椹都是你的，谁也抢不走。王铁梅笑吟吟地说。

　　我小心翼翼地拾起一只桑椹，放进嘴巴里，用舌尖将它一点点软化着，让一丝丝的甘甜润进身心里。

吃吧！别磨蹭蹭地急死人。王铁梅说。

我还是慢腾腾地将桑椹含下肚去。剩下的我再也舍不得吃了。得把它们拿回去全都交给可可。可可最喜欢吃桑葚，但心高气傲加上斯文的可可是不会来向王铁梅讨桑椹吃的。我猛地从口袋里掏出了一块干干净净的花手帕，展开了漂亮的手帕。

王铁梅咦了一声，说点点，你这手帕好漂亮的，是谁送给你的？

我有些羞涩地低下头，万分不情愿地低低地说，可可送的。声音低得像是说给自己听的。

王铁梅还是听见了我的话，她的脸颊上飞起了两朵桃花，好像羞的是她一样。她眉开眼笑地说，好哇！和韩若笑的丫头好上了。点点，你出息不小啊！

我的脸颊顿时火烧火烧的，王铁梅像是在上面点了一把火。我觉得王铁梅有点大惊小怪的，我家和可可两家走得很近村里许多人都知道，王铁梅应该不会不知道。王铁梅就是想取笑我。我什么也不想再说了。

王铁梅意味深长地笑了笑，将簸箕里的桑椹倒在我展开的花手帕上。花手帕顿时被洇湿成紫红的一片。

你就不怕弄脏了手帕，可可会怪你。王铁梅提醒说。

我没有再接王铁梅的话，抓着手帕转身就跑。我撒开了双腿想越快越好。

点点，有出息的孩子，明天还来呀。王铁梅的声音在身后攒上来。

桑椹成熟的五月，我天天去村主任家附近溜达一阵。村主任女人王铁梅打发走村里的那些小馋鬼们，总是悄悄地给上我一大把桑椹。我用手帕小心翼翼地把它们包好，然后在王铁梅的取笑声里熟透了脸飞奔离去。那块漂亮的花手帕早已被桑椹的汁水染成了紫红色的手帕。

我迫不及待地飞跑着去找可可。

这时候不管可可在哪里，我都能找到她，突然在她面前冒了出来。可可扬着眉梢一脸惊喜地叫了声，点点哥。可可像好久没见面似的。其实，我和她分开还不到一个时辰。我连蹦带跳地窜到了可可身边。可可故意捂着胸口嗔怪道，点点哥，你想吓死我啊！

给！我把手帕包着的桑椹深深地交给可可。

王铁梅给你的？可可接过手帕，一脸凝重地问。

是王铁梅给的。我点了点头说。

王铁梅咋对你这么好？

王铁梅看我有出息嘛！能和一个叫可可的丫头好上了。

点点哥，瞧你还敢乱说，满嘴的不正经。可可笑着扑过来追着打我。

我躲闪着，和可可兜着圈子玩着捉迷藏。最后我还是乖乖地被可可逮住了，成了可可的俘虏。可可的小拳头雨点般地轻轻飘落在我身上。

五月，桑椹熟了的日子，我和可可每天都乐此不疲地玩类似的游戏。这些游戏给我和可可带来了真正的快乐。

闹腾了一阵，可可突然扔下我，一溜烟地往家跑。我一心紧跟在可可身后。

妈妈，妈。可可人未进屋声音就先飞了进去。可可扑进屋里，热热地叫着妈。可可将花手帕展开，一颗颗紫红的桑椹顿时现了出来。

妈妈，你吃呀！可可挑了一刻又大又甜的桑椹，送到妈妈的唇边。

可可妈妈一脸病容，老是按着胸口不停地咳嗽，有时还大口大口地吐血。村里人背地里都说可可妈得的是痨病，一种会传染的病。村里人一般都不和可可家往来，也不怎么接近可可妈，许多人都有些害怕她。可可妈妈从不到热闹的人群中去，偶尔会在村子里四处晃一晃，见见生疏的日光。我和可可寸步不离地紧跟在她身后。

多数时候，可可妈妈是一个异常安静的女人。她成天安安静静地坐在屋子里，除了不停地咳嗽声，让人根本感觉不到她的存在。但你只要看了她一眼，你就一辈子再也忘不了她。

我想我这一辈子都忘不了可可妈妈。后来我再也没见过像可可妈妈那样安静的女人，一张不见喧嚣的异常安静的面孔。

可可，哪来的桑椹呀？可可妈妈轻声细语地问。

每次可可的妈妈都要这样问。

王铁梅给的。给点点哥的。可可大声地说。

可可，又没礼貌了。记住，以后要叫王大婶。可可妈细声细气地叮嘱。

嗯，记住了。可可点头说。

可可总是一转身就忘了，下次又叫王大婶王铁梅。下次可可妈又叮咛一遍，说过后还轻轻摇了摇头说，可可，你这孩子，就是不长记性。

妈，你吃。可可静静望着妈说。

可可妈将桑椹含在了嘴里，说可可，妈不馋，你和点点去吃呀。可可妈转过身望着我说，点点，可可要是再让你去王大婶那讨桑椹，你就别再依着她。这多不好呀！可可这丫头就是嘴馋。可可，你要是像你点点哥那样懂事就好了。可可，你和点点都要离妈远点,不要靠得太近,不然妈会把病传给你们的。你们都还小呢,一辈子都不要叫病缠上了。好了,可可,妈该吃药了。

可可家的屋子里到处都是大大小小的药瓶,那些药瓶里装着各种颜色的大大小小的药丸。

可可闻声跑过去拿药,可可知道妈妈什么时候该吃哪种药瓶里的药丸。

我看着可可,又看了看安安静静的可可妈,我就觉得自己也突然变得安安静静的。可可跑前跑后给妈妈拿药时,我在一旁什么也帮不上,我总记不住那些大大小小的药丸,那些药丸在我眼里似乎都是一个样。

吃过了药,可可妈安静地看着我,含笑说,点点,你和可可出去玩吧!别由着可可使性子。可可妈总不让我们在屋里多待,不一会儿就撵我们出去。

我懂事地点点头,朝可可丢了一个眼色,两人手拉手出了屋子。

可可妈一直在身后安安静静地看着我们。

出了屋子,我侧着身子问可可去哪里玩?我一向听可可的话。我妈妈常笑着对我说,点点,你要记着,可可是妹妹,做哥哥的什么事都得听妹妹的,更不许对妹妹使坏,欺负可可。我妈妈笑起来就有点使坏的意思,我脸上顿时烫烫的,像搁了一块烧红的铁块。我还是高高兴兴地答应了。

这些天我天天和可可待在一起。

点点哥,你忘啦,去给桑树浇水呀!

忘啦!点点哥真的忘啦。我故意拍了拍后脑勺说。

反正有我给你记下啦!可可一脸兴奋地说。

桑树是今年春天栽下的。桑树苗是过年时我从几十里外的姑姑家讨来的。我一共向姑姑讨了 **6** 棵树苗，**3** 棵栽在了可可家屋前，还有 **3** 棵栽在了我家门前。

五月桑椹熟了的季节，吃着王铁梅家的桑椹，我和可可天天都在给幼小的桑树浇水。我和可可一心盼望着桑树快快长大，结出又甜又大的桑椹。我们就再也不用去吃王铁梅家的桑椹了。

我和可可去路边的池塘抬水。抬水的时候，我和可可发生了少有的争吵。可可要将水桶放在扁担的中间，起肩时，我偷偷地将扁担往前移了移，没想到被可可发觉了。可可生气地嘟着嘴，说我老是瞧不起她，还欺负她。

我拗不过可可，只好依了她。起肩时我还是耍个心眼，我的肩膀悄悄地前移了不少，这样属于可可的重量自然就落到了我的肩上。

哈哈，这小不点儿都知道疼媳妇了。路边一个傻里傻气的声音撞了过来。

我和可可都吓了一敲，回头一看，是王铁梅的傻儿子吴昌国。

我的脸上又像贴了烧红的铁块，可可的脸也红扑扑地像熟了的苹果。我和可可都扭过头去，谁都不愿意搭理王铁梅的半傻儿子。不过，王铁梅的儿子说这些话好像一点也不傻。

哈哈，小不点儿也知道害羞了，心里一定有鬼。吴昌国得意地笑着。

我和可可加快了步子，都想离吴昌国远远的。

王铁梅养了两个半傻不傻的儿子，村里人都说村主任家的房子盖在一块死地上，是种不出好瓜结不出好果的。村里只有可可家的房子落在活地上，可可的大伯、二叔、三叔、四叔，还有可可爸，一个个全都是吃国家饭的，都在北京、广州、上海、重庆那些大地方做着体面的事。

我和可可一时都不说话，村子里静静的，我们都听得见各自的心跳。

可可，你在想什么呀？和吴昌国隔得远了，我悄声问。

我在想爸爸，爸爸什么时候才能回来呀，可可说。

爸爸会回来的。我安慰可可说。

每年不到桑椹熟了的日子，可可的爸爸都会从遥远的地方赶回来，在家里待上十天半月的。那时可可的快乐天天花一样绽放着。

今年，都到了桑椹熟了的季节，还不见可可的爸爸回来。

村主任女人王铁梅突然当着村里一大群孩子的面给了我一大把桑椹。王铁梅亲热得让人眼红地说，点点，你跟王大婶就是亲，王大婶对你就是舍得。

我一时僵住了。伙伴们也呆呆地盯着我，眼里喷出的是嫉妒的目光。

吃吧。吃完了王大婶再给你呢！王铁梅在一旁催促说。

我一转身跑开了。

这件事王铁梅让我不告诉别的孩子，现在她却公开了这个秘密。我猜想王铁梅的记性不好，总是记不住自己说过的话。

我飞跑着去找可可。

王铁梅在对一大群孩子说，你们这些小馋鬼别再眼红啦！点点就是比你们都要有出息，他能和韩若笑的丫头好。

这个王铁梅真爱多管闲事，我有些怪她。村里的孩子都很嫉妒我和可可好，常一起取笑我们。除了我，可可就是和其他的孩子亲热不到一块，有时连一句多余的话也不跟别人说。

我急着去见可可。我和可可相约着一起去村口。

见过了可可妈，我和可可一前一后往村口走去。我和可可去村口是瞒着可可妈的。我撒谎说让可可去我家玩，然后两人一起去村里的代销店买盐巴。是可可让我撒谎的。

可可妈真好！她信任地朝我含笑点头。我心里一阵慌张，觉得不应该对可可妈说谎，我差点脱口说了实话。可可过来拉了我的手，蹦蹦跳跳地出了门。

走在去村口的路上，我突然悄悄地扯住可可说，下次，我再也不对你妈撒谎了。

可可口气坚定地说，只要爸不回来，你就得天天对妈撒谎。撒谎也是为妈好，妈要是知道我俩去村口盼爸早点回来心里会更念着爸的。

我看了看可可，似乎懂得了什么，说，可可，那我就撒谎撒到你爸回来吧。

可可高兴得跳了起来，说点点哥真好！可可突然靠近我，贴在我耳边轻轻地说，点点哥，他们都说我长大了会给你做媳妇呢。

我飞快地瞥了可可一眼，两人的脸都腾地燃了起来。

可可，桂林离咱们家到底有多远啊。我没话找话。可可的爸在桂林工作。

好远好远的。可可做了一个双臂张开的手势说。她想了一下说，我悄悄地问过爸，爸说有两千多里，要坐一天一夜的船，还要坐一天一夜的火车。

真的好远好远。我吐了吐舌头说。两千多里，远得让人想不出到底有多远。

可可，你会不会和妈妈一起跟着爸爸去桂林呀？我有些不安地问。我听妈妈私下里对爸爸说过，可可的爸爸一直想让可可和妈妈一起去桂林，可可妈说自己去几千里外陌生的地方连个说话的人也找不到，她的身子又是病恹恹的，有一天要是不在了，抛下可可孤零零的一个人怪可怜的。可可妈一直不肯带着可可去桂林。

我妈一有空就去可可家，陪可可妈闲聊，村里人这两年很少去可可家，都怕被染上了可可妈那种病。我妈一点不怕可可妈的病，成了可可家的常客，帮着照料可可妈。我妈不止一次一脸赞叹地对我爸说，可可妈真的不容易，身子又不好，男人又常年不在身边，换了别人怕是早熬不下日子了。我妈还特别喜欢可可，见了可可就亲。我妈喜欢女孩子。我妈有了大哥、二哥后，怀上我时，就认定我一准是个女孩，生下来后才知道是个傻小子。我妈很失望。我妈是真心疼爱可可，把可可当成了亲闺女，有时让我都看着眼热。

有一次，我听到我妈和可可妈闲聊时说，他二姨，你和可可终究要去桂林的，不然会耽误可可的。

可可妈泪水闪闪地说，哪一天我不在了，可可爸给可可取了个后妈，可可就真的没人疼了。这孩子到了桂林又是人生地不熟的。唉，这孩子命太苦了，又摊上了我这么一个病恹恹的妈。

我妈忙说，他二姨，不会的，你身子不是好好的嘛！不就是这点小病。他二姨，你一定会把可可疼大的。

可可妈突然盯着我妈说，她大姨，要是有一天我真的不在了，你能把可可当闺女一样待吗？

我妈有些慌乱地说，他二姨，瞧你都说到哪去了。你这身子不是好好的，定会疼大可可的。我妈犹豫了一下，又接着说，我会把可可当成亲闺女一样疼。可可这孩子特别招人疼的。

可可妈有些凄凉，笑了笑说，她大姨，有你这句话，我死都闭眼了。

可可望了我一眼大声地说，我不去桂林，我给你妈当闺女，长大了就做你的媳妇。

我想了想还是说，可可，你还是去桂林吧！这样就能天天跟爸爸在一起了。

可可摇了摇头说，我不去桂林，可可又盯了我一眼说，要去咱俩一起去桂林，你给我爸当儿子。

我在心里热热地叫了一声可可。

来到了离村六七里的村口，我和可可安安静静地站在村口的老榆树下，伸长着脖子顺着通向山外的山路向远处眺望着。桂林在很远很远的地方，我们仿佛看到了桂林，看见可可的爸爸向我们走来。

不知不觉间，夕阳在山头上打了个滚，就逃得没了踪影。田野上晃动着晚归的身影，村子里渐渐静寂无声了。可可痴痴地眺望着远方。

可可，该回家了。我在一旁不忍提醒说。

可可恋恋不舍地望了一眼远处，开始往回走。黄昏的余晖映衬着我和可可弱小的身影。

可可，明天还来吗？

来，明天爸爸会回来的。每天可可都这样看着我充满希望地说。

桑椹正熟的季节，可可的爸爸突然意想不到地回来了。

我和可可飞跑着回家看妈妈时，突然发现屋里多了一个人。可可呆了一下，手中的手帕浑然不觉地滑到了地上。可可怯怯地叫了声爸，整个身子就猛投了过去。

可可在爸爸的怀里不知不觉地哭了，又情不自禁地笑了。

我怯生生地上前叫了声韩叔叔。

可可爸看了看我，点头说，是点点吧？！长高了，叔叔差点认不出了。

可可妈安静地坐在一旁看着我们无声地笑。

可可爸从身边一只黑色的皮箱里掏出一只花花绿绿的纸盒，纸盒装着好吃的糕点。可可爸递给我说，点点，这是叔叔送给你的一点小礼物。

我身不由己地往后退了退，双手挡开了可可爸递来的糕点。我看了看可可，可可一脸幸福快乐，我就觉得可可的幸福快乐也是我的。可可爸的回家给可可带来了幸福快乐，这是可可爸送给我的最好的礼物。

可可拿着糕点塞到我的手里，说，点点哥，给。我爸的也是我的，是我给你的。

我小声地嘟囔说，可可，你怎么不帮我说话呀，这东西还是留着分给村里的孩子吧！

可可固执地说，这是给你的，也是给我自己的。

可可爸、妈看着我们一起笑了。

这两个孩子像对小兄妹一样亲。可可妈笑着说。

可可爸仿佛感觉到了什么，皱了皱眉头，没再说什么。

手帕？可可突然叫了一声。我拾起了落在地上的手帕。可可摊开了手帕，挑了一只又甜又大的桑椹，轻轻地送到爸爸的嘴边说，爸，你吃，这是王铁梅给点点哥的。

可可爸突然不经意地皱了皱眉头，欲言又止。看着女儿送到唇边的桑椹，可可爸还是使劲将桑椹咽了下去。

我的心咯噔沉了下去。

可可，和点点哥去外面玩吧！别老缠着爸爸了。爸爸刚从桂林回来,一路上很累人的,可可,让爸爸多歇歇吧! 可可妈轻声地说。

可可懂事地和我一起出了屋子。爸爸妈妈有一年多没在一起了,一定有许多大人间的事要商量。

出门时,可可还扭过头看了爸爸一眼。

来到了屋外的阳光下,可可静静地站在阳光里,望着一地碎碎的金黄的阳光。

可可,干什么去呀? 我不安地问。

给桑树浇水呀,让小桑树快快长大,结出最好吃的桑椹,明年爸爸回来时就能吃着我们栽的桑椹了。可可愣了一下,突然说。

走,这就去给桑树浇水。我大声地应了一声。

我和可可去路边的水塘抬水,重复着每天给桑树浇水的那些熟悉的内容。我将扁担往前移了一些,这次可可竟毫无觉察。

给桑树浇水时,可可第一次心不在焉,不停地朝屋子张望着。

可可爸的说话声音从屋里时高时低地传出来,模模糊糊的让人听不清到底说些什么,似乎正和可可妈争执着什么。

可可有些不安地望了我一眼。

可可爸在家总共待了三天,第四天就突然坚决地走了。

我和可可一起站在村口,来村口接可可爸的车子卷起了一股漫天的灰尘。可可和我都裹在灰尘之中,目送着可可爸渐行渐远,一直到车子消失在远处山间拐弯抹角处。可可突然发疯般地跑起来,向远方扬着手,撕心般地喊,爸,爸,爸……可可的喊声被静静地传送着,在远方,在村子的上空。

我紧紧地随着可可。远方再也觅不到可可爸留下的一点踪迹了,我赶上可可,扯住了可可说,爸爸会回来的,可可,我们回家吧!

可可有些不情愿地止住了步子,她回头泪流满面地说,点点哥,爸爸再也不会回来了。可可扑倒在我的身上伤心地哭了,她汹涌的泪水跑进我的胸膛里,在那里安着家。

往回走的路上,可可告诉我,这次爸爸回来,一定要带她和妈妈去桂林。妈妈不情愿带着她离开村子,去一个一张熟悉的面孔也见不着的陌生地方。爸爸很生气,虎着脸成天不说一句话,临走前丢下一句话,如果妈妈坚持不去桂林的话,他和妈妈之间就剩下离婚这条路了。可可还说,妈妈宁愿和爸爸离婚,也不愿带着她去桂林。

我挺了挺胸脯,我恨可可爸竟狠心抛下可可和妈妈。我仿佛觉得自己突然长大了,我对可可嗡嗡地说,可可,别害怕,我会像你爸爸一样疼爱你和妈妈的。可可,真的,我用力地握住了可可的小手。可可的手在我手中微微抖动着。

点点哥,你真好。可可也用手握住了我的手,看着我笑了。在可可的笑声里我泪如雨下。

我和可可一路走一路傻乎乎地笑着,一路走一路落泪。

远远地望见可可家时,可可擦了擦眼泪说,点点哥,到家了。

可可爸不声不响地走后,可可家成了村里人挂在嘴边的一个话题。村里一时说什么话的都有。我妈一再叮嘱我多陪陪可可和她妈妈。我妈更是殷勤地去可可家走动着,小心地陪着可可妈说话。

可可妈看上去和平日没什么两样,还是轻声细语地说话,还是安安静静地坐着,还是亲亲切切地笑着。见可可妈像什么事也没发生,我妈也悄悄松了口气。我妈暗地里对我爸说,可可妈身子有病,还能受得住这些事,可可妈真是个了不起的女人。

站在可可妈面前,我像做错了事地低着头,不敢看可可妈。我隐隐约约地觉得,可可妈不愿去桂林,是为了可可,也是为了我。可可是真心希望我能疼爱可可一生。

点点,过来。当着可可的面,可可妈向我招了招手,笑着喊我过去。

我心中突然有种说不出的害怕,低着头磨蹭到了可可妈旁边。

点点,抬起头,让二姨好好看看你。可可妈说。

我抬起了头,仍不敢看可可妈,心中透着一种从未有过的紧张。可可妈上上下下地细看着我。可可妈从未这样看过我。我隐约地感到像有什么事要发生似的。可可也在一旁疑惑地眨着眼睛。

点点,你是个好孩子,二姨是看着你过来的。二姨还从未看错过人。点点,二姨只问你一句话,你会一辈子把可可当作妹妹,疼爱可可吗?

在那一瞬间我感到自己真的长大了,成了一个真正的男人。我迎着可可妈的目光笔直地站着,努力地点着头,说,二姨,我会一辈子疼可可你。我一边说一边落泪。

可可妈叫了一声好孩子,就什么话也不说,让我们去屋外面玩。

可可愣愣地看着妈妈,又看看我。

和可可离开了屋子,我一时有些懵懵懂懂的,好像在害怕有什么事要发生一样。

我和可可在菜地里给豆角搭架时,一大群村里的孩子冲到了我面前,朝我嘻嘻哈哈地叫着,点点,死不要脸,吃着碗里,想着锅里。点点,你说你看见了可可妈的鬼魂了,你快说说看,这到底是怎么回事?

我一下子傻得像根死木头,张大嘴巴说不出话。这到底是怎么回事? 我从未说我看见可可妈的鬼魂了。

可可一脸惊诧地望着我,好像在说,点点哥,你怎么咒我妈早死呀。

点点,快说,可可妈的鬼魂到底是个什么样的? 村子里的孩子一齐冲着我喊。

我没有说,我什么也没有说。我结结巴巴绝望地说。

点点,这么快你就抵赖了,你当着王大婶的面说的,我们都在场听得真真切切的,点点,你说了就说了,当着可可的面不敢承认是吧! 村子里的孩子们异口同声地说。

我没有! 我什么都没说! 我怎么会对人说我看见可可妈的鬼魂! 我歇斯底里地喊叫着。

可可一脸呆呆的,目光疑惑地罩在我身上。

点点,说过的事呢都不敢承认。我们来替你讲,可可家的事你都一五一十对王大婶说了,王大婶才那么喜欢你,王大婶才给你一大把桑椹的,村里的孩子们众口一词地说。

我没有! 我什么也没有! 可可,你不要信他们的话。我简直发疯了,不顾一切地大喊大叫着。

点点,你竟咒我妈早死,把我家的事都透给王铁梅。点点,你真不要脸,我妈真是白疼你了。可可突然哭着跑开了。

点点,你竟敢咒可可妈早点死,可可这下不和你好了。活该! 真是活该! 村子里的孩子们一起快活地拍着手。

可可,可可,你要相信,我真的什么也没说。我冲着可可的身影撕心裂肺地喊。我再也留不住可可奔跑的身影和脚步了。

全民微阅读系列

我的身体深处发出一声野兽般的怪叫,心中狼烟四起,我朝村子里的孩子们猛扑过去,我真的发疯了,像条疯狗一样想四处咬人。我和村里的孩子混乱地扭打在一起。

我鼻青脸肿浑身是伤地去找可可。我不敢去可可家,我怕见可可妈,真的像是对可可妈做了亏心事一样。我藏在可可家附近大丛大丛的草棵里,那些蚂蚁虫子一心想在我身上得到些什么,我一动不动。

可可闷闷不乐地走出家门时,我跃出了草棵,突然堵在她面前。

一见是我,可可居然高昂着头,扭过身去不看我一眼。可可冷得很,我心中不由打了个冷站战,结结巴巴地压低声音乞求说,可可,我没有!我什么也没有说。可可突然用力推开我,骂了声,你给我滚,我再也不想看见你了。可可突然撒腿跑开了。可可一句也听不进我的话了。

我仰着头看着天空,什么也没想。天空上有几朵白云在自在地飘着。

第二天一大早,我只有去找可可。一路上,那些路边的草只要被我双脚踩过,就再也起不来了。

临近可可家时,我突然听见一阵撕心裂肺的哭声。妈——妈妈……是可可的哭喊声。

我心往下一沉,眼前一片黑漆漆的。我一下子站立不住了,双腿一软,浑身无力地跪在路边的草丛里。我挣扎着向前爬了几步,跌跌撞撞地爬了起来,吃力地撞进可可家。

可可妈离开了人世,安静地闭着眼睛走了。

我想哭却哭不出声音,我呆呆地看着可可妈,可可妈也正安安静静地看着我,笑着。我喃喃地说,可可,二姨不是没走嘛!二姨正看着我笑呢！你哭个什么呀？

都是你咒死了我妈妈！我恨你，恨死你。可可的小拳头雨点般敲在我身上。

我呆呆地，什么也没想，又感到了可可妈正看着我安静地笑着。

可可妈是服了大量的安眠药一去不回地走了。可可妈留下了遗书，让可可做我爸我妈的女儿。村里人闻讯纷纷来了，村主任女人王铁梅第一个到的，我妈赶来时，可可一见我妈立即转过身去，却转身扑倒在村主任女人王铁梅的怀里。

我妈什么也没说，在一旁无声地落泪。她蹲在可可妈的身边突然昏了过去。

村主任和王铁梅热心地张罗着可可妈的后事，并将可可接去了他们家。

可可爸从遥远的桂林赶了回来，处理完可可妈的后事。可可爸就要带着可可离开村子去远方的桂林了。可可爸很感激村主任一家的帮助，将房子很便宜地卖给了王铁梅。

我妈望着我深深地叹气说，我对不起死去的可可妈。我再疼爱不到可可了。我妈再也没提可可妈遗嘱的事。

村里谁也没在可可爸面前提起这事，像压根儿就没发生一样。

可可和爸爸离开村子时，一村子人都停下了农活去送他们。我妈看着傻呆呆的我说，点点，你也去送送可可，你们以后怕是再也见不着面了。

我点了点头，我的脑子里又晃着可可妈安静地对我笑着的样子。

淹没在送行的村人们中间，我木木地随着人流移动着脚步。

在村口的老榆树下,可可突然回过身,在人群中搜索着什么,目光像深山老林夜晚的月光一样瘆人。我和可可的目光相遇时,我一下子醒了过来,我在心里绝望地喊了一声可可,突然明白这一辈子再也见不着可可了,我突然知道了什么才叫这世上的生离死别。我抬起头望着远方的天空,远方的天空突然血雨纷飞。

我突然对着天空使劲地呷着嘴巴,吧嗒,吧嗒,一村人都一脸惊诧地看着我不说话。